STEP BROTHER

Ouvrage dirigé par Bénita Rolland et Hugues de Saint Vincent
Traduit par Robyn Stella Bligh
Photo de couverture © Getty/Oleksiy Maksymenko
Couverture : Ariane Galateau

34/36 rue la Pérouse
75116 Paris
www.hugoetcie.fr

ISBN : 9782755623376
Dépôt légal : mai 2016
Imprimé en France par Corlet
N° d'imprimeur : 181274

NEW ROMANCE®

STEP BROTHER

PENELOPE WARD

Roman

Traduit de l'américain
par Robyn Stella Bligh

Hugo Roman

PREMIÈRE PARTIE

CHAPITRE 1

Assise sur le canapé du salon, je regardais le vent glacial souffler dans le jardin. D'une minute à l'autre, Randy allait se garer devant la maison, de retour de l'aéroport où il était allé chercher son fils, Elec, qui allait vivre avec nous pendant un an. Sa mère était partie travailler en Europe.

Randy et ma mère, Sarah, ne sont mariés que depuis deux ans et si mon beau-père et moi nous entendons plutôt bien, je ne peux pas dire que nous soyons très proches. D'ailleurs, je ne sais presque rien de la vie de Randy avant qu'il ne rencontre ma mère : son ex-femme, Pilar, est une artiste équatorienne qui vit dans la baie de San Francisco, et son fils un délinquant tatoué qui, d'après Randy, est autorisé à faire ce que bon lui semble.

Je n'ai jamais rencontré mon demi-frère, je n'ai vu qu'une photo de lui, prise peu de temps avant le mariage de nos parents. Il a les yeux clairs et les traits fins de son père, ses cheveux bruns et sa peau mate lui viennent de sa mère. Randy m'a expliqué que, depuis que la photo a été prise, son fils est entré dans l'âge rebelle – il s'est fait tatouer et il a eu des ennuis car il buvait de l'alcool et qu'il fumait des joints. Randy en voulait à Pilar d'être trop concentrée sur sa carrière d'artiste pour se soucier de son fils. Apparemment, Randy a encouragé son ex-femme à accepter un poste dans une galerie d'art londonienne afin qu'Elec, qui a désormais dix-sept ans, puisse venir vivre chez nous. Il s'en veut de ne voir son fils que deux fois par an et de ne pas être là au quotidien pour l'élever, et il veut profiter de cette année pour se rattraper.

Quant à moi, plus je regardais la neige boueuse recouvrir notre rue, plus mon estomac se nouait. L'hiver bostonien va être un sacré choc pour mon demi-frère californien. *J'ai un demi-frère.* Quelle pensée étrange ! Je suis fille unique et j'ai toujours voulu un frère ou une sœur – pourvu que l'on s'entende bien. J'ai réprimé un rire, me trouvant bête d'idéaliser cette relation et d'imaginer que nous serions comme Ross et Monica dans *Friends*. Ce matin, j'ai entendu une chanson de Coldplay intitulée « Brothers and Sisters ». Elle ne parle pas vraiment de frères et sœurs, mais je l'ai prise comme un signe que tout allait bien se passer. Je n'avais aucune raison d'avoir peur.

Ma mère avait l'air aussi nerveuse que moi. Ça faisait une heure qu'elle montait et descendait les escaliers en courant, s'affairant à transformer le bureau en chambre pour Elec. Nous étions toutes les deux allées acheter de nouveaux draps et un peu de décoration pour notre nouveau colocataire et nous avions trouvé étrange de faire des choix pour quelqu'un que l'on ne connaissait pas – nous avions donc choisi des draps bleu marine on ne peut plus neutres.

Je me suis mise à penser à ce que j'allais lui dire, à ce dont nous allions parler, aux monuments et aux lieux que j'allais lui faire visiter – c'était à la fois excitant et angoissant.

J'ai entendu la portière d'une voiture se refermer et j'ai bondi du canapé.

Calme-toi, Greta.

La porte s'est ouverte et Randy est entré seul, sans refermer derrière lui, laissant l'air froid s'engouffrer dans le salon. Quelques minutes plus tard, j'ai entendu la neige givrée craqueler sous les pas de mon demi-frère, puis le bruit s'est arrêté devant la porte que Randy a ouverte en aboyant :

– Dépêche-toi, Elec.

Ma gorge s'est nouée en le voyant et mon cœur s'est mis à battre la chamade. Il ne ressemblait pas du tout au garçon que j'avais vu sur la photo. Il était plus grand que Randy, ses cheveux lui arrivaient aux oreilles et une masse de boucles brunes tombaient devant ses yeux. Il sentait la cigarette – ou peut-être la pipe, car l'odeur était sucrée. Il semblait refuser de me regarder et j'en ai profité pour l'examiner pendant qu'il laissait tomber sa valise par terre bruyamment.

Boum.

Était-ce le bruit de sa valise ou de mon cœur ?

Elec a levé la tête vers Randy et a parlé d'une voix rauque.

– Où est ma chambre ?

– Au premier étage, mais tu ne vas nulle part tant que tu n'as pas dit bonjour à ta sœur.

Tous mes muscles se sont contractés en entendant ce mot, je n'avais aucune envie d'être sa sœur. Premièrement, lorsqu'il a enfin accepté de me regarder, j'ai eu la terrifiante impression qu'il voulait ma mort. Deuxièmement, maintenant que je l'avais vu en chair et en os, je ne pouvais ignorer que, si ma tête me disait de me méfier de lui, mon corps était déjà sous son emprise et qu'apparemment il n'avait aucune envie de s'en libérer.

Elec me fusillait du regard. J'ai ravalé ma fierté et avancé vers lui la main tendue.

– Je suis Greta, ravie de faire ta connaissance.

Il ne disait toujours rien, mais après plusieurs – longues – secondes, il a pris ma main et l'a serrée brusquement, puis il s'est dépêché de la relâcher.

Je me suis raclé la gorge.

– Tu n'es pas comme... je t'avais imaginé.

– Et toi, tu es étonnamment... banale, a-t-il rétorqué en me dévisageant.

J'ai failli m'étouffer. L'espace d'une seconde, j'avais cru, qu'il allait me faire un compliment. J'étais *banale* ? Le pire, c'est que je me serais sans doute décrite comme étant banale, moi aussi.

Il me reluquait de la tête aux pieds, le regard glacial. J'avais déjà décidé que je détestais sa personnalité, mais je devais admettre – non sans honte – que j'étais émerveillée par son physique : son nez parfaitement droit, sa mâchoire finement sculptée. Ses lèvres étaient divines aussi, malgré la crasse qui devait en sortir. Physiquement, il était tout à fait mon type de mec, mais à part ça… il était mon pire cauchemar. Cependant, je n'ai pas voulu lui montrer qu'il m'avait vexée.

– Est-ce que tu veux que je te montre ta chambre ?

Il m'a ignoré, a pris sa valise et s'est dirigé vers l'escalier. *Génial. Tout se passe à merveille.*

Ma mère descendait justement et elle a pris Elec dans ses bras.

– C'est un plaisir de te rencontrer enfin, mon chéri.

– Hélas, je ne peux pas dire que ce soit réciproque !

– Arrête tout de suite ces conneries, Elec, et dis bonjour à Sarah poliment ! a aboyé Randy d'un ton menaçant.

– Bonjour à Sarah poliment, a répété Elec d'une voix monocorde en gravissant les escaliers.

Ma mère a posé la main sur l'épaule de Randy.

– Ne t'en fais pas, il finira par s'habituer. Ça ne doit pas être facile de déménager à l'autre bout du pays. On ne se connaît pas encore, il est juste un peu nerveux, c'est tout.

– Si tu veux mon avis, c'est surtout un petit con à qui on n'a appris ni le respect ni la politesse.

Waouh. J'étais surprise d'entendre Randy parler ainsi de son fils, même si ce dernier se comportait effectivement comme un merdeux. Mon beau-père n'avait jamais employé ce genre de vocabulaire avec moi. Cela dit, je n'avais jamais rien fait pour le mériter, alors qu'Elec avait tout l'air d'un petit con irrespectueux.

Ce soir-là, Elec est resté dans sa chambre. Randy est allé le voir et je les ai entendus se disputer, mais maman et moi avions décidé de ne pas nous mêler de leurs histoires. Lorsque je suis allée me coucher, je me suis arrêtée devant la porte d'Elec, me demandant s'il allait rester dans son coin toute l'année.

Je suis allée me brosser les dents dans la salle de bains et j'ai sursauté en tombant nez à nez avec mon demi-frère, nu, fraîchement sorti de la douche. La pièce empestait le parfum pour homme.

Pour je ne sais quelle foutue raison, au lieu de partir en courant, je suis restée figée sur place, incapable de bouger. Plus étrange encore, au lieu de se couvrir, Elec a laissé tomber sa serviette.

J'étais bouche bée – littéralement.

Mes yeux étaient rivés sur sa bite. Lentement, ils sont remontés sur les deux shamrocks[1] tatoués sur ses abdominaux et sur le tatouage qui recouvrait entièrement son bras gauche. Des gouttes ruisselaient le long de son torse sculpté, et j'ai remarqué que son téton gauche était percé. Lorsque j'ai levé les yeux sur son visage, j'ai vu son sourire machiavélique. J'ai tenté de parler, mais les mots refusaient de quitter mes lèvres.

Je suis enfin parvenue à tourner la tête et ai balbutié :

– Euh... Oh mon Dieu... Je... je suis vraiment... Je m'en vais. Désolée.

J'ai tourné les talons lorsque sa voix m'a arrêtée.

– Qu'est-ce qu'il y a ? Tu agis comme si c'était la première fois que tu voyais un mec à poil.

– Eh bien, en fait... c'est le cas.

– Quel dommage ! Les suivants ne pourront jamais rivaliser, alors.

– Ça va, les chevilles ?

– Quoi, tu penses que je n'ai pas de quoi être fier ?

– Mon Dieu... Tu te comportes vraiment comme un énorme...

---

1. Trèfles irlandais.

Quelle horreur ! J'ai à nouveau regardé son sexe et perdu tous mes moyens. C'était quoi mon problème, bon sang ? Il était à poil devant moi, et j'étais incapable de bouger.

Jésus, Marie, Joseph. Il avait un piercing sur le gland. Vous parlez d'une introduction au sexe masculin !

Sa voix m'a brusquement fait relever la tête.

– À moins que tu n'aies l'intention de faire quelque chose, tu devrais probablement partir et me laisser me rhabiller.

Horrifiée, j'ai secoué la tête et j'ai claqué la porte derrière moi, retournant dans ma chambre d'un pas tremblant.

Mon Dieu, qu'est-ce qui venait de se passer ?

CHAPITRE 2

– Comment va ton très cher demi-frère aujourd'hui ? m'a demandé Victoria.

Je me suis laissée tomber sur le lit.

– Comme d'habitude, il se comporte comme un connard.

Je n'avais pas raconté à ma meilleure amie que j'avais vu Elec à poil dans la salle de bains, vendredi soir. J'étais on ne peut plus gênée par l'épisode et j'avais décidé de n'en parler à personne. Ma recherche Google sur les piercings au pénis m'avait tenue éveillée toute la nuit.

Nous étions dimanche, et demain serait le premier jour d'Elec dans mon lycée, où nous étions tous les deux en terminale. Tout le monde allait bientôt rencontrer mon horrible demi-frère.

– Il ne te parle toujours pas ?

– Non. Il est descendu se servir un bol de céréales ce matin et il est reparti dans sa chambre pour le manger.

– Pourquoi il est comme ça, à ton avis ?

– Il y a quelque chose entre Randy et lui. J'essaie de ne pas le prendre pour moi, mais c'est dur.

Tu parles si c'est dur. Bon sang, mais sors-toi ça de la tête, Greta !

Et sa tête percée...

Eh merde !

– Tu penses qu'il va me plaire ? a demandé Victoria.

– Comment ça ? Je t'ai déjà dit que ce mec était le diable incarné !

– Je sais... mais est-ce que tu penses qu'il va me *plaire* ?

Pour être honnête, Elec est précisément le genre de mec qui plaît à Victoria. Elle adore les types sombres et mystérieux, même lorsqu'ils ne sont pas aussi beaux qu'Elec. C'est d'ailleurs une des raisons pour lesquelles je gardais les détails de notre rencontre post-douche pour moi. Il suffisait que Victoria entende que sa bite était percée pour qu'elle campe chez moi pour le reste de l'année. En même temps, elle allait le voir dans quelques heures, donc autant être honnête.

– Il est canon, ok ? Vraiment – *vraiment* – beau gosse. D'ailleurs, son physique est son seul atout.

– J'arrive tout de suite.

J'ai répondu en riant :

– Non, c'est hors de question.

Au fond, l'idée que Victoria jette son dévolu sur Elec me mettait horriblement mal à l'aise, même si je ne pensais pas qu'elle lui plairait.

– Tu as prévu quoi ce soir, alors ?

– Eh bien, avant que je ne le rencontre et que je ne réalise que j'ai pour demi-frère un véritable monstre, j'avais prévu de préparer le dîner. Tu sais… ma seule et unique spécialité.

– Le *légendaire* poulet Tetrazzini ?

J'ai éclaté de rire, car ce plat était le seul que je savais préparer sans courir le risque d'intoxiquer tout le monde.

– Comment tu as deviné ?

– Peut-être que tu peux assaisonner son assiette de mort-aux-rats ?

– Ha ha. Je ne vais pas rentrer dans son petit jeu. Je préfère l'étouffer par ma gentillesse. Je me fiche qu'il me traite comme son esclave (*doux Jésus*), le pire serait de le laisser penser que ça m'atteint.

* * *

Maman m'a aidée à mettre la table pendant que mon Tetrazzini cuisait. Mon ventre gargouillait, mais c'était davantage dû à mon angoisse qu'à l'odeur de la crème et de l'ail qui embaumait la cuisine. Il ne me tardait vraiment pas d'être assise en face d'Elec, si tant est que celui-ci nous fasse la grâce de sa présence, bien sûr.

– Greta, pourquoi tu ne vas pas voir s'il veut manger avec nous ?

– Pourquoi moi ?

Ma mère a débouché une bouteille de vin, qu'elle serait la seule à boire et dont elle avait probablement bien besoin. Elle s'est versé un verre et a bu une petite gorgée.

– Écoute, je comprends pourquoi il ne m'aime pas. Il me voit comme l'ennemie et je suppose qu'il pense que ses parents ne sont plus ensemble à cause de moi, mais il n'a aucune raison de te traiter aussi mal. Continue à lui tendre la main, peut-être qu'il finira par s'ouvrir à toi.

J'ai haussé les épaules. Elle n'avait pas idée à quel point les choses avaient été *ouvertes* entre nous, l'autre soir. J'ai monté les escaliers en fredonnant le générique des *Dents de la mer.* J'étais morte de trouille à l'idée de frapper à sa porte et je ne savais vraiment pas à quoi m'attendre.

J'ai frappé et, à ma grande surprise, il a ouvert immédiatement. Il avait une kretek[2] à la bouche et la fumée âcre m'a piqué le nez. Il a longuement tiré sur sa cigarette et m'a recraché la fumée au visage.

– Quoi ? a-t-il demandé d'une voix rocailleuse.

J'ai fait de mon mieux pour rester cool, mais j'ai été prise d'une quinte de toux.

Super-cool, Greta. Nickel.

– Le dîner est bientôt prêt.

Il était vêtu d'un marcel blanc, et mon regard s'est posé sur le mot « Lucky » dessiné à l'encre noire sur son biceps musclé. Il était appuyé sur l'encadrement de la porte. Ses cheveux étaient mouillés et il portait un jean très – *très* – taille basse, de sorte que son boxer blanc en dépassait. Son regard gris et métallique a plongé dans le mien. Il était beau à en couper le souffle... pour un connard.

– Pourquoi tu me regardes comme ça ? m'a-t-il demandé alors que j'étais perdue dans mes pensées.

– Comme quoi ?

– Comme si tu essayais de te rappeler comment j'étais à poil. Comme si tu préférais me manger *moi*, pour le dîner. Et pourquoi tu me fais des clins d'œil ?

Merde. Mon œil clignait quand j'étais nerveuse.

2. Cigarette aux clous de girofle.

– C'est juste un tic, ne t'emballe pas.

Il a eu l'air furieux.

– Ah bon ? Que je ne m'emballe pas ? Pourtant mon physique est mon seul atout, n'est-ce pas ? Peut-être que je devrais tout miser là-dessus, tu ne crois pas ?

De quoi parlait-il ?

– Qu'est-ce qu'il y a ? Tu es gênée ? Je suis trop beau pour toi ? a-t-il poursuivi avant de prendre un ton moqueur. Vraiment – *vraiment* – beau gosse, conclut-il en me souriant d'un air diabolique.

Merde !

C'étaient les mots que j'avais employés pour le décrire à Victoria, tout à l'heure. *Il écoutait à ma porte ?!*

Mon œil a cligné de plus belle.

– Tu continues à me faire des clins d'œil. Je te mets mal à l'aise ? Oh, regardez-la, le rouge te va bien, dis donc !

J'ai tourné les talons pour retourner dans la cuisine.

– On sera assortis, puisque je suis le DIABLE ! a-t-il crié dans mon dos.

* * *

Je regardais le piercing qu'Elec avait à la lèvre tandis qu'il mangeait en silence. Randy lui jetait des regards dédaigneux et ma mère avait rempli son verre de vin plus d'une fois. Je faisais mine de savourer mon plat tout en ruminant le fait qu'il avait écouté ma conversation et qu'il savait désormais que je le trouvais attirant.

Maman a rompu le silence la première.

– Elec, que penses-tu de Boston, pour l'instant ?

– Étant donné que je ne connais que cette maison, je dois dire que ça craint grave.

Randy a frappé du poing sur la table.

– Ça te tuerait de faire preuve de respect envers ta belle-mère, ne serait-ce que cinq minutes ?

– Ça dépend, est-ce que ça la tuerait d'arrêter de boire pendant la même durée de temps ? Je savais que tu avais épousé une briseuse de couple, *Papounet*, mais une alcoolo en plus de ça ?

– Tu n'es vraiment qu'une sous-merde, a craché Randy.

Waouh.

Une fois de plus, Randy me surprenait par le langage qu'il employait pour parler à son fils. Elec se comportait comme un enfoiré, ça allait sans dire, mais de là à lui parler de cette façon...

Elec a reculé sa chaise en la faisant grincer contre le carrelage, a jeté sa serviette sur la table et s'est levé.

– J'ai fini, dit-il avant de me regarder. Ton Tzatziki-machin était divin, *sœurette*, a-t-il ajouté avec sarcasme.

Un silence de plomb s'est installé. Ma mère a posé sa main sur celle de Randy et je me suis demandé ce qui avait pu se passer entre Randy et son père pour qu'il y ait un tel fossé entre eux.

Sur un coup de tête, je me suis levée de table et je suis allée frapper à sa porte. Mon cœur battait la chamade, et comme il ne répondait pas, j'ai ouvert. Il était assis sur son lit, une kretek à la bouche, un casque audio sur la tête. Je suis restée dans l'embrasure de la porte à l'observer. Sa jambe droite remuait nerveusement et il avait un air déçu et frustré. Il a fini par écraser sa cigarette et a ouvert son tiroir pour en prendre une autre.

– Elec !

Il a sursauté et enlevé son casque.

– Putain ! Tu as failli me filer une crise cardiaque !

– Désolée.

Il a allumé sa clope.

– Va-t'en.

– Non.

Il a levé les yeux au ciel, secoué la tête et remis son casque en tirant longuement sur sa cigarette.

– Ça te tuera, tu sais, lui ai-je dit en m'asseyant à côté de lui.

– Tant mieux, a-t-il répondu en recrachant la fumée.

– Tu ne peux pas dire ça.

– Laisse-moi tranquille, tu veux ?

Je me suis levée.

– Très bien.

Je suis retournée dans la cuisine en repensant à sa mine déconfite lorsqu'il ne savait pas que je l'observais. J'étais plus déterminée que jamais à briser le mur qu'il avait érigé entre nous – j'avais besoin de savoir si ce n'était qu'une façade ou s'il était véritablement le plus gros enfoiré que j'avais jamais rencontré. Plus il se montrait désagréable avec moi, plus j'avais envie de faire preuve de gentillesse envers lui. C'était comme un challenge.

J'ai demandé son numéro à Randy pour lui envoyer un SMS.

Tu ne veux pas me parler, alors je vais t'écrire.

Elec : Comment tu as eu mon numéro ?

Greta : Ton père.

Elec : Quel con.

J'ai changé de sujet.

Greta : Le dîner t'a plu ?

Elec : Les croquettes de mon chien sont meilleures que ça.

Greta : Pourquoi tu es toujours aussi désagréable ?

Elec : Pourquoi tu es toujours aussi pénible ?

Quel connard ! Cette conversation ne menait nulle part. J'ai posé mon téléphone sur le plan de travail et suis retournée au premier étage. Il m'avait rendue furieuse et je n'allais pas rester sans rien dire.

Il était encore en train de fumer sur son lit lorsque j'ai ouvert sa porte sans prendre la peine de frapper. Je me suis dirigée vers sa table de nuit, j'ai attrapé son paquet de clopes et je suis partie en courant.

Je me suis rendue dans ma chambre en riant, et je riais encore lorsqu'il a ouvert ma porte avec fracas. J'ai caché le paquet dans ma chemise. Elec avait l'air prêt à me tuer – mais son regard assassin était plutôt sexy.

– Rends les moi.

– Hors de question.

– Tu vas me les rendre, ou je vais plonger ma main dans ta chemise et les prendre moi-même. C'est à toi de voir.

– Sans rire, pourquoi tu fumes ? C'est tellement mauvais pour la santé !

– Tu ne peux pas prendre ce qui m'appartient simplement parce que tu en as envie. Cela dit, telle mère, telle fille, n'est-ce pas ?

– De quoi tu parles ?

– Va demander à ta mère.

Il tendait son bras musclé, paume ouverte.

– Rends-moi mes clopes.

– Pas avant que tu ne m'aies expliqué pourquoi tu dis ça de ma mère. Elle n'a pas *volé* Randy. Tes parents étaient déjà divorcés quand ma mère a rencontré ton père.

– Ça ne m'étonne pas que Randy vous ait dit ça. Mais ta mère trompait probablement ton père aussi, n'est-ce pas ? Ce pauvre idiot.

– Ne traite pas mon père d'idiot.

– Alors il était où quand Sarah baisait mon père dans le dos de ma mère, hein ?

J'étais folle de rage. Il voulait savoir ? Eh bien, j'allais le lui expliquer.

– Six pieds sous terre. Mon père est mort quand j'avais dix ans.

Il s'est tu, clairement gêné. Pour la première fois depuis que je l'avais rencontré, il m'a parlé d'une voix presque douce.

– Merde. Je ne savais pas, d'accord ?

– Il y a beaucoup de choses que tu ne sais pas. Si tu essayais de me parler, au moins...

Un instant j'ai cru qu'il allait s'excuser. Mais ça n'a duré qu'un instant – adieu Docteur Jekyll, bonjour Mister Hyde.

– Je n'ai aucune envie de te parler. Donne-moi mes clopes ou je t'arrache ta chemise.

J'ai ressenti un frisson tout le long de mon corps. *Bon sang Greta, c'est quoi ton problème ?* Une partie de moi rêvait de connaître la sensation de ses mains puissantes déchirant le tissu de ma chemise. J'ai secoué la tête pour oublier mes pensées et j'ai reculé. Il s'est avancé lentement vers moi, son torse s'est collé à ma poitrine, écrasant le paquet de cigarettes sous ma chemise. Mes tétons ont instantanément durci – jamais je n'avais perdu le contrôle de mon corps à ce point. Il était temps de l'accepter, mon corps était un imbécile sans discernement. Comment pouvait-il désirer aussi violemment un homme qui n'éprouvait que de la haine envers lui ?

– C'est mon dernier paquet. Elles viennent d'Indonésie, et je ne sais pas où en acheter, ici. Si tu me trouves chiant maintenant, tu n'auras pas envie de me voir quand je n'ai pas de clopes, crois-moi.

– Mais elles sont tellement nocives...

– Je m'en fous royalement, dit-il.

Ses lèvres étaient à deux centimètres à peine des miennes.

– Elec...

Il a reculé.

– Écoute... fumer est la seule chose qui m'apporte un sentiment de plaisir et de paix depuis que je suis arrivé ici. Je te le demande gentiment. S'il te plaît, rends-les moi.

Son regard était plus doux.

– D'accord.

Il a observé ma main plonger dans mon soutien-gorge pour en extraire le paquet de kreteks. Je le lui ai tendu et je me suis aperçue que la chaleur de son corps contre le mien me manquait.

Je pensais que le fait de lui rendre ses clopes servirait d'armistice entre nous, mais j'avais tort. Sur le pas de la porte, il s'est tourné vers moi et m'a fusillée du regard.

– Tu vas me le payer.

CHAPITRE 3

La journée du lundi s'est déroulée comme prévu. Elec m'a ignorée lorsque nous nous sommes croisés en cours et au self, les filles s'agglutinaient autour de lui partout où il allait, et il est devenu populaire sans avoir eu à dire un mot. Et, bien entendu, Victoria est tombée raide dingue dès qu'elle l'a vu.

– À ton avis, quelles sont mes chances ?

– Tes chances de quoi ?

– De me faire Elec.

– Je t'en supplie, ne me mêle pas à ça.

– Pourquoi ? Je comprends que tu ne t'entendes pas avec lui, mais tu es mon seul moyen de l'approcher.

– Il me déteste. Comment veux-tu que je t'aide ?

–Tu pourrais m'inviter chez toi, attendre qu'on soit tous les trois dans la même pièce et trouver un prétexte pour nous laisser seuls.

– Je ne sais pas. Tu ne le connais même pas.

– Ça te gêne vraiment que je tente ma chance ? Si Elec et moi étions en couple, ça pourrait même débloquer la situation entre vous, tu ne crois pas ?

– Je ne crois pas qu'Elec soit du genre à être en couple.

– Non... c'est plutôt le genre plan cul, tu as raison. Et ça me convient parfaitement !

Mon cœur s'est mis à battre plus vite. Chaque fois que Victoria abordait ce sujet, j'étais horriblement jalouse et j'avais mal au cœur. Je devais perpétuellement lutter contre mes sentiments. Jamais je ne pourrais en parler à qui que ce soit. Or, je ne savais pas ce qui me gênait le plus. Est-ce que c'était l'idée que mon amie se tape Elec, qu'elle puisse le toucher et vivre mon fantasme le plus fou ? Bien sûr, ça me dérangeait, mais je pense que ce qui m'était le plus insupportable, c'était qu'Elec puisse avoir une relation intime – même amicale – avec quelqu'un, alors que moi, il me détestait.

Ça m'énervait d'être à ce point touchée par son indifférence.

J'ai sorti mon sac de mon casier.

– Tu es folle. On peut changer de sujet, s'il te plaît ?

– D'accord. On m'a dit que Bentley voulait sortir avec toi.

– Qui t'a dit ça ?

– Il en a parlé à mon frère. Il veut t'inviter au ciné.

Bentley était un des mecs populaires du lycée. Je ne comprenais pas en quoi je pouvais l'intéresser parce qu'il avait l'habitude de sortir avec les filles de son groupe aussi populaires que lui, dont je ne faisais pas partie.

D'ailleurs, je n'appartenais à aucune bande. Il y avait les gens comme Bentley, qui venaient des familles les plus riches de la ville et qui traînaient ensemble, et puis il y avait les « hippies » qui faisaient du théâtre et des arts plastiques. Ensuite, il y avait les étudiants étrangers qui venaient pour des échanges, et enfin, il y avait ceux qui étaient populaires parce qu'ils étaient beaux, intrigants ou rebelles – comme Elec. Victoria et moi formions notre propre goupe. On s'entendait avec tout le monde, on avait de bonnes notes et on ne s'attirait aucun ennui. Cependant, contrairement à ma meilleure amie, j'étais encore vierge.

Je n'avais eu qu'un seul petit ami, Gerald, qui avait fini par me quitter, parce que je ne l'avais rien laissé faire à part toucher mes seins. Forcément, la rumeur selon laquelle j'étais vierge s'était répandue et certains s'étaient moqués de moi dans mon dos. Je croisais encore Gerald de temps en temps, mais je faisais de mon mieux pour l'éviter.

Victoria a fait une bulle avec son chewing-gum.

– Bref. Si tu vas au ciné avec lui, on devrait en profiter pour inviter Elec. Il viendrait avec moi, et toi tu serais avec Bentley. On pourrait aller voir ce nouveau film d'horreur dont tout le monde parle.

– Non merci, avec Elec, j'ai ce qu'il faut en matière d'horreur à la maison.

* * *

Le lendemain matin, alors que je me préparais pour le lycée, j'ai repensé à ce que j'avais dit. J'ai ouvert mon tiroir de sous-vêtements, mais il était vide.

J'ai enfilé un legging et ai déboulé dans la chambre d'Elec, qui était en train de boutonner sa chemise.

– Qu'est-ce que tu as fait de mes culottes ?

– Aaah, tu vois comme c'est désagréable que quelqu'un prenne tes affaires ?

– J'ai pris *un* paquet de clopes pendant *cinq minutes* ! Tu as pris toutes mes culottes, il y a une sacrée différence !

Je n'en revenais pas d'avoir été naïve au point de croire qu'il n'allait pas se venger.

J'ai commencé à fouiller dans ses tiroirs mais n'y ai trouvé qu'une boîte de capotes.

– Tu peux chercher toute la journée si ça t'amuse, elles ne sont pas ici. Ne perds pas ton temps.

– J'espère pour toi que tu ne les as pas jetées !

– Je n'en aurais pas eu le courage, elles étaient bien trop bandantes.

– Ah ouais ? C'est juste parce qu'elles coûtent une fortune, Elec.

La lingerie de marque était probablement le seul petit plaisir que je m'autorisais.

– Ton legging te rentre dans les fesses, au fait, dit-il en riant, alors que j'étais à genoux pour regarder sous son lit.

Je me suis relevée aussi vite que possible.

– C'est ce qui arrive quand on ne porte pas de culotte, putain !

Je mourais d'envie de tirer sur mon legging, mais ça aurait aggravé mon cas.

– Tu les récupéreras quand je l'aurai décidé, dit Elec en me regardant de la tête aux pieds. À présent, si tu veux bien m'excuser...

Il est passé devant moi en m'effleurant.

Je ne lui ai pas couru après, car je savais qu'il ne céderait pas. Je me suis arrêtée au supermarché en allant au lycée pour acheter un lot de culottes bon marché qui feraient l'affaire jusqu'à ce que je trouve un moyen de récupérer les miennes.

En rentrant du lycée ce jour-là, j'étais particulièrement nerveuse. Entre les culottes disparues et Bentley qui m'avait effectivement demandé de sortir avec lui, j'avais besoin d'une glace. Mais pas n'importe laquelle – la glace maison que je faisais de temps en temps avec la machine que j'avais eue à Noël dernier.

J'ai pris tous les chocolats qui nous restaient d'Halloween et les ai versés dans la machine. Le résultat est un délicieux mélange de Snickers, de Twix et de Granola avec une base à la vanille. Je me suis assise au bar avec mon énorme saladier de glace et j'ai fermé les yeux, savourant chaque bouchée.

Quelques minutes plus tard, la porte de la maison a claqué et Elec est entré dans la cuisine, embaumant la pièce de son odeur de clou de girofle et d'après-rasage. Je détestais son odeur.

J'adorais son odeur, j'aurais voulu me noyer dedans.

Comme d'habitude, il a fait comme si je n'étais pas là en attrapant du lait dans le frigo et en le buvant à la bouteille. Il s'est rapproché de moi pour regarder ma glace, m'a arraché ma cuillère et a pris une énorme bouchée. L'anneau de sa lèvre a produit un cliquetis métallique sur la cuillère. Ensuite, il me l'a rendue et sa langue a glissé sur ses dents, comme un serpent. Putain, même ses dents étaient sexy.

J'ai ouvert le tiroir et lui ai tendu une deuxième cuillère. Nous avons mangé côte à côte en silence. Ça n'avait rien d'excitant, mais mon cœur battait la chamade. Il ne m'avait jamais fait grâce de sa présence aussi longtemps.

Finalement, la bouche pleine, il s'est tourné vers moi.

– Qu'est-ce qui est arrivé à ton père ?

J'ai avalé – non sans mal – ma bouchée et j'ai fait de mon mieux pour réprimer la vague d'émotions qui menaçait soudain de m'engloutir. Sa question m'avait prise de court.

– Il est mort d'un cancer du poumon à trente-cinq ans. Il fumait depuis qu'il avait douze ans.

Il a fermé les yeux et hoché la tête.

Plusieurs secondes sont passées en silence.

– Je suis désolé, dit-il sans lever les yeux du bol.

– Merci.

Nous avons fini la glace. Elec a lavé le saladier et l'a rangé dans le placard, puis il est remonté dans sa chambre sans dire un mot.

Je suis restée dans la cuisine, repensant à cet étrange échange. J'étais surprise qu'il s'intéresse à mon père. Je revoyais aussi la façon dont il avait léché ma cuillère.

Mon téléphone a sonné – c'était un message d'Elec.

Merci pour la glace. Elle était très bonne.

Quand je suis retournée dans ma chambre, j'ai trouvé une culotte sur ma commode. Si c'était sa version du calumet de la paix, je l'acceptais volontiers.

* * *

L'apparition du « gentil Elec » n'a pas duré. Quelques jours après l'épisode de la glace, il a débarqué dans le café où je travaille après les cours, qui est à quelques pas de notre lycée. Et comme si ça ne suffisait pas qu'il s'y pointe, il était accompagné d'une des plus belles filles de tout le lycée. Leila est blond platine, grande, avec des seins énormes. Tout le contraire de moi, en fait, qui ai plutôt le physique d'une gymnaste ou d'une danseuse classique. Mes longs cheveux blond vénitien raides ont l'air quelconques à côté de son superbe brushing. Et pour couronner le tout, elle est adorable.

– Salut Greta, a dit Leila en me faisant un petit signe de la main.

Je leur ai tendu leurs menus.

– Salut.

Elec m'a regardée brièvement avant de faire comme si l'on ne se connaissait pas. Je crois qu'il ne savait pas que je travaillais ici – après tout, je ne le lui avais jamais dit, à quoi bon.

La jalousie m'a saisie lorsque j'ai remarqué que les jambes d'Elec et de Leila étaient entremêlées sous la table. Je ne sais pas si Leila était au courant qu'Elec est mon demi-frère. Je ne parlais jamais de lui au lycée, et j'imagine qu'il m'accordait le même traitement.

– Je vous laisse regarder la carte, ai-je dit avant de retourner en cuisine.

De là, j'ai vu Leila se pencher sur la table pour l'embrasser. J'ai eu un haut-le-cœur quand elle a tiré sur son piercing labret avec ses dents. *Beurk.* J'ai eu envie de disparaître.

Malgré tout, je suis retournée prendre leur commande.

– Est-ce que vous avez fait votre choix ?

Elec a jeté un coup d'œil en direction de l'ardoise sur laquelle sont affichées les spécialités du jour et il a souri d'un air narquois.

– Quelle est votre soupe du jour ?

– Vermicelles.

– Ce n'est pas tout à fait ça, je crois. Ce ne sont pas vraiment des vermicelles, si ?

Quel enfoiré !

– C'est la même chose.

– Quelle est... votre soupe... du jour ? a-t-il répété plus lentement.

Je l'ai fusillé du regard et ai répondu, exaspérée.

– Une soupe à la nouille.

Le patron est un vieux célibataire aux blagues douteuses qui avait trouvé drôle sa formulation.

Le sourire d'Elec s'est étiré jusqu'à ses oreilles.

– Merci. Je vais prendre la nouille. Et toi, Leila ?

– Je vais prendre la salade Caesar, a-t-elle dit en nous regardant tour à tour d'un air confus.

Je ne me suis pas dépêchée pour les servir. Je me fichais que sa soupe soit froide. Quelques minutes plus tard, Elec m'a fait signe.

– Oui ?

– La nouille est un peu molle. Elle est froide et fade. Est-ce que vous pourriez la rapporter et demander au chef d'y mettre du goût, cette fois-ci ?

Il a réprimé un fou rire, Leila ne savait pas où se mettre.

J'ai rapporté la soupe en cuisine, vidé le bol dans l'évier et, au lieu de parler au chef, j'ai décidé de prendre les choses en main. J'ai rempli le bol de soupe et y ai versé une quantité généreuse de Tabasco. Il voulait du chaud et du goût, il allait en avoir.

– Autre chose ? j'ai demandé tout en posant le bol devant Elec.

– Non.

Je suis retournée en cuisine et j'ai observé. Sa langue allait en tomber lorsqu'il goûterait ma nouvelle spécialité.

Elec a avalé une première cuillerée et... rien ! Aucune réaction. *Comment était-ce possible ?*

À la seconde, son regard m'a cherchée. Il ne m'a pas quittée des yeux, un sourire aux lèvres, il a pris le bol et l'a vidé d'un trait. Ensuite, il s'est essuyé la bouche du revers de la main, a marmonné quelque chose à Leila et s'est levé de table.

Il est venu vers moi, a attrapé mon bras pour m'emmener dans le couloir qui mène aux toilettes, puis m'a plaquée contre le mur.

– Tu te crois maligne ?

Mon cœur battait à tout rompre. Incapable de parler, je me suis contentée de faire « non » de la tête.

– Je peux jouer aussi, tu sais.

Je n'ai même pas eu le temps de froncer les sourcils. Elec a pris mon visage dans ses mains et a écrasé sa bouche sur la mienne. Le métal de son piercing a raclé mes lèvres lorsque sa langue m'a obligée à ouvrir la bouche pour m'embrasser goulûment. J'ai gémi dans sa bouche, à la fois choquée et excitée d'être prise ainsi en embuscade par sa langue en feu. Tout mon corps tremblait. Son odeur était incroyable. J'ai eu l'impression d'être sur le point de m'effondrer tant mes sens étaient pris d'assaut.

Au bout de deux ou trois secondes, la sauce piquante dont sa langue était imbibée a commencé à s'emparer de la mienne qui est devenue brûlante à son tour. Cependant, même si ma bouche était en feu, pour rien au monde je n'aurais mis fin à ce baiser.

Personne ne m'avait jamais embrassée ainsi.

Soudain, il a reculé.

– Tu n'as pas encore compris qu'il ne fallait pas me chercher ?

Il a tourné les talons, me laissant pantelante dans le couloir, tremblante, étourdie.

Jésus, Marie, Joseph.

Ma bouche, comme tous les orifices de mon corps, était en feu. Je sentais une pulsation entre mes jambes. Lorsque j'ai été capable de sortir de ma transe, j'ai réalisé qu'ils allaient bientôt vouloir leur addition. J'ai décidé de les devancer et de la leur apporter. Je l'ai déposée devant Elec sans croiser son regard.

Je l'ai entendu dire à Leila de l'attendre dehors pendant qu'il réglait la note. Il a mis sa main dans sa poche, a glissé quelque chose dans l'étui en cuir de l'addition et il est parti.

J'imaginais qu'il ne m'avait pas laissé de pourboire, bien évidemment. En ouvrant l'étui, j'ai réprimé un cri. En plus d'un billet de vingt dollars, il y avait laissé mon string préféré, en dentelle noire. Et au dos de l'addition, il avait écrit :

Garde la monnaie, et enfile ça : celui que tu portes doit être trempé.

CHAPITRE 4

Nous n'avons pas reparlé de ce baiser, ce qui ne m'a pas empêchée d'y penser sans cesse, sans toutefois oublier que ça n'avait aucune importance pour lui, ça avait été juste un moyen de me déstabiliser. Que ce baiser passionné ait été sincère ou un simple jeu, ça ne changeait rien à ce que j'avais ressenti. Maintenant que je connaissais la sensation de ses lèvres sur les miennes, je ne pouvais l'oublier et je mourais d'envie de revivre cette expérience. La lutte entre mon corps et ma tête n'était pas près de prendre fin.

Avoir le béguin pour quelqu'un avec qui l'on vit est un véritable supplice, surtout quand l'objet de son affection ne cesse de ramener des filles à la maison. Un jour, alors que nos parents étaient sortis, il avait ramené Leila. Puis, ce fut Amy. La semaine suivante, une autre Amy.

Je restais dans ma chambre, des bouchons dans les oreilles pour ne pas entendre le grincement de son lit ou le rire de ces pimbêches. Lorsque la deuxième Amy est finalement partie de la maison, j'ai écrit un message à mon Don Juan de demi-frère.

Tu es sérieux ? Deux Amy ? Est-ce que la troisième viendra demain ? À quoi tu joues ?

Elec : Qu'est-ce qu'il y a, sœurette, tu regrettes de ne pas t'appeler Amy ?

Greta : Je ne suis pas ta sœur !

Elec : Tu as raison, tu n'es rien du tout.

Greta : Pauvre type.

Elec : Pauvre fille.

Je me suis levée et j'ai déboulé dans sa chambre sans avoir frappé. Il jouait à un jeu vidéo et il n'a même pas levé la tête.

– Il faut vraiment que j'installe un verrou sur cette porte.

Le cœur près d'exploser, je lui ai demandé :

– Pourquoi tu es toujours aussi désagréable ?

– Content de te voir aussi, sœurette, dit-il en tapotant le matelas à côté de lui sans lever les yeux de son écran. Si tu n'as pas l'intention de partir, je t'en prie, assieds-toi.

– Je n'ai aucune envie de m'asseoir sur tes draps poisseux.

– Est-ce que c'est parce que tu préférerais t'asseoir sur ma bouche ?

Mon cœur s'est arrêté.

Il a souri d'un air lubrique et a continué à jouer. Sans voix, j'essayais d'ignorer le désir qui grandissait entre mes jambes. Mon sexe était un sombre idiot. Plus Elec était grossier, plus mon attirance pour lui était forte.

Ainsi, au lieu de répondre à sa question, j'ai préféré changer de sujet.

– Où sont mes sous-vêtements ?

– Je te l'ai déjà dit, ils ne sont pas ici.

– Je ne te crois pas.

J'ai commencé à fouiller jusqu'à ce que je tombe sur un énorme dossier relié, sur lequel était écrit *Lucky et le gamin, par Elec O'Rourke.*

– C'est quoi, ça ?

Elec a posé sa manette et s'est jeté sur moi.

– Ne touche pas à ça !

J'ai feuilleté les pages à toute vitesse jusqu'à ce qu'il ne me les arrache des mains. J'ai juste eu le temps de voir un dialogue dont certaines parties étaient barrées et corrigées en rouge.

– Tu as écrit un livre ?

Il semblait avoir du mal à avaler sa salive, et pour la première fois depuis que je l'avais rencontré, Elec avait l'air vraiment mal à l'aise.

– Ça ne te regarde pas.

– Finalement, peut-être que ton physique n'est pas ton seul atout.

Mon regard s'est posé sur son biceps droit, sur lequel était tatoué le mot « Lucky », et j'ai compris que son tatouage était lié au livre.

Elec m'a fusillée du regard et est allé ranger le manuscrit dans son armoire avant de se rasseoir pour reprendre son jeu.

Désespérée de trouver un moyen de briser la glace, je me suis assise à côté de lui.

– Est-ce qu'on peut jouer à deux ?

Il s'est arrêté, a soupiré et m'a tendu une deuxième manette. Il est passé en mode « deux joueurs » et nous avons commencé une nouvelle partie.

Il m'a fallu un moment pour comprendre le jeu, et après qu'il m'a tuée plusieurs fois, je suis enfin parvenue à la battre. Il a tourné la tête vers moi et m'a regardée d'un air amusé et... admiratif. Son sourire semblait sincère, et j'ai eu l'impression que mon cœur fondait. Un seul sourire suffisait à causer ma perte. Mon Dieu, est-ce que je me jetterais sur lui s'il se montrait vraiment gentil avec moi ? Sur cette pensée, j'ai décidé de retourner dans ma chambre.

J'ai passé une partie de la nuit à essayer de le décrypter et j'ai fini par conclure que mon *très cher demi-frère* n'était peut-être pas aussi monstrueux qu'il voulait me le faire croire.

* * *

J'avais attendu plusieurs semaines avant d'accepter l'invitation de Bentley, ayant fini par admettre que a) je n'avais pas de meilleur choix pour l'instant et b) tout ce qui pouvait me faire oublier un instant mon obsession malsaine pour mon demi-frère était bon à prendre.

En effet, mon attirance pour Elec n'avait jamais été aussi forte. Presque tous les soirs après le dîner, j'allais dans sa chambre jouer à ce jeu vidéo. C'était un moyen innocent de nous débarrasser de notre frustration mutuelle sans que qui que ce soit ne soit vexé ou blessé. Le plus surprenant était que c'était désormais lui qui semblait initier le rendez-vous. En effet, le seul soir où j'avais décidé de rester dans ma chambre avec un bouquin, il m'a envoyé un message.

Tu viens jouer ou pas ?

Greta : Je n'en avais pas l'intention.

Elec : Ramène aussi ta glace avec une double ration de Snickers, tant que tu y es.

Ce soir-là, nous avons partagé un bol de glace et joué jusqu'à ce que mes yeux ne tiennent plus ouverts. J'ai même réussi à tuer Elec dans une des dix-sept parties. Il ne se confiait toujours pas à moi, mais ces sessions de jeu semblaient être son moyen de me dire qu'il ne trouvait plus ma compagnie désagréable, voire qu'il l'appréciait.

Toutefois, fidèle à lui-même, alors que j'avais l'impression que l'on commençait enfin à se connaître, Elec allait foutre en l'air tous nos progrès.

* * *

Mon rencard avec Bentley était dans deux jours, et Victoria et moi étions dans la cuisine quand Elec est entré pour boire du lait, comme d'habitude.

Les yeux de Victoria se sont plantés sur le bas du t-shirt de mon demi-frère, qui était remonté sur son ventre tandis qu'il buvait à la bouteille. Elle venait de voir les deux shamrocks tatoués de part et d'autre de ses divins abdos.

– Salut, Elec, a-t-elle susurré d'une voix affreusement douceâtre.

Il a répondu par un grognement, puis il a rangé la bouteille dans le frigo avant de fouiller dans le placard où nous gardions les confiseries et les chips.

Victoria trempait un bretzel dans le pot de Nutella et parlait la bouche pleine.

– Alors, est-ce que tu as décidé quel film tu allais voir avec Bentley vendredi soir ?

– Non, on n'en a pas parlé.

De l'autre côté de la cuisine, j'ai vu que Elec avait arrêté sa fouille, comme s'il essayait d'entendre notre conversation. Il a posé sur moi un regard inquiet.

– Je pense que vous devriez aller voir le nouveau film de Drew Barrymore. Oblige-le à voir un truc de nanas. Tu en penses quoi, Elec ?

– À propos de quoi ?

– Du film que Greta devrait aller voir avec Bentley.

Il a ignoré la question et a déclaré en me regardant fixement.

– Ce type est un enfoiré de première.

– Eh, Elec...

Il s'est tourné vers Victoria.

– ... Tu voudrais y aller ? On pourrait y aller avec eux, ça pourrait être amusant. Un peu comme un double date.

Il a ricané et l'a dévisagée pendant une éternité, d'un air qui sous-entendait *même pas en rêve.*

– Je ne pense pas que ce soit une bonne idée, j'ai dit en secouant la tête.

Il s'est tourné vers moi en souriant d'un air malicieux.

– Et pourquoi pas ?

Pourquoi pas ?

– Parce que c'est *mon* rencard. Et que je ne veux personne avec moi.

– Ça te gênerait vraiment que je vienne avec vous ?

– Eh bien oui, puisque tu le demandes.

– Dans ce cas, j'adorerais y aller, a-t-il conclu en regardant Victoria.

L'air satisfait sur le visage de mon amie m'a donné la nausée. Elle pensait que ce serait l'occasion pour elle de le séduire, alors qu'il venait d'admettre qu'il n'acceptait l'invitation que pour me torturer.

– À vendredi alors, a-t-il dit en tournant les talons.

Victoria a ouvert la bouche, mais son cri est resté silencieux, elle s'est mise à frapper frénétiquement des pieds sur le carrelage. J'ai vraiment cru que j'allais vomir. Il ne me restait plus qu'à me préparer pour le rencard le plus gênant de ma vie.

Ce que je ne savais pas encore, c'est que rien n'aurait pu me préparer pour les événements qui allaient avoir lieu ce soir-là.

CHAPITRE 5

Elec devait nous retrouver au cinéma, car il avait trouvé un temps partiel dans un magasin de vélos et il devait passer à la maison pour se doucher. Victoria, Bentley et moi sommes arrivés tôt pour prendre nos billets avant que la séance n'affiche complet.

– Victoria, tu es sûre que ton rencard va venir ? a plaisanté Bentley.

Elle m'a regardée d'un air incertain.

– Mais oui.

En vérité, je ne savais absolument pas si Elec avait l'intention de venir. Lorsque Victoria lui avait textoté qu'on entrait dans la salle pour garder des places, il n'avait pas répondu.

Dans la queue au stand des pop-corn, Bentley a passé son bras autour de mes épaules et je me suis immédiatement raidie. Je trouvais ça présomptueux de sa part, étant donné que l'on se connaissait à peine. Cela dit, je devais lui accorder qu'il sentait bon et qu'il était très beau en jean et chemise noire. Ses cheveux châtains, coupés court, étaient coiffés en piques avec du gel. Je me souvenais que je trouvais Bentley mignon il n'y a pas si longtemps. Hélas, aujourd'hui, tous les mecs me paraissaient banals à côté d'Elec.

J'avais donné à Victoria l'ordre de ne pas dire à Bentley qu'Elec était mon demi-frère. Étant donné que celui-ci ne me parlait jamais au lycée, la plupart des gens ne savaient pas que l'on vivait ensemble, et ça me convenait parfaitement.

Quand les lumières de la salle se sont éteintes et que les bandes-annonces ont démarré, je me suis sentie soulagée. Peut-être n'allait-il pas venir, en fin de compte. J'ai mis mon téléphone sur vibreur et je me suis détendue. Victoria regardait le sien toutes les deux secondes, levant la tête pour guetter son arrivée.

Le générique du film a commencé et je me suis enfoncée dans mon fauteuil en relevant mes pieds sur le siège vide devant moi. Bentley m'a fait signe de me servir dans son pop-corn et j'ai joyeusement plongé dedans, profitant du film, quand j'ai senti une odeur de cigarette et d'après-rasage.

Il était là.

Mes genoux se sont mis à trembler alors qu'il passait devant moi pour s'asseoir dans le fauteuil vide, de l'autre côté de Victoria.

Ma meilleure amie semblait flotter sur un petit nuage, j'avais envie de la gifler d'être aussi naïve. Lorsqu'Elec s'est penché pour l'embrasser sur la joue, j'ai perdu mon appétit. J'ai rendu son pop-corn à Bentley et ai fait mine d'être perdue dans le film. Honnêtement, mes yeux étaient rivés sur l'écran, mais Drew Barrymore aurait pu parler en mandarin, je ne l'aurais pas remarqué.

Mon esprit était concentré sur le parfum d'Elec. Sa présence me rendait furieuse, ce que je n'avais pas anticipé.

Bentley n'avait rien remarqué et il a pris ma main dans la sienne.

Victoria, qui avait bu un Coca Light géant en arrivant, m'a chuchoté dans l'oreille qu'elle allait aux toilettes.

Mon cœur a commencé à s'emballer, car lorsqu'elle serait partie, Elec aurait une vue directe sur moi. Je sentais son regard. Les spectateurs éclataient de rire, mais le poids de son regard m'empêchait de sourire. Je refusais de le regarder ou même de bouger.

Continue à fixer l'écran, Greta.

Mon téléphone a vibré dans ma poche.

Tu t'entraînes à devenir mannequin de vitrine ?

Je ne pouvais pas répondre à son message, parce que Bentley m'aurait vue. En revanche, j'ai tourné la tête vers mon demi-frère, ce que j'ai immédiatement regretté. Ses cheveux, habituellement en bataille, étaient coiffés avec du gel, et il était mieux habillé qu'au quotidien – encore plus sexy dans son jean foncé et sa veste en cuir.

Il m'a fait un grand sourire qui avait l'air sincère et ma poitrine s'est resserrée. Puis il s'est mis à rire doucement et j'ai ri aussi en imaginant ce dont j'avais l'air. Il avait raison, j'étais vraiment aussi rigide qu'une planche à repasser, c'était ridicule.

Victoria a interrompu notre moment de complicité, me cachant de nouveau d'Elec. Elle s'est rapprochée de lui, et j'ai fixé l'écran.

J'aimerais tellement être à la place de Victoria.

C'était parfaitement illogique – preuve qu'il n'y avait pas nécessairement de lien entre le désir et la raison.

Et si Victoria essayait de l'embrasser ce soir ? Et s'il la laissait faire ? J'étais déjà horriblement jalouse alors qu'il ne s'était encore rien passé. J'avais appris à supporter qu'il ramène des filles du lycée à la maison – après tout, Elec était mon demi-frère, il me détestait, et il repartirait en Californie après le bac. Il ne pouvait rien se passer entre nous. Cependant, le fait qu'il fricote avec ma meilleure amie était un cas de figure tout à fait différent, parce qu'elle allait tout me raconter – et sans doute dans le moindre détail.

J'étais tellement perdue dans mes pensées que je n'avais pas remarqué que le film était fini. Drew Barrymore souriait – la fin devait être heureuse.

En sortant du cinéma, Bentley a posé sa main sur le creux de mes reins. Dans la lumière vive du hall, Elec était encore plus sexy. Victoria a attrapé son bras de manière possessive – j'avais envie de la tuer, mais elle ne savait rien de mes sentiments pour Elec. Cette situation était insupportable, j'avais vraiment besoin de quelques minutes de répit.

– Je vais faire un tour aux toilettes, vous n'avez qu'à décider où on va manger.

Une fois dans les toilettes, j'ai essayé de me calmer en respirant lentement. J'ai fait pipi et me suis lavé les mains, puis je suis restée quelques minutes à me regarder dans la glace, refusant de sortir tout de suite.

Plus je pensais à ce rencard foireux, plus j'étais en colère. J'ai sorti mon téléphone et j'ai envoyé un message à Elec.

Pourquoi tu es venu ce soir ? Est-ce que Victoria te plaît, au moins ?

J'ai immédiatement regretté d'avoir cédé à ma pulsion.

Mon téléphone a vibré.

Elec : Et si elle me plaît ?

Ne sachant quoi répondre, j'ai fixé bêtement mon téléphone, un nouveau message est arrivé.

Elec : Ce n'est pas le cas.

Tous mes muscles se sont détendus.

Greta : Alors, pourquoi tu es venu ?

Elec : Pour t'agacer.

Greta : Pourquoi ?

Elec : Parce que j'adore ça.

Greta : Pourquoi ?

Elec : Tu ne pourrais pas m'expliquer pourquoi tu me regardes de cette façon alors que je me comporte comme un connard avec toi, et je ne peux pas te dire pourquoi j'aime autant t'agacer.

Mon Dieu. Je ne savais pas que mes sentiments pour lui étaient aussi évidents. Je devais lui paraître tellement bête et désespérée !

Elec : Respecte-toi, bon sang.

Quoi ? Sérieusement ?

Greta : Ne t'en fais pas. Je ne te regarderai plus.

Je n'en revenais pas qu'il m'ait dit ça. J'avais les larmes aux yeux, mais j'étais déterminée à ne pas le laisser me voir dans cet état et j'ai pris quelques minutes pour me ressaisir avant d'aller les retrouver.

Bentley avait l'air inquiet.

– Qu'est-ce qui t'a pris tout ce temps ?

– J'ai eu un petit souci, mais ça va.

– Tout va bien ? m'a demandé Victoria en posant sa main sur mon épaule.

– Ouaip. Aller, on y va.

Victoria et Elec étaient devant nous, et elle s'accrochait à son bras alors qu'il avait ses deux mains enfoncées dans ses poches. Nous nous sommes entassés tous les quatre dans la Prius de Bentley et nous sommes allés dîner dans un restaurant ouvert toute la nuit.

Au restaurant, j'ai eu le plus grand mal à éviter mon demi-frère, car bien sûr, il s'est assis en face de moi. Cependant, j'ai tenu ma parole, ne m'autorisant à regarder que son bras tatoué ou son assiette, mais jamais son visage. Je faisais semblant d'être passionnée par la conversation que j'avais avec Bentley, assis à ma gauche.

– Dis, Greta, il y a une fête chez Alex Franco, vendredi prochain, et je me demandais si tu voudrais y aller avec moi, dit Bentley.

– Pourquoi pas oui, ça peut être cool.

– Super, a-t-il répondu avant de m'embrasser sur la joue.

Elec jouait avec les sachets de sucre et ne disait rien. Si j'avais été Victoria, j'aurais trouvé bizarre que mon rencard ne m'adresse pas la parole. Elle a bien essayé de lui parler, mais sans grand succès.

– Alors, Elec, tu as prévu quoi, après le bac ?

– De me barrer de Boston aussi vite que possible.

Fin de la conversation.

Quelques minutes plus tard, j'ai eu l'impression qu'il écrivait un message sous la table, puis mon téléphone a vibré.

Je parie que je peux t'obliger à me regarder.

J'ai ignoré son SMS.

Nos assiettes sont arrivées, et tout le monde s'est mis à manger. Je savourais tranquillement mes pancakes lorsque j'ai entendu Elec dire à Victoria :

– T'as du milk-shake, là.

– Où ça ?

– Ici, a-t-il dit en l'attirant vers lui pour lui rouler une pelle.

Horrifiée, je le regardais faire à ma meilleure amie ce qu'il m'avait fait lors de notre altercation au café où je travaillais.

– Eh, vous deux, trouvez-vous une chambre, a lancé Bentley.

Lorsqu'Elec a enfin sorti sa langue de la bouche de ma meilleure amie, celle-ci a dit d'une voix naïve qui m'a achevée :

– Waouh... Je pensais que je ne t'intéressais pas.

J'ai foudroyé Elec du regard pendant qu'il articulait en silence : « J'ai gagné. »

– Excuse-moi, j'ai dit à Bentley pour sortir du box et aller aux toilettes.

J'avais à peine passé la porte que Victoria me rejoignait.

– Qu'est-ce qui se passe ?

– Comment ça ?

– Tout : Elec qui m'embrasse et toi qui t'enfuis aux W.-C. juste après. Ça t'énerve qu'il m'ait embrassée ?

– Il fait ce qu'il veut, il a juste le chic pour m'agacer, j'ai répondu en évitant sa question.

– Tu ne m'as pas vraiment répondu.

Mais oui, Greta, pourquoi tu n'admets pas tout simplement que tu es obsédée par ton demi-frère, au point que ça t'a un peu excitée de le voir embrasser ta meilleure amie, parce qu'apparemment tout ce qu'il dit et qu'il fait te fait mouiller ?

– Tu sais qu'on ne s'entend pas bien, Vicky. Je ne veux pas qu'il te fasse de mal.

– Ne t'en fais pas, je suis une grande fille. Je m'amuse un peu, c'est tout. Je sais qu'il s'en va à la fin de l'année.

C'était justement ce dont j'avais peur.

– Ne fais pas attention à moi, ai-je dit à Victoria. Il a le chic pour me faire tourner en bourrique, mais ce n'est rien de grave. J'avais juste besoin de prendre l'air.

– D'accord, si tu le dis. Et tu penses quoi de Bentley ?

– On verra. Il est... sympa. Je crois que je vais lui accorder une chance.

– Tant mieux.

Victoria m'a prise dans ses bras et j'ai senti le parfum d'Elec sur elle, ce qui m'a rendue tellement folle que j'ai décidé de mettre un terme à cette obsession. Il fallait que je l'oublie.

– Tu es prête à y retourner ? a demandé Victoria.

J'ai hoché la tête.

– Ouais. Ouais, je suis prête.

La suite des événements a semblé se dérouler en un quart de seconde. Victoria et moi étions en train de revenir à notre table quand j'ai entendu le bruit de couverts tombant au sol. Des gens se sont mis à crier. J'ai vu alors Bentley par terre. Elec était penché sur lui et lui mettait des coups de pied dans le ventre. Le visage de Bentley était ensanglanté et Elec saignait de la bouche.

Je me suis mise à hurler

– Elec, qu'est-ce que tu fais ?

Il a continué à frapper Bentley de toute sa force.

Le gérant du restaurant est arrivé en courant, accompagné d'un serveur qui l'a aidé à maîtriser Elec alors que Bentley restait par terre, recroquevillé de douleur.

– Bentley, qu'est-ce qui s'est passé ? j'ai demandé en m'accroupissant à ses côtés.

– Ce taré m'a frappé sans raison, alors je lui en ai collé une, et là, il m'a sauté dessus ! J'ai trébuché et il a continué à me frapper alors que j'étais déjà à terre.

– Est-ce que ça va ?

– Oui, oui, c'est rien.

– Ça n'a pas l'air de rien.

Je l'ai aidé à se relever en le soutenant contre moi. Des sirènes de police ont retenti alors qu'Elec était toujours par terre, immobilisé par les deux hommes.

Mais qu'est-ce qui se passait, bon sang ?

Victoria est allée voir Elec.

– Qu'est-ce qui se passe ?

Il a craché du sang par terre avant de répondre.

– Ne la laisse *surtout pas* rentrer avec lui.

J'ai regardé de nouveau Bentley.

– C'est parti de quoi ?

– De rien ! Ce fou m'a sauté dessus sans raison !

– Espèce de menteur, a sifflé Elec qui a voulu se jeter de nouveau sur Bentley, mais les deux hommes le retenaient fermement.

Deux officiers de police sont entrés et ont commencé à interroger Elec et Bentley séparément. Victoria et moi sommes restées sur le côté, observant la scène, perplexes. J'aurais aimé entendre ce qu'ils disaient aux policiers, mais ils étaient trop loin.

Lorsqu'ils ont eu fini, Elec est passé devant Victoria et s'est dirigé droit sur moi.

– On rentre, tu ne montes pas dans sa voiture.

– Tu te prends pour qui, à vouloir ramener mon rencard chez elle ? cria Bentley.

– On habite ensemble, espèce d'abruti !

CHAPITRE 6

Nous sommes rentrés en taxi. Bentley a pété un câble en apprenant qu'Elec était mon demi-frère et il est parti seul avec sa voiture. La raison de leur altercation restait un mystère, et Elec, assis à l'avant, n'a pas dit un mot, nous laissant nous demander comment la soirée avait pu aussi mal tourner.

Lorsque nous sommes arrivés à la maison, il est monté dans sa chambre et a claqué la porte si fort que j'ai sursauté. J'ai eu envie d'aller lui parler, mais mon intuition me disait qu'il valait mieux le laisser seul.

Lorsque je me suis réveillée le lendemain matin, Elec était déjà parti au travail, il ne rentrerait que le soir.

Ma mère s'est assise sur le tabouret de bar à côté de moi.

– Tu veux bien me dire ce qui s'est passé hier soir ? Randy a reçu un appel d'un de ses amis policiers, Elec a été impliqué dans une bagarre au restaurant et tu étais avec lui ?

J'ai posé ma tasse de café et me suis massé les tempes avant de répondre.

– On était en train de dîner… Elec, Victoria, moi et Bentley, un mec du lycée. Elec et lui se sont battus, mais on ne sait pas pourquoi parce que ça a commencé quand Victoria et moi étions aux toilettes. Donc je ne sais pas trop ce que je peux te dire.

– Eh bien, ton beau-père est furax, et je ne sais pas quoi faire.

– Dis-lui de lâcher l'affaire. Ça arrive parfois entre mecs. Et ce n'était peut-être pas de la faute d'Elec, il faut que tu lui expliques.

– Je ne peux rien expliquer à Randy quand il s'agit d'Elec. Je ne comprends rien à leur relation.

– Moi non plus.

* * *

J'avais décidé de parler à Elec ce soir-là et j'ai attendu son retour toute la journée. Le magasin de vélo fermait à dix-huit heures et il aurait dû rentrer aux alentours de dix-neuf heures, mais il n'est pas rentré.

Incapable de dormir, j'ai commencé à m'angoisser lorsqu'enfin, à minuit, j'ai entendu ses pas dans l'escalier et la porte de sa chambre s'ouvrir.

Enfin.

Une minute plus tard, j'ai entendu sa porte se rouvrir violemment.

– Putain, Elec, à quoi tu joues ? Tu pues l'alcool ! a hurlé Randy.

Je me suis assise dans mon lit pour écouter.

– Salut, Papounet, a bafouillé Elec.

– Bon sang, tu fais tout pour que je sois fier de toi, hein ? D'abord, tu provoques une bagarre et tu m'humilies devant toute la communauté, et maintenant tu as le culot de rentrer chez moi complètement bourré ? Tu vas regretter d'être revenu, fiston.

– Ah bon ? Qu'est-ce que tu vas me faire, me frapper ? C'est la seule chose que tu n'aies pas encore faite. Vas-y, je suis prêt.

– Ça te plairait, hein ? Non, je ne vais pas te frapper.

– D'accord... pas de gifle. Tu vas te contenter de me détester... comme toujours. Parfois, je me dis que je préférerais que tu m'en colles une, une fois pour toutes, pour qu'après tu me fiches enfin la paix.

– Tu n'es qu'un loser, Elec.

– Tu manques d'originalité, Papounet, c'est ton insulte préférée, si je ne m'abuse.

– Très bien, alors que penses-tu de ça : je ne vais pas t'aider à payer la fac, finalement. Tu es tout seul, à présent. J'ai pris ma décision ce soir. Je vais prendre l'argent que j'avais mis de côté pour toi et je vais le donner à Greta.

Quoi ? Non !

Mais Randy n'avait pas fini.

– Je ne vais pas gaspiller l'argent que je me suis tué à gagner pour une sous-merde qui a des prétentions de poète. Si tu décides d'avoir une vraie carrière un jour, viens me voir. Mais en attendant, je ne vais pas dépenser un centime pour toi.

– Tu n'as jamais eu l'intention de m'aider à payer la fac, et tu le sais.

– Et pourquoi j'en aurais envie ? Pour quelqu'un qui n'a pas cessé de me décevoir depuis le jour de sa naissance ?

– Alors c'est ça, hein ? Tu me détestes d'être né ? Parce que Maman a refusé d'avorter comme tu le lui avais demandé ?

– C'est complètement faux. C'est ce qu'elle t'a dit ?

– Même si elle ne me l'avait pas dit, je l'aurais deviné tout seul. C'est pour ça que tu as consacré ta vie à me rabaisser et à m'humilier – tu sais pas que ça me tue à petit feu ?

Mon cœur s'est brisé en mille morceaux.

– Ah bon ? C'est ça que j'ai fait ? Alors pourquoi tu n'es pas encore mort, hein, Elec ?

Je ne pouvais plus entendre ça. J'ai couru dans sa chambre. Elec était assis sur le bord de son lit, la tête dans les mains. Il sentait l'alcool à deux mètres. Son dos se soulevait et s'affaissait brusquement à chacune de ses respirations.

– Randy... arrête ! Stop ! Je t'en supplie !

Mon beau-père m'a dévisagée, confus, les bras croisés. Je ne reconnaissais plus l'homme qui se tenait devant moi.

– C'est ton fils, ton fils ! Je me fiche que tu penses qu'il le mérite, rien ne justifie de traiter son enfant comme ça !

– Greta, tu ne comprends pas notre passé... a commencé Randy.

– Je n'ai pas besoin de le comprendre pour savoir que les mots qui sortent de ta bouche sont plus blessants qu'un couteau. Et je ne peux pas rester là à t'écouter le violenter comme ça.

Mes propos furent suivis d'un long silence. La respiration d'Elec a semblé s'apaiser un peu.

– Il vaut mieux que tu partes, j'ai dit à Randy.

– Greta...

– Va-t'en ! j'ai crié.

Randy a secoué la tête et est sorti de la chambre, me laissant seule avec Elec qui n'avait pas bougé.

J'ai couru chercher la bouteille d'eau que je gardais dans ma chambre et la lui ai tendue.

– Bois ça.

Il l'a vidée d'un trait, l'a écrasée dans sa main et jetée dans un coin de sa chambre. Je me suis agenouillée devant lui et lui ai enlevé ses chaussures tandis qu'il marmonnait quelque chose d'inintelligible. J'ai ouvert son lit.

– Allonge-toi.

Il a enlevé sa veste et a rampé jusqu'à son oreiller, puis il s'est allongé sur le ventre en fermant les yeux.

Je me suis assise sur le lit, encore secouée par ce dont j'avais été témoin. Je me sentais horriblement mal pour Elec et j'avais honte pour Randy. Il allait falloir que j'en parle à ma mère demain – elle avait forcément entendu ce qu'ils s'étaient dit.

La respiration d'Elec est devenue régulière, m'indiquant qu'il s'était endormi. J'ai passé ma main dans ses cheveux, profitant de pouvoir le toucher sans qu'il le sache. J'effleurai du bout du doigt l'entaille laissée sur sa lèvre par la bagarre en réalisant qu'avec son anneau, sa blessure aurait pu être bien plus grave.

Elec avait l'air tout à fait innocent dans son sommeil, il était plus facile de voir le petit garçon qui se cachait en lui. Ce garçon qui subissait en permanence les attaques verbales de l'homme auquel était mariée ma mère.

J'ai senti une larme m'échapper, et je l'ai bordé avant de retourner dans ma chambre. Une fois couchée dans mon lit, je fus surprise de l'ironie de la situation : ce mec qui n'avait cessé de me repousser et de m'intimider était la seule personne au monde que je voulais protéger.

* * *

Lorsque je me suis levée le lendemain, Randy et ma mère étaient déjà partis et ils ne rentreraient pas avant le lendemain.

Maman m'avait laissé un mot sur le bar de la cuisine.

Randy m'a réveillée à l'aube en me faisant la surprise de m'emmener dans les Berkshires. Il avait déjà mis nos valises dans la voiture ! Je ne voulais pas te réveiller. On sera de retour tard lundi soir. Il y a plein de restes pour Elec et toi dans le frigo. Appelle-moi sur mon portable si tu as besoin de quoi que ce soit. Je t'aime.

C'était étrangement pratique. J'étais certaine que mon beau-père avait arrangé ce séjour pour éviter d'avoir à faire face à ce qui s'était passé dans la nuit. J'ai pris mon téléphone et ai écrit tout de suite à ma mère.

Profite de ton séjour, mais quand tu rentres, il faut qu'on parle sérieusement de ce qui se passe entre Randy et Elec.

Elec n'est pas sorti de sa chambre avant quatorze heures, traînant des pieds jusqu'à la cafetière, les cheveux en bataille, les yeux rouges.

– Bien le bonjour, petit rayon de soleil.

– Salut, a-t-il grogné d'une voix rauque en se servant une tasse de café qu'il a mise au micro-ondes.

– Apparemment, nos parents sont en virée et ils ne reviennent que demain soir.

– Quel dommage !

– Qu'ils soient partis ?

– Non, qu'ils reviennent, répondit-il en buvant une gorgée de café.

– Je suis désolée pour...

– Non, stop, a-t-il dit en fermant les yeux et en tendant la paume de sa main vers moi. Je ne peux pas te parler. Ta voix me fait l'effet d'une tronçonneuse.

– Désolée. Je comprends. Tu as la gueule de bois.

– Je n'y avais pas pensé, mais oui, je suppose que ça doit jouer aussi.

J'ai levé les yeux au ciel. Il m'a fait un clin d'œil, et mon cœur a cessé de battre un instant.

J'étais assise en tailleur sur le canapé de la salle à manger.

– Tu as prévu de faire quoi, aujourd'hui ? j'ai demandé.

– Eh bien, d'abord, il faut que je me souvienne de ce que j'ai fait de ma tête.

– Et ensuite ?

Il a haussé les épaules.

– Je sais pas.

– Ça te dit qu'on commande à emporter, ce soir ? ai-je dit en essayant d'adopter un ton aussi détendu que possible.

Il a soudain eu l'air angoissé et il s'est frotté sa barbe de trois jours.

– Euh...

– Quoi ?

– Non, a-t-il répondu en regardant son téléphone. En fait... euh... j'ai un rencard.

– Avec qui ?

– Avec… euh…

– Tu ne te souviens pas ?

Il s'est gratté la tête.

– Attends, laisse-moi réfléchir.

– C'est tellement triste.

– Ah ! Avec Kylie ! Oui, c'est ça, Kylie.

Si seulement Kylie savait à quel point elle était interchangeable. Secrètement, j'étais soulagée qu'il n'ait pas répondu *Victoria*, parce que je savais qu'elle avait toujours l'intention de le recontacter, malgré la façon dont s'était déroulé notre « double date ». Je savais qu'elle lui avait écrit au moins une fois hier, et son attitude désespérée me déprimait.

Quelques heures plus tard, j'étais allongée sur le canapé du salon, en train de lire, lorsqu'Elec est descendu de sa chambre. Instinctivement, je me suis redressée un peu et j'ai ajusté mes vêtements. Son parfum était suffisamment aphrodisiaque pour m'exciter avant même de l'avoir vu. Il portait un pantalon noir et une chemise marron, cintrée, dont les manches étaient relevées. Ses cheveux étaient coiffés décoiffés et, à part sa petite coupure à la lèvre, il n'avait jamais été aussi beau. D'ailleurs, même sa lèvre légèrement gonflée le rendait sexy. L'énergie de la pièce semblait changer en sa présence. Tous mes sens étaient sur le qui-vive.

Je me suis souvenue du message qu'il m'avait envoyé l'autre soir : Respecte-toi. Argh. Je me suis concentrée sur mon livre puisqu'apparemment je ne pouvais masquer mon attirance pour lui. Le simple souvenir de ce message m'a mise de mauvaise humeur. Avec tout ce qui s'était passé avec Bentley et Randy, j'avais oublié la promesse que je m'étais faite de ne plus le regarder.

Il a empoigné son trousseau de clés.

– Je file.

Je n'ai pas levé les yeux.

– D'accord.

La porte a claqué et j'ai soupiré, soulagée. Cela faisait longtemps que je n'avais pas eu la maison pour moi toute seule et, même si je regrettais qu'Elec ne soit pas avec moi, j'ai décidé de profiter de ce moment de tranquillité.

J'avais appelé le traiteur chinois du coin pour me faire livrer, et je venais de m'asseoir pour manger lorsque mon téléphone a sonné.

J'ai eu un flash-back d'hier soir.

Greta : Ah ?

Elec : Tu étais à quatre pattes à mes pieds. Est-ce que tu as abusé de moi ?

Greta : Tu plaisantes j'espère. Non ! Je t'enlevais tes chaussures, espèce d'ivrogne.

Elec : Croustillant. Tu es fétichiste des pieds ?

Greta : Tu n'es pas sérieux...

Elec : ;-)

Greta : Tu n'avais pas un rencard ?

Elec : Si.

Greta : Alors, pourquoi tu ne t'occupes pas d'elle ?

Elec : Parce que je préfère te titiller.

Un coup de fil a interrompu mes pensées avant que je lui aie répondu. C'était Bentley. *Merde.* Je ne savais pas si je devais répondre ou non.

– Allô ?

– Salut, Greta.

– Salut. Qu'est-ce qui se passe ?

– Elec n'est pas là, si ?

– Non, pourquoi ?

– Tu as laissé ta veste dans ma voiture l'autre soir. Est-ce que je peux passer te la rapporter ?

– Euh… d'accord. Oui, je suppose.

– Super. Je serai là dans une vingtaine de minutes.

J'ai raccroché. J'ai vu qu'Elec m'avait envoyé plusieurs messages pendant que j'étais au téléphone.

Elec : En vérité, cette nana est on ne peut plus morte.

Elec : Morne ! Je voulais dire que ce rencard était morne !

Elec : LOL

Elec : #pasmorte #jaimelachattevivante

Je pleurais de rire et j'ai eu du mal à taper mon message.

Greta : Désolée, Bentley m'a appelée. J'ai laissé ma veste dans sa caisse et il me la rapporte.

Quelques secondes plus tard, mon téléphone a sonné de nouveau.

– Tu déconnes ?! Ne laisse pas ce type rentrer dans la maison !

– Il veut juste déposer ma veste.

– Rappelle-le et dis-lui de la laisser sur le paillasson.

– Hors de question. Quoi qu'il se soit passé entre vous…

Elec m'a raccroché au nez. *Enfoiré.* Quel culot ! Pour qui se prenait-il, à me dire quoi faire sans me donner d'explications ?

Dix minutes plus tard, j'ai failli faire un arrêt cardiaque lorsque la porte d'entrée s'est ouverte brusquement. Elec était à bout de souffle.

– Est-ce qu'il est venu ?

À quoi est-ce qu'il jouait ?

– Pas encore. Qu'est-ce que tu fais là ?

– Tu ne m'écoutais pas. Je n'ai eu d'autre choix que de rentrer à la maison.

– Si tu refuses de m'expliquer pourquoi je suis censée fuir Bentley comme la peste, comment veux-tu que je t'écoute ?

Il s'est passé la main dans les cheveux, clairement frustré.

La sonnette de la porte d'entrée a retenti, mais Elec a été plus rapide que moi.

– Qu'est-ce que tu fais ici ? a demandé Bentley en pâlissant subitement. Elle a dit que tu ne serais pas là.

Elec a pris ma veste des mains de Bentley et lui a claqué la porte au nez.

– Je vais le voir. Laisse-moi passer.

Il a croisé les bras et n'a bougé pas d'un centimètre.

– Il faudra me passer sur le corps. Et puis, écoute, ce lâche a déjà démarré sa bagnole.

J'ai soupiré et décidé de lâcher l'affaire. Je n'avais pas spécialement envie de voir Bentley, j'étais seulement agacée qu'Elec se prenne pour le roi du monde. Il n'avait absolument pas le droit de s'immiscer dans ma vie alors qu'il refusait de s'ouvrir à moi.

La tension entre nous était palpable, et je suis retournée à mon assiette que j'avais laissée sur la table basse. Nous ne nous sommes pas adressé la parole pendant plusieurs minutes, puis j'ai fini par rompre le silence.

– Il y a du chinois sur le bar, si tu veux.

Il avait encore l'air furieux et il n'a pas répondu. Cependant, il est allé dans la cuisine et a commencé à manger.

– Tu as faim ? Tu n'as pas dîné avec ton rencard ?

– Non.

– Elle n'était pas furieuse contre toi que tu la plantes comme ça ?

– Non, a-t-il répondu la bouche pleine.

– Si vous n'avez pas mangé, qu'est-ce que vous avez fait ? j'ai demandé en m'accoudant sur la table. Non, ne me dis pas, je préfère ne pas savoir.

– Euh... Riley voulait aller au bowling.

– Je croyais qu'elle s'appelait Kylie.

– Oups, dit-il en affichant un sourire coupable avant de mordre dans un nem.

Je n'ai pas su quoi dire. Alors, j'ai levé les yeux au ciel et pris le dernier nem avant qu'il ne l'engouffre également.

– Je vais regarder un film sur Netflix, si tu veux te joindre à moi.

Il s'est arrêté de manger un instant et m'a dévisagée.

– C'est quoi ton problème, bon sang ?

– Je te demande pardon ?

– J'ai beau te traiter comme de la merde... tu as quand même envie de traîner avec moi, c'est absurde.

J'étais sur le point d'exploser.

– Personne ne t'a demandé de rentrer ce soir ! D'ailleurs, j'étais ravie d'avoir la maison pour moi toute seule !

– Ah bon ? Pourquoi ? Tu allais t'allonger sur le canapé avec ton vibro... quelque chose comme ça ?

Mon cœur a cessé de battre. *Mon vibromasseur.*

Merde !

Il était dans le même tiroir que mes sous-vêtements. J'avais oublié que je l'y avais rangé quand j'avais fait le tri dans ma table de nuit. Je ne m'en étais pas servie depuis longtemps et j'avais complètement oublié. *Il l'avait pris aussi !*

– Quoi, tu viens de réaliser qu'il avait disparu ? Comment tu as fait pour t'en passer ? Soit tes doigts sont à vif, soit tu es complètement sur les dents, ma belle.

– Connard !

Mon œil s'est mis à cligner.

– Tu me fais encore des clins d'œil. Je suis désolé, je ne peux pas t'aider. Peut-être que tu devrais regarder un tout autre genre de film ce soir, ça pourrait te détendre un peu. J'en ai quelques-uns, si tu veux.

Je me suis souvenue de nouveau de ce qu'il m'avait dit quelques jours plus tôt. « *Respecte-toi.* »

J'en avais eu assez pour ce soir. Je passerais ma soirée dans ma chambre – apparemment, c'était le seul endroit où je pouvais être un peu en paix. Mais avant de partir, j'ai pris le bol de nouilles et l'ai renversé sur ses genoux.

– Détends-toi avec ça, abruti.

Son rire rauque m'a suivie jusqu'à ce que j'aie fermé la porte de ma chambre.

Je n'ai pas pu m'endormir. Je ne cessais de me tourner et de me retourner dans mon lit. Pour qui se prenait-il ? Il agissait comme si c'était moi qui cherchais sa compagnie, alors que c'était lui qui m'avait écrit pendant son rencard avant de décider de planter cette pauvre fille pour se mêler de mes affaires.

À deux heures du matin, je ne dormais toujours pas lorsque j'ai entendu des cris en provenance de la chambre d'Elec.

CHAPITRE 7

Elec se débattait dans son lit, ses draps étaient par terre. Sa respiration était saccadée et il était en nage.

– Maman, je t'en supplie ! Non ! Réveille-toi ! Réveille-toi ! Je t'en suppliiiie !

Je me suis accroupie devant lui pour le réveiller.

– Elec ! Elec. Ce n'est qu'un cauchemar.

Toujours à moitié endormi, il a attrapé mon bras et l'a serré si fort qu'il m'a fait mal Lorsqu'il a ouvert les yeux, il avait toujours l'air ailleurs. Son front était couvert de sueur. Il s'est assis et m'a regardé, l'air perdu.

– C'est moi. Tu as fait un cauchemar. Je t'ai entendu crier. Tout va bien maintenant. Tu vas bien.

Son souffle était encore saccadé, mais il commençait à se calmer peu à peu. Il a lâché mon bras et a semblé reprendre ses esprits.

– C'est la seconde fois que je te trouve dans ma chambre alors que je suis à peine conscient. Comment je suis censé croire que tu ne profites pas de moi toutes les nuits pendant mon sommeil ?

Il se fout de ma gueule ?

J'en avais vraiment assez de ses conneries.

J'étais sur les nerfs parce que je n'avais pas dormi, et il avait dépassé les bornes une fois de plus. Du coup au lieu de répondre, je l'ai poussé de toutes mes forces contre la tête de lit. C'était peut-être un geste immature, mais ça faisait des semaines que je mourais d'envie de le faire.

Il a éclaté de rire et ça m'a rendu encore plus furieuse.

– Eh bien, il était temps !

– Je te demande pardon ?

– J'attendais justement le moment où tu craquerais enfin.

– Tu trouves ça drôle d'en arriver là ?

– Non, c'est *toi* que je trouve drôle... vraiment amusante. J'adore te faire tourner en bourrique

– Eh bien, tant mieux. Je suis ravie de t'amuser autant.

Merde. Je sentais les larmes me monter aux yeux. *Il était hors de question que je pleure devant lui !*

Le problème était que j'allais bientôt avoir mes règles et que je ne pouvais rien faire pour contrôler ces émotions. J'ai essayé de couvrir mon visage, mais il avait déjà vu une larme couler sur ma joue et son sourire s'est immédiatement évanoui.

– Merde !

Il fallait que je parte. Je ne pouvais pas expliquer ce qui se passait alors que je ne le comprenais pas moi-même. J'ai tourné les talons et je suis retournée dans ma chambre en claquant la porte. Je me suis glissée sous ma couette et j'ai fermé les yeux, Tout en sachant que je n'étais pas près de m'endormir.

Ma porte s'est ouverte lentement et la lumière s'est allumée.

– On fait la paix ? a demandé Elec.

J'ai tourné la tête vers lui et là, j'ai cru que j'allais tourner de l'œil. Il était debout, au milieu de ma chambre, une bite à la main. Mais pas n'importe quelle bite. C'était ma bite. Ma bite violette en caoutchouc.

Il jouait avec.

– Quel meilleur moyen de faire la paix qu'avec un vibro et un sourire ? a-t-il dit en riant.

Je me suis cachée sous la couette.

– Allez... Tu pleures vraiment ?

Il n'y avait plus un bruit. Je me suis dit que si je ne bougeais pas, il finirait par partir, mais j'avais tort. J'ai entendu un « clic » puis des vibrations. J'ai senti qu'il s'asseyait sur mon lit.

– Si tu ne veux pas sourire, je vais devoir te chatouiller avec ton petit chéri, a-t-il dit en frottant mon gode contre ma hanche.

Je suis sortie de sous la couette pour essayer de récupérer le vibro, sans succès. Il a continué à me chatouiller sur la jambe, sous le pied, et j'avais beaucoup de difficulté à ne pas rire.

– Arrête !

– Certainement pas.

Je n'ai plus pu me retenir et j'ai éclaté de rire.

Comment en étais-je arrivée à me rouler dans mon lit avec Elec, un gode à la main, au beau milieu de la nuit? Je riais si fort que j'avais peur d'en mourir. Imaginez les titres des journaux: *« Elle meurt chatouillée par un pénis géant »*.

Il a fini par éteindre l'engin et il m'a fallu quelques minutes pour reprendre mon souffle.

– Pourquoi tu arrêtes maintenant?

– Je voulais te faire rire. Mission accomplie. Tiens, dit-il en me rendant mon vibromasseur.

– Merci.

– Tu vas fêter ça demain soir? Est-ce que je devrai apporter des chips et du guacamole?

J'étais en train de remettre l'objet dans le tiroir de ma table de nuit avant de lui trouver une meilleure cachette.

– Très drôle.

Il est resté allongé à côté de moi et, même si nous ne nous touchions pas, je sentais la chaleur de son corps sur le mien.

J'ai promené mon regard sur son torse bronzé et ses tablettes de chocolat et j'ai senti le désir monter en moi. Son boxer dépassait de son jogging gris et il était pieds nus. J'ai réalisé à quel point ses pieds étaient sexy, et je me suis forcée à le quitter des yeux pour fixer le plafond.

– Je n'avais vraiment aucune envie de venir ici, Greta, dit-il d'une voix râpeuse.

C'était la première fois qu'il prononçait mon prénom, et j'ai adoré l'entendre dans sa bouche. Je me suis tournée vers lui et il a continué à fixer un point sur le mur en me parlant.

– J'étais à deux doigts de ne pas prendre cet avion et de partir ailleurs.

– Qu'est-ce qui t'a fait changer d'avis ?

– Je ne pouvais pas faire ça à ma mère. Je ne voulais pas qu'elle ait à s'inquiéter pour moi.

– Je comprends, maintenant, pourquoi tu ne voulais pas venir. Après avoir entendu comment Randy te parle, je comprends pourquoi tu as tant de colère contre lui. En revanche, je ne comprends pas pourquoi tu t'es défoulé sur Bentley, l'autre soir.

– Qu'est-ce qui te fait penser que c'est de ma faute ?

– Parce que tu refuses de m'expliquer ce qui s'est passé, et que c'est toi qui le frappais alors qu'il était déjà au sol.

Il a éclaté d'un rire amer.

– Je suppose que j'ai aussi *l'air* d'être le méchant dans l'histoire, n'est-ce pas ? J'imagine que tous les clients du restaurant ont pensé que j'ai pété un câble sans raison et que j'ai tabassé ce gentil garçon juste pour m'amuser ? J'ai peut-être un casier judiciaire, parce que j'ai bu de l'alcool alors que j'étais mineur et que j'ai fumé un joint, mais je n'ai jamais – jamais – attaqué qui que ce soit. Je n'ai même jamais mis de coup de poing à quelqu'un de toute ma vie.

Waouh.

– Alors pourquoi tu ne me dis pas ce qui s'est passé ?

– Parce qu'en dépit de ce que tu penses, et malgré le fait que j'adore te faire tourner en bourrique... je ne veux pas que tu souffres.

– Je ne comprends toujours pas.

Il s'est tourné vers moi et m'a regardée.

– Le jour où je suis arrivé et que tu m'as vu nu dans la salle de bains, je voulais te choquer. Tu as dit que c'était la première fois que tu voyais un garçon à poil.

J'ai supposé que tu plaisantais, mais je m'en veux de t'avoir fait ça, maintenant.

J'étais un peu angoissée par la tournure que prenait cette conversation.

– D'accord… mais je ne comprends pas le rapport avec Bentley.

– Cet idiot ne savait pas que j'étais ton demi-frère. Donc, quand tu t'es levée de table, il a commencé à faire le malin. Il a dit qu'il allait t'emmener à cette fête la semaine prochaine, te faire boire et te baiser – apparemment, ton ex a parié cinq cents dollars qu'il n'y arriverait pas parce que tu es vierge.

– Oh mon Dieu !

– Du coup, ouais… je lui ai cassé la gueule, dit Elec en hochant lentement la tête.

– Mais tout le monde t'en a mis plein la tronche et tu n'as rien dit, alors que tu voulais juste me protéger ?

– Je ne savais pas comment te dire ce qu'ils avaient prévu. Je te le dis seulement parce que j'ai compris ce soir que tu allais continuer à le voir.

– Merci, Elec.

– J'aime bien te faire tourner en bourrique, Greta. Au début, c'était un moyen de me venger de mon père – torturer la fille de Sarah. Mais ça a fini par m'amuser. Ce soir, quand tu as pleuré, j'ai réalisé que j'avais été trop loin et que, pour toi, ce n'était pas un simple jeu. Je comprends que tu as du mal à me croire, mais je n'ai jamais voulu te faire de mal. En revanche, je ne peux pas supporter que quelqu'un te fasse souffrir.

Il a à nouveau regardé le plafond et froncé les sourcils comme s'il réfléchissait à ce qu'il venait de dire.

Du bout du doigt, j'ai effleuré l'entaille sur sa lèvre.

Il a fermé les yeux et mon cœur s'est mis à battre plus fort.

– Je suis désolée que tu aies été blessé.

– Ça en valait la peine, a-t-il dit sans hésitation.

J'ai retiré mon doigt et il m'a regardée d'un air dénué de sarcasme. Il était parfaitement sincère.

J'en ai profité pour changer de sujet.

– Tu veux devenir écrivain ?

Son regard s'est perdu dans le vide.

– Je suis écrivain. J'écris depuis que je suis petit.

– De quoi parle *Lucky et le gamin* ? Pourquoi tu ne voulais pas me le montrer ?

Il a eu l'air mal à l'aise.

– C'est simplement que je n'étais pas prêt à en parler. Lucky était mon chien, en fait.

– Tu as écrit une histoire sur lui ?

– Si on veut. C'est un peu une version embellie de ma vie avec lui. Lucky n'était pas juste mon meilleur ami, il était le seul à pouvoir me calmer quand j'étais petit. J'étais sévèrement hyperactif – à tel point qu'on m'a prescrit un traitement. Le jour où ma mère a ramené Lucky à la maison, mon comportement s'est radicalement amélioré. Si l'histoire est vaguement fondée sur Lucky et moi, elle parle surtout d'un garçon qui a des super-pouvoirs dont il se sert pour élucider des mystères et des crimes. Le problème, c'est qu'il ne peut déchiffrer les alertes dans sa tête que quand son chien est avec lui. À un moment donné, Lucky se fait kidnapper et le reste de l'histoire raconte comment le garçon fait tout pour le récupérer. Et le tout se déroule en Irlande.

– Waouh. Pourquoi en Irlande ?

– J'ai toujours été obsédé par tout ce qui avait trait à ce pays, a-t-il dit en désignant les deux Shamrocks sur ses abdos. Je crois que c'est un moyen pour moi de me sentir plus proche de cette partie de ma famille – l'héritage de Randy – puisque je n'ai pas vraiment de lien avec lui. Ça paraît sans doute un peu stupide, mais c'est la seule explication que j'aie trouvée.

– Qu'est-ce qui est arrivé à Lucky ?

– Il est mort peu de temps après que Randy a quitté ma mère. Il s'est passé beaucoup de mauvaises choses à cette époque.

– Je suis vraiment désolée, Elec.

– Ça va, ne t'en fais pas.

J'ai regardé ma main, toujours posée sur son bras tatoué, et j'ai longuement réfléchi avant de poser la question suivante.

– Pourquoi est-ce qu'il te traite aussi mal ?

Il a plongé ses yeux dans les miens.

– Merci de lui avoir tenu tête, hier soir. Je n'étais pas bourré à ce point, tu sais. J'ai entendu tout ce que tu lui as dit et je ne l'oublierai jamais. Mais je n'ai pas envie de parler de lui, Greta. C'est une longue histoire, et elle est beaucoup trop compliquée pour en parler à deux heures et demie du matin.

J'en avais appris plus en quelques minutes qu'en plusieurs semaines – je n'allais pas insister ce soir.

– D'accord, on n'est pas obligés d'en parler.

Après un long silence, j'ai pris mon courage à deux mains.

– Est-ce que je peux lire ton livre ?

Il a éclaté de rire et secoué la tête.

– Waouh, tes questions n'en finissent pas, ce soir.

– Je suppose que je suis excitée d'apprendre – enfin – à connaître mon demi-frère.

Il a hoché la tête.

– Je ne sais pas si je veux que tu le lises. Personne ne l'a jamais lu. Je me répète sans cesse que je vais trouver un moyen de le faire publier, mais je ne le fais jamais. L'histoire n'est pas parfaite, mais c'est celle dont je suis le plus fier. Je suis sûr qu'il y a plein dc fautes que je n'ai pas vues.

– Je serais ravie de la lire. Et si je trouve des fautes, je te le dirai. Tu sais, la littérature, c'est un peu mon dada.

– Je vais y réfléchir, a-t-il dit en souriant et en levant les yeux au ciel.

– D'accord, ça me va.

Lorsqu'il s'est à nouveau tourné vers moi, le gris de ses yeux était éclairé par la lumière. Je l'ai senti se détendre.

– Parle-moi de ton père, a-t-il dit en me transperçant d'un regard incroyablement intense.

– Il s'appelait Keith, j'ai répondu en détournant le regard, à la fois touchée et gênée qu'il s'intéresse à mon père. C'était vraiment un homme bon. Il était pompier à Boston. Ma mère avait dix-sept ans quand elle l'a rencontré, il avait quelques années de plus qu'elle et leur couple était un peu tabou. Il était l'homme de sa vie. Notre vie était simple, mais heureuse. J'étais sa petite princesse. Un jour, il a commencé à tousser, et un mois plus tard, on lui trouvait un cancer avancé des poumons. Il en est mort six mois plus tard.

Il a posé sa main sur la mienne. Ses doigts jouaient avec les miens et je me suis sentie comme électrifiée. Je n'avais jamais imaginé que toucher la main de quelqu'un me mettrait dans un tel état.

– Je suis désolé que tu aies dû traverser ça, dit-il.

– Moi aussi. Il m'a laissé des lettres – une par an jusqu'à mes trente ans. J'en ouvre une à chacun de mes anniversaires.

– Il serait fier de toi. Tu es une belle personne, Greta.

Je ne savais pas vraiment ce que j'avais fait pour avoir le privilège de voir ce qui se cachait derrière la façade brute d'Elec, mais j'étais ravie. Cependant, je m'attendais à ce que ça finisse d'une minute à l'autre.

– Merci, ai-je dit avant de détourner mon regard.

Il a retiré sa main de la mienne et ses doigts se sont posés sur mon menton. Il m'a obligée à le regarder.

– Ne fais pas ça.

– Quoi ?

– Tu as tourné la tête. C'est de ma faute. Je t'ai fait croire que je ne voulais pas que tu me regardes. Sauf que de tout ce que je t'ai dit, ce mensonge était vraiment le plus gros, et c'est celui que je regrette le plus. J'avais commencé à baisser ma garde et ça m'a foutu la trouille. Je n'ai jamais eu de problème avec la façon dont tu me regardes. Mon seul problème, c'est ce que je ressens quand tu me regardes. Des choses que je ne suis pas censé ressentir – que je n'ai pas le droit de ressentir. Mais je ne supporte pas que tu ne me regardes plus, Greta.

Il avait des sentiments pour moi ?

– À ton avis, qu'est-ce que je pense quand je te regarde ?

– J'ai l'impression que tu m'aimes bien, mais que tu sais que tu ne devrais pas, a-t-il dit, ce qui m'a fait sourire. Et j'ai l'impression que tu cherches à me déchiffrer.

– D'ailleurs, ce n'est pas une tâche facile.

– Parfois, tu me regardes comme si tu voulais que je t'embrasse de nouveau mais que tu ne saurais pas vraiment comment réagir si je le faisais. Ce baiser... c'est pour ça que j'ai déguerpi du restau aussi vite que possible. C'était censé être une blague, mais ça a fini par être bien trop sincère à mon goût.

Mon estomac a fait un saut périlleux – il avait ressenti la même chose que moi ?

– Alors, tu es attiré par moi ? je lui ai demandé en le regrettant immédiatement. Enfin... je ne ressemble pas du tout aux filles avec qui tu sors. J'ai des petits seins, je ne me teins pas les cheveux. Je suis tout le contraire de celles que tu ramènes à la maison.

Il a gloussé doucement.

– Ça, c'est clair. Mais qu'est-ce qui te fait penser que je les aime parce que je les ramène à la maison ? Ces filles sont... comment dire... elles sont faciles. Je ne ressens rien pour elles. Elles ne cherchent pas à mieux me connaître – elles veulent juste coucher avec moi. Parce que c'est quelque chose que je fais très bien.

– Ouais, je m'en étais doutée, ai-je dit en riant.

La tension entre nous était lourde de sous-entendus. Rien ne m'avait jamais excitée autant que l'assurance sexuelle qui émanait de lui à ce moment-là.

Il me regardait des pieds à la tête.

– Bref. Pour répondre à ta question, je préfère ton corps aux leurs, en fait.

– Pourquoi ?

– Tu veux des détails, hein ?

Il a souri et s'est rapproché de moi, comme s'il allait me confier un secret.

– Alors... tu es petite, musclée, fine, et tes seins... sont de taille parfaite, et ils sont naturels, dit-il en baissant les yeux sur ma poitrine. Je sais que tu as des tétons magnifiques parce qu'ils me saluent en ce moment même. D'ailleurs, ce n'est pas la première fois que ça arrive.

J'ai glissé mes mains sous ma joue et me suis enfoncée dans l'oreiller, comme si Elec me lisait une histoire érotique pour m'endormir.

– Je rêve de les sucer, Greta.

J'étais tellement excitée que j'ai senti mon sexe pulser et mouiller entre mes jambes. Souhaitant qu'il ne s'arrête pas, j'ai murmuré :

– Quoi d'autre ?

– Tu as un cul incroyable, aussi. Le soir où on a été au ciné, tu portais cette minijupe rouge, et chaque fois que cet abruti glissait sa main sur tes fesses pendant qu'on marchait, ça me rendait dingue. Je voulais être celui qui te touchait.

Je n'ai pu m'empêcher de me rapprocher et de poser ma main sur sa barbe de trois jours.

– Vraiment ?

– Et tu es vraiment jolie, aussi.

Je mourais d'envie de goûter de nouveau à sa bouche, mais je me suis contentée de l'effleurer du bout du doigt.

– Je croyais que j'étais étonnamment banale ?

Il a lentement secoué la tête et m'a caressé la joue, puis il a avancé encore son visage et chuchoté contre mes lèvres :

– Non... tu es incroyablement belle.

– Embrasse-moi.

Il a continué à me parler, à quelques millimètres de mes lèvres, le souffle rauque.

– Ce n'est pas que j'en n'aie pas envie. J'en ai tellement envie que c'en est presque douloureux. C'est juste que...

Je ne l'ai pas laissé finir et j'ai pris ce que je désirais tant. Ce dont j'avais tant besoin.

Il a gémi dans ma bouche quand mes lèvres ont recouvert les siennes et il a posé ses mains sur mes joues. Sans la sauce piquante qui avait parfumé notre dernier baiser, j'ai savouré son véritable goût – j'ai su immédiatement que j'avais atteint le point de non-retour. Je ne savais pas si c'était à cause de mes hormones ou parce que les semaines précédentes avaient servi de préliminaires, mais j'ai perdu tout semblant de contrôle. De plus, les bruits qu'il émettait me donnaient encore plus faim de lui.

J'ai promené ma langue sur l'entaille de sa lèvre et il a fermé les yeux. Il a pris le contrôle, m'embrassant avec plus de fougue, et j'ai plaqué mon corps contre le sien, sentant son érection entre mes cuisses. Je me fichais des conséquences – ce baiser pouvait ne jamais prendre fin.

Cependant, je n'aurais jamais cru prononcer la phrase suivante.

– Je veux que tu me montres comment tu baises, Elec.

Il a reculé tout de suite son visage, l'air profondément choqué.

– Qu'est-ce que tu viens de dire ?

Ça a été le moment le plus humiliant de ma vie. Quant à Elec, il écarquillait les yeux, comme s'il se réveillait tout juste d'un rêve.

– Merde. Non... non. Il faut que tu comprennes quelque chose, Greta. Ça n'arrivera jamais.

Rectification. Ça, c'était le moment le plus humiliant de ma vie.

– Pourquoi ? Après tout ce que tu viens de me dire ?

Bon sang, je me sentais tellement conne !

Il s'est adossé à la tête de lit, l'air torturé.

– Il était important pour moi que tu saches à quel point j'ai envie de toi et à quel point je te trouve belle – à l'intérieur comme à l'extérieur – parce que j'ai peur d'avoir atteint ta confiance en toi, même si ce n'était pas mon intention. Je pense absolument tout ce que je viens de te dire, mais je n'aurais jamais dû t'embrasser. D'ailleurs je ne devrais même pas être dans ton lit – c'est simplement que c'était super-agréable d'être là avec toi.

– En quoi je suis différente des autres filles à qui tu te donnes ?

Il a passé ses deux mains dans ses cheveux et les a ébouriffés, puis il a posé sur moi un regard sombre et intense.

– En fait, il y a une différence énorme, Greta. Tu es la seule fille au monde qui m'est interdite, et ça me donne encore plus envie de toi.

CHAPITRE 8

Presqu'un mois s'était écoulé depuis cette nuit. Elec avait quitté mon lit peu après m'avoir répété qu'il ne pourrait jamais rien se passer entre nous. Étant donné que nous n'étions pas de la même famille, je ne comprenais pas pourquoi – il devait y avoir une autre raison.

Le pire dans cette histoire, c'était qu'Elec gardait désormais ses distances. Je ne recevais plus de messages coquins ni d'invitations à jouer à ses jeux vidéo. Lorsque nous étions tous les deux à la maison, il restait dans sa chambre, et je restais dans la mienne.

Il passait également de plus en plus de temps au magasin de vélos.

Je n'aurais jamais cru que ses insultes ou ses remarques déplacées me manqueraient, mais j'aurais tout donné pour que les choses redeviennent ce qu'elles étaient avant de l'avoir embrassé et de lui dire que je voulais qu'il me baise.

Argh.

J'avais horriblement honte dès que j'y repensais, mais sur le moment, j'étais enivrée par Elec et je voulais connaître une telle intimité avec lui. Je m'étais sentie prête. Elec et moi avions tous les deux fêté nos dix-huit ans quelques semaines après cette nuit-là – à cinq jours d'intervalle. Je me sentais suffisamment âgée pour passer ce cap avec quelqu'un. Et puis, ce n'était pas comme si je me réservais pour le mariage ou quelque chose comme ça – j'étais vierge parce que je n'avais jamais voulu le faire avec qui que ce soit... sauf Elec. Et il avait passé les dernières semaines à s'assurer que je comprenais qu'il n'y aurait jamais rien entre nous.

Il me manquait.

Un soir, les choses ont changé. Elec ne dînait quasiment jamais à la maison, mais ce soir-là, un mercredi, il a décidé de se joindre à nous. Depuis le soir où j'avais vu comment Randy traitait son fils, je l'évitais le plus possible et je ne le voyais qu'au moment des repas. Ma mère et moi n'étions pas non plus en très bons termes, car elle continuait à dire qu'elle n'avait pas à se mêler des problèmes de Randy et Elec.

À table, Elec évitait de croiser mon regard. Il gardait la tête baissée, occupé à enrouler ses spaghettis autour de sa fourchette. J'ai passé un moment à regarder le linge des voisins, étendu sur la corde, qui valsait dans la brise – et j'ai senti ses yeux sur moi. J'avais l'impression qu'il attendait que je regarde ailleurs pour pouvoir m'observer sans que je ne le remarque, et en effet, lorsque j'ai tourné la tête vers lui, il a baissé la sienne.

Randy était particulièrement en forme ce soir-là, se plaignant que les pâtes et la sauce ne comblaient pas son appétit. Il s'est levé et est allé fouiller dans le placard dans lequel nous rangions les biscuits apéritifs et les bonbons.

– Greta, tu peux m'expliquer ce que font tes culottes dans une boîte de Pringles ? a-t-il hurlé.

Bouche bée, j'ai regardé Elec. Nous nous sommes dévisagés pendant plusieurs secondes, puis Elec a souri et nous avons éclaté de rire, incapables de nous arrêter.

Qu'est-ce que j'adorais l'entendre rire comme ça.

J'ai ri de plus belle lorsque j'ai vu la mine renfrognée de Randy. Quand nous nous sommes enfin calmés, Elec a continué de me regarder en souriant, puis il a dit, suffisamment bas pour que je sois la seule à entendre :

– Je t'avais dit qu'elles n'étaient pas dans ma chambre.

Randy a posé la boîte de chips sur la table, devant moi, et je l'ai ouverte pour en faire l'inventaire.

– Elles n'y sont pas toutes.

– J'en ai gardé une ou deux.

J'ai levé les yeux au ciel et lui en ai jeté une à la figure, il l'a attrapée et la mise sur sa tête. Seul mon demi-frère pouvait rester sexy avec une culotte rose sur la tête. Il ne m'a pas quittée des yeux, me souriant de cet air mesquin qui m'avait tant manqué. C'était tellement bon d'avoir de nouveau son attention, même si ce n'était que passager.

Plus tard dans la soirée, j'étais en train de me mettre en pyjama lorsque mon téléphone a vibré.

Est-ce que tu peux venir dans ma chambre s'il te plaît ?

Au fur et à mesure que j'approchais de sa chambre, mon rythme cardiaque accélérait, atteignant un niveau critique lorsqu'il a ouvert la porte. Il était plus sexy que jamais.

– Salut, a-t-il dit en souriant de toutes ses dents.

– Salut.

J'ai respiré et réalisé que ça ne sentait pas la cigarette.

Elec portait un sweat à capuche noir, dont il avait relevé les manches et dont la fermeture était à moitié ouverte. Ses cheveux étaient encore mouillés. Mon regard s'est arrêté sur sa bouche, où l'entaille avait guéri, et sur son piercing que je n'avais jamais eu autant envie de lécher. Je mourais d'envie de sentir de nouveau sa bouche et sa langue.

M'embrassant.

Me léchant.

Me mordant.

Change de sujet, ma vieille.

– Pourquoi ça sent si bon, ici ?

Il s'est allongé sur le lit, les mains croisées derrière la tête. Je ne pouvais m'empêcher de regarder le V qui était dessiné juste en dessous de ses abdos, regrettant de ne pouvoir m'allonger nue sur lui.

– Tu veux dire que d'habitude ma chambre pue ?

– Est-ce que tu as arrêté de fumer ?

– J'essaie.

– Pour de vrai ?

– Ouais... une nana bizarre qui se balade sans culotte m'a dit que c'était mauvais pour la santé. Alors... j'y ai enfin réfléchi et j'ai décidé de l'écouter.

– Je suis super-fière de toi.

Il s'est assis et m'a regardée.

– Eh bien, la vérité, c'est que tu avais raison. Ça finira par me tuer. Il y a plein d'aspects de ma vie qui sont nases, mais il y en a certains qui valent la peine de vivre.

L'ambiance qui régnait dans la chambre a changé, et un silence pesant s'est installé.

– Pourquoi tu voulais me voir ?

Il s'est levé et est allé jusqu'à son armoire, et lorsqu'il s'est retourné vers moi, j'ai vu qu'il tenait son manuscrit dans les mains.

– Je voudrais que tu le lises, dit-il en me le donnant.

– Tu es sérieux ?

– Je ne laisse personne lire mes histoires, Greta. C'est un pas de géant pour moi. Mais quoi que tu fasses, ne le montre pas à Randy.

– D'accord, je te le promets. Merci de me faire confiance.

– Et sois honnête, surtout. Je peux encaisser la critique.

– Promis. Je vais prendre mon temps pour le lire comme il faut.

* * *

Je suis vite retournée dans ma chambre pour lire le roman d'Elec. Je lui avais dit que je prendrais mon temps, mais en vérité, j'étais incapable de le reposer et j'ai passé la nuit à le lire.

C'était passionnant. Il me semblait que je découvrais la personnalité d'Elec. Son personnage, Liam, lui ressemblait en de nombreux points, surtout lorsqu'il s'agissait du père qui passait son temps à l'agresser verbalement.

Au début de l'histoire, avant l'arrivée de Lucky, Liam était assez triste, mais ça ne m'a pas empêchée d'éclater de rire plusieurs fois.

Un jour, Liam a le béguin pour sa voisine d'en face, et il décide de demander à Lucky d'aller chez elle, espérant qu'elle le croie perdu et qu'elle le ramène chez lui. Hélas, au lieu de ça, Lucky, qui est un gros chien, préfère sauter le caniche de la jeune fille sur la pelouse, devant la fenêtre du salon. Horrifié, Liam voit ensuite Lucky faire ses besoins sur le perron de sa dulcinée, avant de revenir en courant aux pieds de son maître, bredouille.

L'histoire principale raconte que Liam a une ouïe surdéveloppée qui lui permet de sentir le mal autour de lui. Cependant, les informations ne lui sont pas toujours évidentes à comprendre, sauf en présence de Lucky. Un jour, Liam va voir la police pour leur donner des informations sur le meurtre d'une petite fille – mais il s'avère que le policier à qui il s'adresse est justement le meurtrier. Ce dernier décide alors de kidnapper Lucky afin que Liam ne puisse plus aider les autorités à résoudre l'enquête. Heureusement, Lucky réussit à s'échapper, et les retrouvailles entre Liam et son chien sont si touchantes que j'en ai pleuré à chaudes larmes.

Les descriptions étaient incroyablement réalistes, aussi bien quand Elec parlait des vallées irlandaises que des émotions de Liam. Il y avait même un chapitre bonus, écrit du point de vue du chien. Je ne trouvai que quelques erreurs de grammaire ou d'orthographe, que j'ai notées soigneusement sur un bloc-notes afin de les transmettre à Elec.

Lorsque j'ai eu fini, j'étais tombée éperdument amoureuse des personnages, et ça en disait long sur la plume d'Elec. Par ailleurs, je me sentais plus proche de lui et j'étais flattée d'avoir eu un aperçu de son esprit imaginatif et brillant. Il me fallait trouver les mots justes pour lui dire à quel point son roman était incroyable. Pour lui dire qu'il était incroyable.

Le lendemain, je suis allée au parc après les cours, et j'ai écrit toutes les émotions que j'avais ressenti à la lecture de son manuscrit, expliquant qu'il était fait pour écrire et qu'il se devait de continuer, même si son père n'était pas fier de lui.

Moi, je l'étais.

* * *

De retour à la maison, je me suis précipitée vers sa chambre pour lui rendre son manuscrit et lui donner ma lettre. Mais quand je suis arrivée en haut, j'ai entendu une voix de fille, et mon estomac a fait un saut périlleux.

Ils s'embrassaient, ils riaient.

Ça faisait une éternité qu'Elec n'avait ramené aucune fille – bien avant le soir où l'on s'était embrassés dans mon lit. Je pensais qu'il prenait soin de ne pas me faire de mal ou alors qu'il avait décidé de changer.

Eh bien, j'avais tort.

Avant, le savoir avec une autre fille me rendait jalouse et m'agaçait. Or, cette fois-ci, c'était différent. Je me sentais horriblement triste. Je ne supportais pas de rester dans la maison. J'ai laissé son livre et ma lettre devant sa porte et j'ai dévalé les escaliers, réalisant que sa plume n'était probablement pas la seule chose dont j'étais tombée amoureuse.

CHAPITRE 9

Plusieurs jours plus tard, Elec ne m'avait toujours pas parlé de ma lettre.

Entre-temps, Victoria ne m'avait laissé d'autre choix que de lui avouer mes sentiments pour mon très cher demi-frère. Elle n'arrêtait pas de dire qu'elle ne comprenait pas pourquoi il ne lui avait pas proposé un autre rencard alors qu'il l'avait embrassée au restaurant. N'ayant plus la patience de l'écouter, je lui ai raconté tout ce qui s'était passé entre nous. Elle n'en revenait pas, bien sûr, mais au moins elle a cessé de parler de lui une bonne fois pour toutes.

La semaine suivante, Elec a continué de m'ignorer.

Il s'est mis à travailler plus longtemps au magasin de vélos, et le reste du temps, il s'enfermait dans sa chambre. Il ne pouvait pas ignorer que je l'avais entendu avec cette fille ce jour-là, puisque j'avais laissé le manuscrit devant sa porte. Apparemment, il n'avait pas l'intention de s'excuser.

Du coup, quand Corey Jameson m'a invitée à sortir avec lui, j'ai accepté. Corey était probablement le garçon le plus gentil du lycée et, si je n'étais pas attirée par lui, j'avais grand besoin de me changer les idées et je savais que nous passerions un bon moment ensemble. C'était un des rares garçons que je considérais comme un ami, même s'il était désormais évident qu'il attendait davantage de notre relation.

Nous étions donc vendredi, le soir du rencard. J'avais bouclé mes cheveux et j'avais mis la robe bleu roi que j'avais achetée en solde – j'avais fait un effort. Cependant, je manquais d'enthousiasme, j'étais aussi excitée que si j'allais regarder un film chez Victoria.

Lorsque Corey a sonné à la porte, ma mère a ouvert et a crié :

– Greta, ton rendez-vous est là !

J'entendais de la musique de l'autre côté de la porte fermée d'Elec, mais elle n'était pas forte. J'avais envie qu'il me voie partir – en même temps, je ne voulais pas avoir à me soucier de lui ce soir.

Corey m'attendait en bas des escaliers avec un bouquet de fleurs, et j'ai eu un peu honte pour lui. J'imaginais mal Elec offrir des tulipes à une nana, mais soyons réalistes, il n'avait pas besoin de ce genre de geste.

– Salut, Corey.

– Salut Greta, tu es superbe.

– Merci.

– Est-ce que ça te gêne si j'utilise tes toilettes avant de partir ?

J'ai hésité à l'envoyer à l'étage, au cas où Elec déciderait de sortir de sa chambre.

– Bien sûr, c'est au premier. Tourne à gauche, et c'est au bout du couloir.

– Il a l'air super-gentil, a dit ma mère, assise sur le tabouret à côté de moi.

– Il l'est, j'ai répondu tout en mettant les fleurs dans un vase.

N'était-ce pas le problème, justement ? J'étais amoureuse d'un mec que personne ne décrirait jamais comme gentil.

Corey est redescendu quelques minutes plus tard, l'air perplexe et mal à l'aise.

– Tu es prêt ?

– Ouais, a-t-il répondu sans croiser mon regard, passant devant moi pour m'accompagner à la Ford Focus garée devant la maison.

Dans la voiture, il n'a pas allumé tout de suite le contact et s'est tourné vers moi.

– J'ai croisé ton demi-frère, en haut.

– Ah ?

– Il m'a dit de te donner ça. Apparemment tu l'as laissé dans sa chambre.

Il me tendait une culotte en dentelle rose. Je ne savais pas si je devais être en colère ou amusée. J'ai pris quelques secondes pour me ressaisir.

– C'est juste une de ses blagues – il a voulu s'amuser à nos dépens. C'est son passe-temps favori. Il y a quelque temps, il a pris tous mes sous-vêtements et il ne me les a pas encore tous rendus. C'est aussi simple que ça, promis.

Il a soupiré, l'air soulagé.

– Ok, parce que c'était super-bizarre.

– Je sais, je suis désolée.

J'ai profité que l'attention de Corey soit fixée sur la route pour envoyer un message à Elec.

Greta : Pourquoi tu as fait ça ???

Elec : Parce qu'il avait l'air tendu comme un string :-) Allez, c'était une super-blague !

Greta : Il ne l'a pas trouvée drôle, lui.

Elec : Avoue que tu n'en as rien à faire de lui.

Greta : Et comment tu sais ça ?

Elec : Parce que tu n'as d'yeux que pour moi.

Greta : Tu as tellement la grosse tête.

Elec : Il n'y a pas que ma tête qui soit grosse.

Greta : Pourquoi tu es toujours obligé de faire ça ?

Elec : De faire quoi ?

Greta : De céder à l'enculé qui est en toi.

Elec : Tu préférerais qu'il soit en toi, hein ?

J'ai failli lâcher mon téléphone.

Greta : Tu n'es qu'un naze.

Elec : Figure-toi que non. Je te le prouverais, si je le pouvais.

Greta : Pourquoi tu fais ça ?

Elec : Parce que je peux pas m'en empêcher.

C'en était assez – je n'allais plus lui répondre, mais il a continué.

Elec : Rentre à la maison.

Greta : Quoi ?

Elec : Reviens, passe la soirée avec moi.

Greta : Non !

J'ai rangé mon téléphone et regardé Corey, dont les yeux étaient toujours rivés sur la route.

Elec était complètement dingue. Il se prenait pour qui, à vouloir m'empêcher d'avoir des rencards alors qu'il se comportait comme un gigolo ?

Elec avait pourri notre soirée. Même si nous avons parlé pendant le dîner, je sentais que Corey avait été refroidi par l'histoire de la culotte. Le pire, c'était que je n'en voulais pas vraiment à Elec. D'ailleurs, pour être honnête, j'étais secrètement flattée qu'Elec soit agacé que je sorte.

Je faisais de mon mieux pour me concentrer sur ce que disait Corey, mais je m'en sortais médiocrement. Je n'arrêtais pas de penser à Elec : son plan avait fonctionné.

Mon téléphone a sonné alors que nous nous préparions à payer l'addition.

Il faut que tu rentres à la maison.

Greta : Non.

Elec : Je ne plaisante pas cette fois-ci. Il s'est passé quelque chose.

Greta : Tout va bien ?

Elec : Personne n'est blessé. Il faut qu'on parle.

Greta : Ok.

Elec : Où es-tu ? Est-ce que c'est plus rapide que je vienne te chercher ?

Greta : Non, Corey peut me ramener.

Elec : Ok, fais vite.

Mon cœur battait la chamade. Qu'est-ce qui se passait ?

J'ai inventé des douleurs abdominales et j'ai demandé à Corey de bien vouloir me ramener à la maison. Il n'était pas ravi. Le trajet du retour a semblé interminable et Corey n'a même pas attendu que je rentre pour s'en aller. J'ai foncé au premier et ouvert la porte de la chambre d'Elec sans frapper.

Il était assis sur le lit, l'air inquiet, je ne l'avais jamais vu aussi perturbé. Il s'est levé et m'a pris dans ses bras.

– Merci d'être revenue.

Son cœur battait fort contre ma poitrine – si seulement cette étreinte ne finissait jamais...

– Qu'est-ce qui se passe, Elec ?

Il a pris ma main, nous nous sommes assis sur son lit.

– Je dois repartir en Californie.

– Quoi ? Pourquoi ?

– Ma mère est rentrée.

– Je ne comprends pas. Elle n'était pas censée travailler en Angleterre jusqu'à l'été prochain ?

Il a baissé la tête puis m'a regardé d'un regard mélancolique presque insupportable.

– Ce que je m'apprête à te dire ne peut pas quitter cette pièce. Tu ne peux pas le dire à ta mère, et surtout pas à Randy. Tu dois me le jurer.

– Je te le jure.

– Ma mère n'était pas en Angleterre. Peu de temps avant que je vienne ici, elle est partie en hôpital psychiatrique en Arizona. Elle était gravement dépressive et elle se droguait. Elle était censée y rester six mois, puis aller chez une amie jusqu'à la fin de l'année scolaire.

– Pourquoi est-ce qu'elle n'a pas dit la vérité à Randy ?

– Ma mère est une peintre très talentueuse, je crois que je te l'ai déjà dit. Bref, elle a bien eu une offre pour aller enseigner à Londres pendant un an, et ça lui a servi d'excuse pour Randy. Elle a honte de lui dire à quel point les choses vont mal pour elle. Avant de décider de partir à l'hôpital, elle a fait une overdose de somnifères et je l'ai trouvée inconsciente par terre. J'ai cru qu'elle était morte.

– C'était le cauchemar que tu faisais l'autre fois...

– Quoi ?

– Le soir où tu criais dans ton sommeil, tu disais : « Maman, réveille-toi. »

– Oui, probablement, je fais souvent ce cauchemar. Ma mère est une personne fragile. Elle n'est plus la même depuis que Randy l'a quittée. J'ai vraiment eu peur de la perdre, elle est ma seule famille.

– Tu penses vraiment que ton père a trompé ta mère et qu'il l'a quittée pour la mienne ? je lui ai demandé en posant ma main sur son genou.

– Oui. Je sais qu'il a trompé ma mère, parce que j'ai fouillé dans son ordinateur. Il a contacté ta mère sur un site de rencontres alors qu'il était encore marié à la mienne. Il disait qu'il partait en voyage d'affaires, alors qu'il venait à Boston pour voir Sarah. Je ne te mens pas, Greta.

– Je te crois.

– En revanche, je ne sais pas ce qu'il racontait à Sarah. Il lui disait probablement qu'ils étaient déjà séparés. Tu sais, quand tu m'as dit que pour ta mère, ton père était l'amour de sa vie ?

– Ouais...

– Eh bien, c'est ce qu'était Randy pour ma mère, même si ce n'était pas réciproque. C'était un père horrible, mais ça ne semblait pas la gêner. En gros, elle était obsédée par lui et elle ne se sentait heureuse et vivante qu'avec lui. Et maintenant elle est obsédée par Sarah – c'est vraiment une maladie. Je pourrais t'en parler toute la nuit, mais je veux te parler de ce qui nous concerne, toi et moi.

– Alors quand tu as dit que je t'étais interdite... est-ce que c'est juste parce que je suis la fille de Sarah ?

Il a souri et caressé ma joue du revers de la main.

–Tu lui ressembles tellement. Ma mère pense que Sarah a brisé son mariage. Ta mère est probablement la personne qu'elle déteste le plus au monde. Au fond, je sais qu'il l'aurait quittée tôt ou tard. Mais ma mère ne supporterait pas qu'il se passe quelque chose entre moi et la fille de Sarah.

–Pourquoi est-ce qu'elle est rentrée plus tôt ?

–Parce qu'elle pense qu'elle va mieux – mais ce n'est pas le cas, Greta. Je l'entends dans sa voix. Ils l'ont quand même laissée sortir, mais l'amie chez qui elle devait aller l'a laissée tomber. J'ai vraiment peur qu'elle reste toute seule – c'est pour ça que je pars demain matin. J'ai déjà réservé mon billet d'avion.

–Je ne m'y attendais pas, j'ai murmuré tandis qu'une larme coulait sur ma joue. Je ne suis pas prête à te voir partir.

–J'ai dû ravaler ma fierté en venant vivre avec Randy pour que ma mère aille mieux, et c'est une des choses les plus difficiles que j'aie jamais eues à faire, et au début, c'était un cauchemar. Mais tu as été un véritable rayon de soleil. Je n'aurais jamais cru que je partirais d'ici en traînant des pieds, mais c'est ce que je vais devoir faire. J'ai envie de rester, pour toi. J'aimerais pouvoir te protéger, mais pas forcément en tant que grand frère, et ça, c'est vraiment tordu.

–Je comprends.

Nos doigts se sont entrelacés et Elec m'a embrassée sur le front.

–J'ai l'impression que tu vois en moi des choses que personne ne voit. J'ai tout fait pour que tu me détestes, mais je n'ai pas réussi, parce que tu savais que ce n'était pas moi. Merci d'avoir été assez intelligente pour le voir.

Je n'ai pas pu m'en empêcher, je l'ai pris dans mes bras. J'ai respiré son odeur comme pour la graver en moi.

Il part demain.

Je ne le verrai peut-être plus jamais.

Sa respiration s'est accélérée et il a reculé. En regardant sa chambre, j'ai vu qu'il lui restait encore beaucoup de choses à ranger.

– Tu veux que je t'aide à faire tes valises ?

– Ne le prends pas mal, Greta, mais...

– Quoi ?

– En fait, je voudrais que tu retournes dans ta chambre. Non pas parce que je ne veux pas passer du temps avec toi mais parce que je ne me fais pas suffisamment confiance.

– Mais je veux rester ici avec toi.

– Greta, étant donné ce que je ressens en ce moment, je ne peux pas risquer d'être dans la même pièce que toi. J'ai failli péter un plomb quand tu es partie avec ce mec tout à l'heure, et c'était avan*t* que j'apprenne que je devais partir. Et maintenant, je te vois dans cette robe, toute belle, et je sais que je n'ai pas assez de self-control pour ne pas faire de connerie.

– Je me fiche qu'on fasse une connerie. J'en ai envie.

– C'est impossible, dit-il en baissant les yeux. L'autre jour, quand j'ai ramené cette fille... il ne s'est rien passé. J'ai essayé, mais je n'arrivais pas à bander – et c'est comme ça depuis cette nuit où tu m'as embrassé dans ta chambre. Tu crois que je n'ai pas rêvé de faire ce que tu m'as demandé, en sachant que je serais ton premier ? Tu sais l'effet que ça m'a fait de t'entendre dire : « Montre-moi comment tu baises » ?

– Je préfère une nuit avec toi que rien du tout.

– Tu ne sais pas ce que tu dis, dit-il en me prenant par les épaules. Si je pensais que tu étais ce genre de fille, on ne serait pas en train d'avoir cette conversation. Et que ce soit bien clair, j'aime le fait que tu ne sois pas ce genre de fille. Même si tu dis que tu pourrais le supporter… je ne suis pas certain d'y arriver, moi.

Nous sommes restés silencieux un instant, les yeux dans les yeux, puis je me suis levée, les larmes aux yeux.

– D'accord.

– S'il te plaît, ne pleure pas.

– Je suis désolée, j'y peux rien. Tu vas me manquer, c'est tout.

Il m'a prise à nouveau dans ses bras et il a enfoui sa tête dans mes cheveux.

– Tu vas me manquer aussi.

Nos cœurs battaient à tout rompre, l'un contre l'autre, et Elec a reculé.

– Mon vol ne part qu'à dix heures, demain matin. On peut peut-être prendre le petit déj' ensemble ?

J'ai regagné ma chambre, perdue, effarée que les choses puissent changer aussi vite, en un clin d'œil. Ce que je ne savais pas, c'est que les choses changeraient de nouveau quelques heures plus tard.

CHAPITRE 10

En retournant dans ma chambre, j'ai ressenti une détresse indescriptible. Je savais désormais qu'il me désirait autant que j'avais envie de lui, mais également qu'il ne se passerait jamais rien. Il n'était pas encore parti que la maison me paraissait déjà vide.

J'étais triste qu'il doive retrouver cette situation horrible avec sa mère. Ici, sa relation avec Randy était atroce, mais au moins je pouvais le soutenir. Le moins qu'on pouvait dire, c'est qu'il n'avait pas eu de chance avec ses parents.

Il commençait à peine à s'ouvrir à moi, à se confier, et je savais que nous serions devenus très proches s'il était resté. J'essayais de me convaincre qu'il valait mieux qu'il parte maintenant, avant que ce ne soit le cas – après tout il serait parti l'été prochain, quoi qu'il en fût. Cependant, cela ne m'empêchait pas d'être profondément attristée par son départ.

Et puis j'étais jalouse de toutes ces filles qui avaient eu la chance d'être intimes avec lui.

Ma mère est venue voir si j'allais bien et elle m'a demandé si je savais qu'Elec partait.

– Vous sembliez vous entendre mieux, ces derniers temps. C'est dommage qu'il veuille repartir maintenant que sa mère est de retour. Il aurait pu rester jusqu'à la fin de l'année scolaire.

Étant donné que ma mère ne savait rien de la véritable raison pour laquelle Pilar était rentrée, je me suis contentée de hocher la tête, m'efforçant de ravaler mes larmes qui, jusque-là, avaient coulé librement. Elle m'a souhaité bonne nuit en m'embrassant, et je suis restée avec ma peluche Snoopy que mon père m'avait offerte epour mes trois ans.

Et c'est ainsi qu'aurait dû se conclure la nuit.

***

Il a frappé à ma porte avec une infinie légèreté.

Le cœur battant je lui ai demandé :

– Est-ce que ça va ?

Pendant quelques secondes, Elec m'a dévisagée comme s'il ne savait pas bien pourquoi il était là.

– Non.

– Qu'est-ce qui se passe ?

– Au diable demain, a-t-il répondu.

Sans me laisser le temps de comprendre, il a plaqué sa bouche sur la mienne. Il a gémi alors que je répondais goulûment à son baiser. Son torse était collé à ma poitrine et il m'a fait reculer dans ma chambre, en fermant la porte derrière nous.

Que se passait-il ?

Sa bouche chaude et mouillée dévorait la mienne. Ce baiser était beaucoup plus intense que les deux derniers, et j'ai compris qu'Elec ne se retenait plus. Ce baiser était différent, il semblait annoncer la suite.

Il a cessé de m'embrasser un instant, et sa main, jusqu'alors sur mon visage, a glissé jusqu'à mon cou. Il m'a tiré les cheveux et j'ai penché la tête en arrière, puis il a embrassé chaque carré de peau depuis ma clavicule jusqu'à ma bouche. Je titillais son piercing avec ma langue et il mordillait ma lèvre inférieure en poussant un gémissement.

J'en voulais encore.

Plus.

J'étais prête.

Il n'y avait aucun doute dans mon esprit – ce soir, j'allais aller jusqu'au bout.

Lorsqu'il s'est arrêté pour me regarder, j'en ai profité pour lui demander ce que j'avais désespérément besoin de savoir.

– Qu'est-ce qui a changé ?

Il a pris ma main et m'a entraînée vers le lit. Il s'est assis et quand je me suis mise sur ses genoux, j'ai senti la chaleur de son érection contre mon clitoris déjà brûlant.

– Tu veux savoir ce qui a changé ? J'ai enfin ouvert la lettre que tu m'as écrite après avoir lu mon livre – voilà ce qui s'est passé. Personne n'a jamais dit ces choses à propos de moi, Greta. Je ne le mérite pas.

– Bien sûr que si, ai-je dit en passant ma main dans ses cheveux soyeux. Je pense chaque mot que je t'ai écrit.

Il a levé la tête et plongé son regard dans le mien.

– Justement... ces mots... je les garderai avec moi pour toujours. Je ne pourrai jamais te remercier assez. Et puis, j'ai réalisé que je ne t'avais même pas donné la seule chose que tu m'avais demandée. J'ai décidé que je préférais n'avoir que cette nuit avec toi que rien du tout. C'est complètement égoïste, mais je veux être ton premier. Je veux être le premier à tout te montrer – être celui dont tu te souviendras durant le reste de ta vie. Mais seulement si tu es *certaine* que c'est ce que tu veux vraiment.

– Je le veux plus que tout.

Il m'a dévisagée d'un air sérieux que je ne lui avais jamais vu.

– Regarde-moi, Greta. Parce que je veux être certain que tu puisses supporter que ça se termine demain. Tu ne pourras jamais le dire à qui que ce soit. Je te donnerai tout ce que tu veux et plus encore ce soir, si tu comprends les conditions. Il faut que tu me promettes que tu pourras gérer la situation.

– Bien sûr. Je t'ai déjà dit que je voulais que ma première fois soit avec toi, même si c'est la seule. Et je ne veux pas que tu te retiennes – je veux que tu me montres tout. Je veux connaître ce qu'ont connu les autres filles avec qui tu étais. Je ne veux pas que tu me traites différemment.

– Je ne te donnerai pas exactement la même chose... mais je peux te donner plus. D'accord ? Je peux te donner mieux. Ce n'est peut-être qu'une nuit, mais je veux que chaque seconde compte.

Mon Dieu, ça allait vraiment se passer.

J'étais hyper-stressée, et Elec l'a remarqué. Il a posé ses mains sur mes épaules.

– Tu trembles, Greta. Peut-être que ce n'est pas une bonne idée, après tout.

– Je n'y peux rien. C'est normal que je sois un peu tendue, mais j'en ai vraiment envie.

J'étais toujours à cheval sur lui, et il m'a regardée d'un air hésitant. J'ai pris son visage entre mes mains et l'ai embrassé sauvagement pour lui montrer que j'étais vraiment prête. J'ai plongé mon regard dans le sien :

– C'est ce que je veux.

Il a semblé hésiter quelques secondes, puis il m'a soulevée et nous nous sommes retrouvés debout. Il a promené ses doigts sur ma gorge, la griffant légèrement. Il avait ses mains autour de mon cou, le frottant délicatement avec ses pouces. Je me suis sentie mouiller rien qu'en voyant son regard – j'avais l'impression qu'il ne désirait rien au monde autant que moi.

– J'adore ton cou. C'est la première chose que j'ai eu envie d'embrasser, il est si long et délicat.

J'ai fermé les yeux et penché la tête en arrière. Il ne m'embrassait toujours pas, se contentant de serrer légèrement ma gorge. Enfin, ses mains sont descendues pour enlever mon débardeur et il a regardé mes seins.

– Ils sont petits, j'ai dit bêtement, gênée.

Il a déposé un baiser sur ma joue et a chuchoté :

– Tant mieux. Ils ont la taille parfaite pour ma bouche.

Il a baissé mon short et a prononcé un « merde » en réalisant que je ne portais pas de culotte. J'étais nue et vulnérable devant lui, et il continuait à me regarder, à enflammer ma peau avec son regard de braise.

– Est-ce qu'il y a quelque chose en particulier que tu voudrais que je te montre en premier ?

Mon corps tremblait.

Tout. Je voulais tout.

– Quelles sont mes options ? j'ai demandé.

– Eh bien... Les chaînes, les menottes... la ceinture.

– Euh...

Il a pris mon visage entre ses mains.

– Mon Dieu, tu es tellement mignonne. Tu as cru que j'étais sérieux ? Je plaisantais, bien sûr.

– C'est ce qu'il me semblait, mais je n'en étais pas sûre à cent pour cent.

– Alors... rien de spécial ?

– Tu pourrais commencer par me toucher, et peut-être par te déshabiller aussi ?

– Tiens donc... tu veux que je me déshabille, hein ?

– Ça ne marche pas comme ça, d'habitude ?

Il a secoué la tête et mordillé le bout de mon nez.

– Non.

– Non ?

– C'est toi qui vas me déshabiller. Mais seulement après qu'on se sera amusés un peu.

– Amusés ?

– C'est ta première fois. Je ne peux pas juste me désaper et te baiser – il faut que tu sois prête. Tu auras mal quoi que je fasse, mais il faut que tu mouilles autant que possible. Et plus je te fais attendre, plus tu auras envie de moi, plus tu seras prête à me prendre.

Il s'est allongé sur le lit et je me suis mise à califourchon sur lui. Son érection me paraissait encore plus dure.

– Apparemment, toi, tu es prêt.

– Je suis prêt depuis le jour où j'ai passé la porte de cette maison. Il m'a suffi de te regarder pour savoir que j'étais foutu.

– Tu as toujours eu envie de moi, comme ça ?

– Je l'ai plutôt bien caché, n'est-ce pas ?

– On peut dire ça, oui.

Il a pressé son sexe tendu contre ma chatte.

– Difficile d'en douter, maintenant, non ?

Les pulsations de mon sexe se sont intensifiées.

– C'est clair.

Soudain, son regard est devenu sombre et ses traits graves – les choses allaient devenir sérieuses. Il a posé ses mains sur mon cou, puis il les a mises sur mes seins qu'il a caressés lentement mais fermement. Je me frottais à son sexe, cherchant à satisfaire le désir qui grandissait entre mes cuisses. Sa main gauche est remontée sur mon visage et il a passé son pouce sur ma bouche avant d'y insérer deux doigts.

– Suce.

Sa peau était salée. Il regardait ses doigts entrer et sortir de ma bouche et je contractais les muscles entre mes jambes, encore plus excitée par son air affamé. Après quelques secondes, il a retiré ses doigts et utilisé ma salive pour masser mon téton droit, puis s'est occupé de mon téton gauche.

– Ils sont parfaits, a-t-il dit avant de parcourir mon dos pour empoigner mes fesses. Elles aussi, d'ailleurs, a-t-il ajouté en y mettant une petite fessée. Tu n'imagines même pas tout ce que j'ai rêvé de leur faire.

Je mourais d'envie qu'il m'embrasse pendant qu'il me touchait, mais il continuait à me regarder et à masser mes fesses. Je passais mes mains sous son t-shirt sans cesser de me frotter à son sexe.

– Est-ce que je peux l'enlever ?

– D'accord, mais seulement le t-shirt.

Une fois son t-shirt retiré, j'ai regardé, émerveillée, son torse hâlé et musclé. J'ai remarqué pour la première fois un petit anneau sur son téton gauche – je l'avais déjà vu torse nu, mais jamais d'aussi près. Surtout, je n'avais jamais été en position de le toucher. Je promenais mes mains sur les tatouages de ses bras ; sur le mot *Lucky* de son bras droit, sur son bras gauche entièrement recouvert d'encre noire, sur les shamrocks de ses abdos. J'effleurais la ligne de poils qui se perdait dans son short et j'ai senti sa bite bouger entre mes jambes.

– Un point sensible ?

– Peut-être...

Je me suis penchée pour embrasser son torse, et ce simple geste a eu un effet terrible sur lui. J'ai reculé, mais il m'a attiré à lui, me maintenant ainsi pendant un moment. Ma poitrine nue était plaquée contre la sienne et je sentais son cœur battre la chamade.

– Pourquoi ton cœur bat aussi vite ?

– Tu n'es pas la seule à essayer quelque chose de nouveau.

– Comment ça ?

– Je n'ai jamais été le premier de personne.

– Ah bon ?

– Absolument.

– Et... tu es nerveux ?

– Je ne veux pas te faire de mal.

Son regard me dit qu'il ne parlait pas seulement de douleur physique. Il ne voulait pas que je m'attache à lui. Je n'avais d'autre choix que de lui mentir.

– Tu ne me feras pas mal.

Bien sûr que si, mais je m'en fiche.

– J'ai envie de te prendre sauvagement, mais je me retiens, j'ai trop peur pour toi.

– Elec, tu m'as demandé ce que je voulais. Ce que je veux, c'est toi, et je ne veux pas que tu prennes de précautions. On n'a qu'une nuit. S'il te plaît... pas de précautions.

Il m'a embrassée enfin avec toute la fougue dont je rêvais, gémissant dans ma bouche tandis que sa langue me fouillait frénétiquement. Il m'a fait rouler sur le dos et m'a regardée, ses cheveux en bataille tombant sur ses magnifiques yeux gris. Il a mis à nouveau deux doigts dans ma bouche. Ses yeux étaient à demi fermés, mais il m'observait en se léchant les lèvres. Soudain, il a retiré ses doigts de ma bouche, m'a écarté les jambes et les a plongés en moi.

– Magnifique. Putain, tu es tellement mouillée.

Il a ajouté un troisième doigt et m'a pénétrée aussi loin que possible, m'arrachant un gémissement.

– Est-ce que c'est bon ?

– Oui.

Ses doigts bougeaient de plus en plus vite et je pouvais entendre à quel point j'étais mouillée. Je me suis cambrée en remontant mon bassin pour mieux le sentir en moi, je commençais à perdre le contrôle.

– Ne jouis pas encore, a-t-il dit en retirant ses doigts.

Il s'est remis sur le dos et m'a replacée au-dessus de son sexe. Son short était trempé. J'aurais pu jouir à tout moment si je m'étais laissée aller, et il le savait.

– Est-ce que tu te sens prête ?

– Oui, depuis un moment.

– Je veux que tu te touches.

J'étais agenouillée au-dessus de lui et je caressais mon clitoris, faisant trembler mes genoux.

– De quoi as-tu envie, Greta ?

– Je veux te voir nu.

– Alors, prends ce que tu veux.

J'ai défait la braguette de son short avec ma main libre. Lorsque son sexe a jailli de son boxer, j'ai été aussi choquée par la taille de son sexe que je l'avais été dans la salle de bains.

Il a souri, conscient de la raison de ma réaction.

– Quelque chose ne va pas ?

– C'est juste que...

Il réprimait un fou rire.

– Tu as l'air d'avoir des questions.

– Pas vraiment... Je...

– Pose-les tout de suite, comme ça, tu seras tranquille.

Je me suis penchée pour mieux voir son piercing.

– Est-ce que ça fera craquer la capote ?

– Ça n'est jamais arrivé. J'utilise des capotes qui sont très résistantes, justement. Et très larges aussi, puisque... enfin, tu vois, a-t-il ajouté en me faisant un clin d'œil.

Un rire nerveux m'a échappé. Je ne comprenais vraiment pas comment il allait pouvoir me pénétrer entièrement.

– Est-ce que ça te fait mal ?

– Ça a mis du temps à cicatriser, mais non, pas du tout.

– Est-ce que ça me fera mal, à moi ?

– Au contraire, on m'a dit que ça décuplait le plaisir.

– Waouh.

– D'autres questions ?

– Non, c'est bon.

– Tu es sûre ? C'est ta dernière chance.

Je l'ai embrassé et nous avons éclaté de rire.

Je sentais le métal de son piercing contre mon ventre. Il m'a soulevée et a placé ma main sur sa bite.

– Touche-moi en même temps que tu te touches et écoute-moi si je te dis d'arrêter.

Une main sur mon clitoris et l'autre sur lui, je lui obéissais. Rien ne m'avait jamais autant excitée que de voir cette goutte de liquide grossir sur son gland pendant que je le caressais, et de le sentir grossir. Par-dessus tout, j'adorais le voir me regarder.

– Stop, m'a-t-il dit dans un souffle rauque et saccadé.

– Je veux te sentir en moi.

– Oui, mais il y a une dernière chose que je veux faire pour m'assurer que tu es prête.

– Quoi ?

Au lieu de me répondre, il s'est glissé sous moi. Je n'avais pas la moindre idée de ce qu'il faisait, et soudain j'ai compris. Son visage était entre mes jambes, c'était la sensation la plus excitante de toute ma vie. Je n'aurais jamais imaginé que ça puisse être aussi bon. Sa langue a effleuré mon sexe lentement et fermement. Lorsqu'il s'est mis à gémir, le son de sa voix a vibré en moi et un son inintelligible m'a échappé.

– Chhut, dit-il. On ne peut pas faire de bruit.

– Alors, il va falloir que tu arrêtes.

– Je n'en ai aucune envie, tu as tellement bon goût...

Il a continué à me lécher, et tout à coup il a plongé sa langue en moi tout en appuyant sa bouche sur mon clitoris.

Mon Dieu.

– Si tu n'arrêtes pas, je vais jouir, Elec.

Il s'est arrêté, me laissant pulsante et tremblante. Il est remonté sur l'oreiller, a pris mon visage entre ses mains et m'a souri.

– Maintenant, tu es prête.

Il a sorti une capote, l'a ouverte avec les dents et l'a déroulé sur son sexe en me dévorant du regard. Il m'a allongée sur le dos et s'est étendu sur moi, puis il m'a embrassée. Je n'en pouvais plus. J'ai attrapé sa bite pour le guider entre mes lèvres.

– Doucement, dit-il. Ça va être douloureux.

– Je m'en fiche.

– Tu ne t'en ficheras pas plus tard, crois-moi, dit-il en écartant mes jambes autant que possible. Accroche-toi à mon dos, serre-moi, frappe-moi, mords-moi... fais ce que tu veux, mais je t'en supplie, ne crie pas. Ils ne doivent pas savoir ce qu'on fait.

J'avais beau être mouillée comme jamais, j'ai eu atrocement mal la première fois qu'il a essayé de me pénétrer. J'ai planté mes ongles dans son dos et essayé de me détendre. Au bout d'un moment, la douleur est devenue supportable.

Je n'oublierai jamais ce que j'ai ressenti la première fois qu'il m'a entièrement pénétrée ni ce qu'il a dit en fermant les yeux.

– Greta... c'est... tu es... putain !

Chaque va-et-vient rendait la douleur plus supportable et plus délicieuse. Il prenait toujours des précautions, mais honnêtement, l'expression sur son visage me laissait penser qu'il n'était pas en mesure de se lâcher complètement.

Il s'est retiré lentement et est revenu en moi plus lentement encore.

– J'ai beaucoup plus de mal à me contrôler que prévu. Tu es tellement serrée, c'est tellement bon, c'est indescriptible. J'ai envie de jouir, mais je veux que ce soit avec toi.

Comme sur commande, mes muscles ont commencé à se contracter.

– Je jouis. Maintenant. Putain. Elec !

J'avais crié son prénom trop fort et il a plaqué sa main sur ma bouche.

– Chut... Mon Dieu. Greta... Putain... Greta... a-t-il chuchoté alors que son cœur martelait ma poitrine et que les pulsations de son orgasme accompagnaient le mien.

– C'est la chose la plus incroyable que j'ai ressentie de toute ma vie, j'ai murmuré en souriant.

Il m'a embrassée sur le nez.

– Ouais . Et encore, je ne t'ai même pas encore baisée.

CHAPITRE 11

Le fait qu'il me manque terriblement alors qu'il était seulement dans la salle de bains n'était pas de bon augure pour le lendemain. Il s'envolait dans quelques heures, et l'absence de son parfum et de sa chaleur m'était déjà insupportable.

Heureusement, j'avais une petite salle de bains attenante à ma chambre et il ne risquait pas de réveiller Randy ni ma mère. Il est revenu avec un gant et s'est allongé à côté de moi.

– Écarte les jambes, a-t-il dit en mettant le gant chaud et humide sur mon sexe. C'est agréable ?

– Oui, c'est super, merci.

En vérité, je n'avais pas très mal, mais la chaleur du tissu mouillé était apaisante.

– Est-ce que tu as mal ?

– Non, pas vraiment. Je serais même prête à remettre le couvert.

– Avec plaisir, mais je veux que tu te reposes un peu avant.

La seule source de lumière provenait de la salle de bains. Durant l'heure qui suivit, il s'est levé plusieurs fois pour remplacer le gant par un autre, plus chaud. Il s'étendait à mes côtés et tenait le gant entre mes jambes. Nous étions tous les deux nus, et ça ne me gênait pas – grâce à lui, j'étais bien dans ma peau.

Nous avons beaucoup parlé ; de son écriture, de mon projet de devenir prof, de nos projets pour l'année suivante. Il avait prévu d'aller à la fac près de chez lui, à Sunnyvale – il vivrait à la maison pour garder un œil sur Pilar et il travaillerait en dehors des cours. Elec parlait de tous les sujets sans retenue, excepté de sa relation avec Randy.

Les chiffres rouges du réveil me hantaient. Il était trois heures du matin. Mon cœur s'est mis à battre plus fort et j'ai commencé à paniquer en pensant au peu de temps qui nous restait. Il a dû lire dans mes pensées parce que, tout à coup, il m'a fait rouler sur le dos et s'est allongé sur moi.

– N'y pense pas.

– À quoi ?

– À ce qui t'a rendue triste à l'instant.

– C'est dur de ne pas y penser.

– Je sais. Qu'est-ce que je peux faire pour que ça aille mieux ?

– Fais-moi oublier.

Il m'a dévisagée pendant un long moment puis il s'est emparé de mon cou. Apparemment c'était son truc – et j'adorais ça.

– Je sais que tu me l'as déjà dit, mais... est-ce que tu veux *vraiment* que je te montre comment *moi* je fais ?

– Oui.

– Sans précautions ?

– Sans précautions, cette fois-ci. S'il te plaît.

Il m'a regardée pendant une longue minute.

– Tourne-toi.

Cette simple directive m'a fait mouiller de nouveau. Sa main a glissé le long de ma colonne vertébrale en laissant derrière elle une nuée de frissons, puis il s'est mis à me mordiller les fesses tendrement.

– J'adore ton cul, a-t-il chuchoté.

J'ai poussé un cri lorsque sa bouche chaude s'est enfouie entre mes jambes – je sentais déjà un orgasme monter. Ma chatte palpitait sous sa langue affamée. Il me suçait, me dévorait comme si j'étais son dernier repas, et les bruits qu'il émettait me rendaient folle de plaisir.

– Putain, je pourrais faire ça toute la nuit, tu es tellement bonne, Greta.

J'ai à nouveau crié mais plus fort cette fois, il m'a empoigné les cheveux, tiré ma tête vers l'arrière et collé sa bouche à la mienne.

– Chut, tu vas nous attirer des ennuis, dit-il.

Il m'a embrassée, le goût de mon désir sur sa langue, puis ses lèvres se sont promenées sur mon dos.

– Putain, je n'en peux plus. Il faut qu'on se mette par terre parce que ce lit va faire trop de bruit.

J'ai jeté quelques oreillers par terre et me suis mise à quatre pattes, dos à lui. Lorsque j'ai tourné la tête, j'ai vu qu'il me dévisageait en se caressant.

– Bon sang, de te voir à quatre pattes, comme ça, c'est... rien ne m'a jamais autant excité.

Quant à moi, le voir se branler en me regardant était la chose la plus excitante que j'avais jamais vue. J'ai entendu qu'il déchirait l'emballage d'une capote.

– Détends-toi, dit-il tandis que sa main remontait le long de mon dos pour saisir ma nuque, chose que je trouvais désormais incroyablement érotique.

Cette fois il me pénétra facilement. J'ai tout de suite compris que cette fois-ci allait être complètement différente.

– Il faut que tu me dises si c'est trop pour toi.

Je savais parfaitement que, quoi qu'il fasse, je ne le lui dirais rien.

Après ça, chaque coup de bassin est devenu plus intense. Un souffle rauque lui échappait à chaque aller-retour, et il n'avait toujours pas lâché mon cou. Il semblait en transe, dans son élément, sans retenue, sans précaution.

Elec était en train de me baiser.

Je voulais continuer, je voulais voir jusqu'où il pouvait aller.

– Plus fort.

Il m'a attrapée par les hanches et s'est enfoncé plus fort en moi. J'avais le plus grand mal à ne pas crier tellement c'était bon, mais étrangement, le fait de ne pas pouvoir faire de bruit intensifiait mon plaisir. J'ai tendu les fesses pour rencontrer ses va-et-vient et ça m'a rendue dingue.

– Touche-toi, Greta.

J'ai commencé à me caresser et il a ralenti pour aider mon orgasme. Je sentais qu'il me pénétrait encore plus profondément – la sensation était incroyable.

– Tu sens, ça ?

– Oui, c'est hallucinant.

– Je n'ai jamais été aussi profond avant. Je n'ai jamais ressenti ça.

– Mon Dieu... Elec...

– Je veux que tu jouisses d'abord, et après je vais jouir sur ton dos.

L'entendre prononcer ces paroles a déclenché mon orgasme et j'ai plaqué ma bouche contre l'oreiller pour étouffer mon cri. Quand il a senti que je redescendais, il a accéléré ses coups de bassin, s'est retiré et a enlevé sa capote. J'ai senti un liquide chaud se répandre sur mon dos. Je ne pensais pas que ça me plairait mais... j'ai adoré.

– Je reviens.

Il m'a nettoyée et m'a aidée à me rallonger sur le lit. Les chiffres affichaient désormais quatre heures et l'angoisse m'a repris. Elec était étendu sur le côté, face à moi, nos bouches à quelques centimètres l'une de l'autre.

– Est-ce que ça va ? m'a-t-il demandé en me caressant la joue.

– Ouais, c'était dingue.

– C'est ce qui se passe quand je ne me retiens pas. Est-ce que c'était trop pour toi ?

– Non, c'était ce à quoi je m'attendais.

– Tu t'attendais à ce... grand final ?

– Non... euh... ça, c'était une surprise.

– Je n'avais jamais fait ça, avant. Je voulais essayer quelque chose de nouveau, moi aussi.

– Ah bon ?

– Si seulement on avait plus de temps. J'ai envie de tout faire avec toi.

– Moi aussi.

Si seulement on avait toutes nos vies.

* * *

La fatigue a dû avoir raison de moi, car je ne me souviens pas de m'être endormie.

Il était cinq heures du matin, le soleil se levait à peine, et je me suis réveillée pour trouver Elec étendu sur moi, en train d'embrasser mon cou. Sa respiration était saccadée, il bandait et il avait mis une capote. J'étais déjà mouillée et prête pour lui – plus excitée que jamais.

Ses baisers continuèrent sur mes seins et sur mon ventre, puis il m'a pénétrée. Ses coups de bassin étaient lents, mais intenses. Ses yeux étaient fermés et il avait l'air triste. J'ai réalisé tout à coup qu'il partait dans quelques heures.

Le réveil me hantait de nouveau – nous n'avions plus beaucoup de temps.

Mon cœur se brisait en mille morceaux à chaque va-et-vient. Il m'a embrassée et sa bouche ne m'a plus quittée. Il continuait à me pénétrer lentement, de façon contrôlée, toujours plus profond. Cette fois-ci était encore différente des autres. J'avais l'impression qu'il me disait avec son corps ce qu'il ne pouvait me dire avec des mots.

Comme s'il me faisait l'amour.

J'ai compris l'instant d'après, quand il a pris mon visage dans ses mains. Il a ouvert les yeux et m'a regardée en me baisant lentement, comme s'il voulait profiter de chaque moment. Cette fois-ci était la dernière et j'ai senti qu'il ne s'agissait plus de me montrer mais de prendre quelque chose qu'il voulait garder pour lui.

J'étais incapable de gérer la situation. Ça ne faisait que quelques heures, mais j'avais l'impression que nous avions vécu toute une vie ensemble, ici, dans ma chambre – et nous allions être bientôt séparés.

Son corps a tressailli quand il a joui. Il a ouvert la bouche pour laisser s'échapper un cri silencieux. Mes muscles se sont contractés à leur tour en le sentant venir en moi, et il s'est déversé lentement jusqu'à ce qu'il n'ait plus rien.

– Je suis désolé, a-t-il dit d'une voix rauque.

Je ne savais pas de quoi il parlait.

– T'en fais pas.

Était-ce parce qu'il avait joui avant moi ? Était-ce parce qu'il allait m'abandonner ? Parce qu'il avait vu dans mes yeux que mon cœur mourait à petit feu ?

Il est resté allongé sur moi, sa tête sur ma poitrine, jusqu'à ce que sa respiration se calme, puis il est allé jeter le préservatif, et j'ai réglé le réveil pour sept heures. Il a posé sa joue sur mon sein, a fermé les yeux, et nous nous sommes endormis.

* * *

Le réveil a sonné. Le lit était vide. Mon cœur s'est mis à battre à toute vitesse.

Il était parti sans me dire au revoir.

Le soleil se déversait dans ma chambre, rendant le réveil plus brutal encore. J'ai fondu en larmes. Tout était de ma faute. Je savais que ça allait arriver et j'avais quand même voulu aller jusqu'au bout. Mon corps endolori me rappelait la nuit que je venais de passer.

J'ai sursauté en sentant une main sur mon dos. En me retournant, j'ai vu Elec debout, le regard sombre.

–Tu m'as promis que tu pouvais gérer, Greta, a-t-il chuchoté. Tu me l'as promis, putain.

–J'ai cru que tu étais parti sans me dire au revoir, j'ai bégayé, et mes lèvres tremblaient.

–Je suis allé dans ma chambre pour que Randy et Sarah ne me surprennent pas ici en se levant. Ils sont déjà partis. Je viens de finir mes valises.

–Ah.

–Je n'aurais jamais pu te faire ça... partir sans te dire au revoir... surtout après ce qui s'est passé entre nous cette nuit.

–Qu'est-ce que ça change ? je lui ai répondu en m'essuyant les yeux. La situation reste la même.

–Oui, c'est vrai. Je ne sais pas quoi dire à part que ce qui s'est passé hier soir... compte beaucoup pour moi. Je veux que tu le saches. Je n'oublierai jamais ce que tu m'as offert. Je n'oublierai rien de tout ça. Mais tu savais que ça allait finir ce matin.

–Je ne savais pas que j'allais me sentir aussi mal.

Il avait les mains dans les poches et il a baissé les yeux un moment avant de me regarder.

–Eh merde... Moi non plus.

Il s'est penché pour me prendre dans ses bras, mais j'ai reculé.

–Non... s'il te plaît. Je ne veux pas que tu me touches. Ça va rendre nos adieux encore plus difficiles.

Je pouvais à peine parler, et de nouvelles larmes ont coulé. J'étais horrifiée d'être aussi anéantie.

–À quelle heure tu dois partir ?

–Mon taxi va arriver d'une minute à l'autre. Il me faut au moins une heure pour aller à l'aéroport à cette heure-ci. Attends, je reviens, a-t-il dit alors que j'essuyais de nouveau mes larmes.

Il est allé poser ses valises devant la porte. Il était à peine revenu dans ma chambre qu'un klaxon a retenti dehors.

– Merde, attends, a-t-il dit en sortant de nouveau en courant.

Je le regardais par la fenêtre mettre ses valises dans le coffre du taxi. Quand il l'a refermé brusquement, j'aurais pu jurer que c'était le bruit de mon cœur volant en éclats. Elec a dit quelque chose au chauffeur, puis il a disparu de nouveau dans la maison. Je regardais encore par la fenêtre, le regard dans le vide, quand ses pas ont résonné dans mon dos.

– Je lui ai demandé d'attendre. Je ne partirai pas tant que tu ne m'auras pas regardé.

Je me suis tournée vers lui et il a vu le désespoir dans mes yeux, car les siens se sont mis à briller.

– Putain, je ne veux pas partir en te laissant comme ça.

– Ne t'en fais pas. Ça ne va pas s'arranger dans une minute, tu devrais y aller sinon tu vas rater ton vol.

Il a pris mon visage dans ses mains, plongeant son regard dans le mien.

– Je sais que tu as du mal à comprendre. Je ne t'ai pas expliqué ma relation avec Randy, et tu ne connais pas ma mère – tu ne peux pas comprendre. Mais il faut que tu saches que si je pouvais rester avec toi, je le ferais.

Il m'a embrassée avant de poursuivre.

– Je sais que même si je t'ai mise en garde, tu m'as donné un morceau de ton cœur, cette nuit. Et même si j'ai tout fait pour l'éviter, je t'ai donné un morceau du mien. Je sais que tu l'as senti ce matin. Je veux que tu le gardes avec toi. Et quand tu décideras de donner le reste de ton cœur à quelqu'un, un jour, assure-toi qu'il te mérite.

Il m'a embrassé à nouveau. J'avais les larmes aux yeux, je me suis agrippée à sa veste, je ne voulais plus jamais le lâcher. Il a attendu que mes mains le lâchent, a tourné les talons et il est parti.

Il venait de sortir de ma vie – aussi vite qu'il y était entré.

Je suis restée debout à ma fenêtre, il m'a regardée une dernière fois avant d'entrer dans le taxi, emportant avec lui le morceau de mon cœur que je lui avais donné. Quant à celui que je gardais, il était en mille morceaux.

* * *

Cette nuit-là, mon téléphone a sonné, c'était un message d'Elec.

Dans l'avion, j'ai réalisé qu'en mélangeant les lettres de Greta, on obtenait « great ». Tu es géniale, ne l'oublie jamais. Cette chanson me fait penser à toi.

Il m'a fallu quelques heures pour trouver le courage de cliquer sur le lien. La chanson s'appelait « All I Wanted », du groupe Paramore. Elle racontait ce que c'était de vouloir une personne qu'on ne pouvait pas avoir et de vouloir revivre tout ce qu'on a vécu avec elle depuis le jour où on l'a rencontrée.

J'écoutais la chanson en boucle en respirant son odeur imprégnée dans les draps et sur le t-shirt qu'il avait laissé et que j'avais enfilé après son départ.

* * *

Durant les sept années suivantes, Elec ne m'a envoyé qu'un seul message, presque un an après être parti. J'étais dans un bar avec Victoria et je venais justement de penser à lui lorsque mon téléphone a sonné. Naturellement, le reste de ma soirée était tombé à l'eau.

Je rêve encore de ton cou. Je pense encore à toi tous les jours. Je ne sais pour quelle raison, j'avais besoin que tu le saches ce soir. Ne réponds pas, s'il te plaît.

Je n'ai pas répondu.

J'avais été au bord des larmes en lisant son message, mais je n'avais pas répondu. Ça faisait si longtemps qu'il n'avait pas pris contact avec moi, je me suis dis qu'il avait dû boire. Cependant, même s'il avait été sobre, ça ne changeait rien. J'étais experte dans l'art d'enfouir mes sentiments pour Elec. La distance qui nous séparait rendait ça possible. Les deux fois où j'avais cédé à ma curiosité et que je l'avais cherché sur Internet, j'avais découvert qu'il n'était pas sur les réseaux sociaux.

Maintenant qu'Elec était adulte, Randy avait cessé d'aller le voir en Californie et je n'avais aucun moyen de savoir comment il allait.

Néanmoins, après toutes ces années, il m'était encore douloureux de penser à la nuit que l'on avait passée ensemble, même si je m'y autorisais rarement. Je faisais de mon mieux pour l'oublier – loin des yeux, loin du cœur, n'était-ce pas ce que l'on disait ? Cependant, ça ne fonctionne que de façon provisoire – un jour ou l'autre, il faut affronter ce que l'on fuit.

DEUXIÈME PARTIE

CHAPITRE 12

– Randy est mort.

Il était trois heures du matin et j'ai cru que je rêvais. J'étais sortie avec des amis la veille et j'avais trop bu, mais mon estomac s'est tout de suite noué lorsque le téléphone a sonné – rien de bon n'arrivait à cette heure-là.

– Maman ?

– Randy est mort, Greta. Il a fait une crise cardiaque. Je suis à l'hôpital, ils n'ont pas pu le réanimer, sanglotait ma mère.

– Maman, respire, s'il te plaît.

Ma mère pleurait de façon incontrôlable et je me sentais parfaitement inutile – qu'est-ce que je pouvais faire depuis mon appartement de New York ?

Son mariage avec Randy était resté intact pendant toutes ces années même si, apparemment, les choses avaient été moins faciles ces derniers temps. Randy ne s'était jamais comporté avec ma mère comme avec Elec, mais son tempérament avait toujours été imprévisible, avec des hauts et des bas, et il n'était pas facile à vivre.

Le fait était que mon père avait été l'âme-sœur de ma mère, et que son union avec Randy était un mariage de raison – pratique et stable. Même avec son modeste salaire de concessionnaire automobile, nous n'avions jamais manqué de rien. Ma mère n'avait jamais travaillé et elle n'aimait pas vivre seule. Randy avait été le premier à se présenter après la mort de papa, et j'avais toujours eu l'impression qu'il était beaucoup plus amoureux de ma mère qu'elle ne l'était de lui. Sa mort allait néanmoins chambouler sa vie, d'autant plus que depuis que je vivais loin d'eux, il était tout pour elle. Et c'était sans parler du fait que c'était le deuxième mari qu'elle devait enterrer. Je ne savais pas du tout comment elle allait le prendre.

– Mon Dieu. Je suis tellement désolée, maman. Je suis vraiment, vraiment, désolée.

– Il était mort avant même d'arriver à l'hôpital.

Je me suis levée et j'ai commencé à préparer ma valise.

– Écoute, je vais voir où je peux louer une voiture à cette heure-ci et je vais essayer d'être là demain matin. Garde ton téléphone avec toi et appelle-moi quand tu rentres à la maison. Est-ce que quelqu'un est avec toi ?

– Greg et Clara sont là, dit-elle en reniflant.

Je me suis sentie mieux. Greg était un vieil ami de Randy avec qui il avait renoué lorsqu'il avait déménagé en banlieue de Boston pour le travail, quelques années auparavant.

J'ai réussi à trouver une agence de location de voitures qui était ouverte toute la nuit et, à cinq heures du matin, j'étais en route pour la maison.

Il fallait quatre heures pour faire New York-Boston, ce qui me donnait largement le temps de réfléchir à ce qu'impliquait la mort de Randy. Est-ce que j'allais devoir quitter mon boulot pour retourner vivre avec ma mère ? Elle serait probablement obligée de travailler – pour la première fois de sa vie – pour subvenir à ses besoins. Combien de temps devrais-je m'absenter du travail ?

Et soudain, une image m'est apparue.

Elec.

Elec.

Mon Dieu. Elec.

Était-il au courant ? Est-ce qu'il viendrait aux obsèques ?

Est-ce que j'allais devoir lui faire face ?

Je me suis accrochée au volant d'une main et, de l'autre, je changeais frénétiquement les stations de radio, cherchant à étouffer le brouhaha dans ma tête.

Même après sept ans et des fiançailles rompues, mon seul véritable chagrin d'amour restait celui qu'avait causé mon demi-frère. J'étais anéantie pour lui, pour le garçon qui venait de perdre son père. Randy était trop jeune pour mourir. Sa relation avec son fils avait beau être horrible, j'étais triste qu'il n'ait jamais pu lui demander pardon.

Après le bac, j'avais passé deux ans dans une université de Boston avant de m'installer à Manhattan où j'avais obtenu ma licence de lettres modernes. Mon diplôme en poche, j'avais tout de suite trouvé un poste administratif dans la city. Ça faisait trois ans que je vivais à New York, où j'avais rencontré Tim.

Nous avons été ensemble deux ans. Il était commercial dans une entreprise de logiciels informatiques et il voyageait beaucoup. Un jour, on lui avait proposé d'être muté en Europe et il avait accepté sans m'en parler. Comme j'ai refusé de déménager avec lui, nous nous sommes séparés. La situation n'avait fait que précipiter une séparation qui était inévitable. Tim était un mec bien, mais il ne m'apportait pas la passion que je cherchais. Même au début, il n'y avait jamais eu l'adrénaline habituelle, les papillons dans le ventre et tout ce que j'avais vécu avec Elec. En acceptant sa demande en mariage, j'espérais que les choses changeraient et que je finirais pas l'aimer autant qu'il le méritait, mais ça n'a jamais été le cas.

J'avais eu deux autres petits amis avant Tim, et la situation était plus ou moins la même. J'avais beau savoir que les choses étaient finies avec Elec, je ne pouvais m'empêcher de comparer tous mes copains à lui, sexuellement et intellectuellement.

Ça ne se voyait peut-être pas de prime abord, mais Elec était profondément sensible et intelligent et sa personnalité avait de nombreuses facettes, que révélait justement son écriture. En fin de compte, je savais peu de choses à son sujet, mais je savais que je cherchais quelqu'un avec les mêmes qualités. Par ailleurs, une des choses qu'Elec m'avait apprises sur moi-même, c'était qu'un désir mutuel était aussi important qu'une connexion sentimentale.

Mes autres copains étaient des mecs bien, mais ils étaient lambda. C'était peut-être triste à dire, mais je préférais être seule qu'avec un type avec qui il n'y avait pas l'étincelle que j'avais connue avec Elec. J'espérais seulement retrouver cette alchimie un jour.

Le panneau *Welcome to Massachusets* m'a rendu nerveuse. Les prochains jours allaient être délicats. Je savais qu'en aidant ma mère à organiser les obsèques, j'allais revivre les jours horribles qui avaient suivi la mort de mon père.

Je me suis garée devant la maison et j'ai frissonné en voyant la Nissan de Randy. Je suis entrée et j'ai trouvé ma mère dans la cuisine, les yeux rivés sur une tasse de thé, les lumières éteintes. Elle ne m'avait même pas vue entrer.

– Maman ?

Elle a levé la tête, ses yeux étaient rouges et gonflés. Je l'ai prise dans mes bras.

La vaisselle sale du repas qu'elle et Randy avaient partagé la veille était encore dans l'évier, prouvant que la vie pouvait basculer d'une seconde à l'autre.

– Je suis là, maintenant. Dis-moi de quoi tu as besoin. Tout va bien se passer. Ça va aller, tu verras.

– Il s'est réveillé dans la nuit en se plaignant de douleurs dans la poitrine, et il s'est effondré avant que l'ambulance n'arrive, dit-elle sans lever la tête de sa tasse.

– Je suis tellement désolée, j'ai murmuré en lui frottant le dos.

– Heureusement que tu es là, Greta.

– Où est-ce que... enfin... où est-ce qu'il est, maintenant ?

– Ils l'ont amené aux pompes funèbres. Clara s'occupe de tout. Elle et Greg ont été merveilleux. Je ne supportais pas d'avoir à... à tout refaire, une deuxième fois.

– Je sais.

Cette nuit-là, j'ai dormi avec ma mère, là où, quelques heures auparavant, Randy était allongé.

* * *

Le lendemain, des dizaines d'amis et de voisins sont venus nous apporter des plats faits maison et des fleurs. Ma mère a passé presque toute la journée à pleurer dans sa chambre. Victoria est passé présenter ses condoléances. Nous nous étions un peu perdues de vue depuis que j'avais déménagé, mais je me débrouillais toujours pour la voir lorsque je rentrais, même si ce n'était que pour un café.

Lorsque maman est allée faire une sieste en fin d'après-midi, Victoria et moi sommes allées prendre un café au Starbucks du coin pour me changer les idées.

– Combien de temps tu peux t'absenter de ton boulot ? m'a-t-elle demandé.

– Je les ai appelés ce matin. J'ai droit à un jour pour le deuil et j'ai posé des congés pour le reste de la semaine. Je ramènerai peut-être maman à New York avec moi, le temps qu'elle décide quoi faire.

– Est-ce que quelqu'un a parlé à Elec ?

Mon estomac s'est noué rien qu'en entendant son nom.

– Greg et Clara s'occupent de prévenir tout le monde, je suppose qu'ils l'ont appelé. Apparemment, Randy et lui n'étaient plus du tout en contact, je ne sais pas s'il viendra.

– Qu'est-ce que tu vas faire, s'il vient ?

J'ai mordu dans mon Donut à la vanille avant de répondre.

– Qu'est-ce que tu veux que je fasse ?

Victoria était plus ou moins au courant de ma nuit avec Elec. Je lui en avais raconté des petits bouts, même si j'avais gardé les détails pour moi. Je les jugeais trop intimes.

– Tu verras bien, dit Victoria en sirotant son café.

– Ma priorité, c'est ma mère. Je ne vais pas me torturer en me demandant si Elec va venir ou non.

Bien sûr, c'était omniprésent dans mon esprit.

Ce soir-là, Greg et Clara nous ont invités à dîner, maman et moi. Ils avaient insisté pour que je la sorte de la maison, puisque je leur avais dit qu'elle avait passé la plupart de la journée à pleurer dans sa chambre pendant que des gens que je ne connaissais pas remplissaient notre frigo.

Pendant le dîner, maman est restée silencieuse, touchant à peine à son plat, préférant boire de grosses quantités de vin blanc.

La veillée avait lieu le lendemain, et mon estomac était de plus en plus noué. *Il fallait que je sache.*

– Est-ce que vous avez contacté Elec ? j'ai fini par demander en ravalant le nœud dans ma gorge.

– Oui, je lui ai parlé aujourd'hui, a répondu Clara. Il a eu l'air anéanti quand je lui ai annoncé, et je n'ai pas bien compris s'il comptait venir ou non.

Le simple fait de savoir qu'elle lui avait parlé a fait s'accélérer mon rythme cardiaque.

– Où est-il ?

– Il vit toujours en Californie, près de Pilar.

– Tu avais son numéro de téléphone ?

Elle a regardé son mari et a semblé hésiter.

– Euh... Greg est resté en contact avec lui, en fait. On savait que Randy et lui ne s'entendaient plus du tout, et Greg avait essayé d'intervenir. Elec et lui se sont liés d'amitié, grâce à ça. Mais Randy ne l'a jamais su.

Je ne quittais plus Greg des yeux, cet homme précieux qui détenait toutes les informations qui comptaient à mes yeux.

– Qu'est-ce qu'il fait, maintenant ?

– Il a obtenu une licence d'éducateur spécialisé et il travaille avec des enfants défavorisés. La dernière conversation que j'ai eue avec lui doit remonter à six mois.

– Ah...

Waouh.

J'étais à la fois triste et heureuse – j'étais contente qu'il aille bien, mais je ne faisais vraiment plus partie de sa vie et je ne connaissais pas l'homme qu'il était devenu.

Je me suis raclé la gorge.

– Alors, vous ne savez pas s'il va venir ?

– Non, il ne nous l'a pas dit, répondit Clara. Je crois qu'il était sous le choc. Je lui ai donné toutes les informations nécessaires, au cas où.

* * *

L'odeur de fleur de lys me filait la nausée. Apparemment, les gens s'étaient mis d'accord pour acheter la variété qui sentait le plus fort.

La cérémonie commençait à seize heures, mais nous allions déjeuner chez Greg et Clara avant et je m'étais proposée pour déposer quelques bouquets aux pompes funèbres.

Ma mère m'avait accompagnée, et nous nous sommes occupées de disposer les bouquets autour de l'endroit où serait placé le cercueil. Nous avons mis des photos de Randy et de nous qui avaient été prises au fil des années, c'est là que je me suis rendu compte qu'il n'y en avait pas une seule de Randy et d'Elec.

La salle sentait un mélange de vieux bois et de désodorisant. Je n'avais pas hâte d'y revenir plus tard et de devoir soutenir ma mère lorsqu'elle verrait le corps de Randy. Elle semblait aller un peu mieux aujourd'hui, mais j'étais presque certaine qu'elle avait pris du Xanax pour se calmer.

Lorsque nous sommes arrivées chez Greg et Clara, j'ai été soulagée de voir qu'il n'y avait pas de voitures inconnues garées devant – nous ne serions que tous les quatre. Hélas, mon soulagement a été de courte durée. En entrant dans la maison, j'ai vu une valise noire posée devant le placard de l'entrée.

– À qui est cette valise ?

– Elec est là, Greta. Il est en haut.

Mon cœur s'est mis à battre dangereusement vite et j'avais du mal à respirer.

– Excusez-moi.

J'ai traversé la pièce pour aller dans le jardin.

Je n'étais pas prête à le voir. Étant donné sa relation catastrophique avec Randy, je ne pensais pas qu'il viendrait. Cela dit, peut-être que l'angoisse qui m'avait accompagnée ces derniers jours était la preuve que je m'y attendais un peu.

Je n'avais pas la moindre idée de ce que j'allais lui dire.

L'air frais volait dans mes cheveux et j'ai levé la tête comme pour réprimander le ciel de me mettre dans cette situation. En entendant le tonnerre gronder au loin, je me suis dit que quelqu'un me répondait. Puis quelque chose m'a fait tourner la tête vers le balcon derrière moi.

Il était là, de l'autre côté de la vitre.

Elec.

Il était debout, torse nu, une serviette blanche nouée à la taille. J'avais souvent imaginé comment il serait aujourd'hui, mais même dans mes rêves les plus fous, je n'aurais pas cru qu'il pourrait être aussi beau. Ses cheveux bruns étaient ondulés plutôt que bouclés, et il portait des lunettes.

Il était encore plus sexy avec des lunettes.

Même d'ici, je pouvais voir que ses yeux gris étaient toujours aussi perçants. Il était également plus musclé qu'avant, plus massif. Je l'ai vu porter une cigarette à sa bouche et le choc de le voir a été remplacé par la déception qu'il fume de nouveau.

Il a recraché la fumée et son regard est resté fixé sur le mien. Il ne souriait pas, se contentant de me dévisager. J'ai eu la sensation que ma tête allait exploser – j'avais les larmes aux yeux, des bourdonnements dans les oreilles, et mes genoux tremblaient de façon incontrôlable. Quant à mon cœur... je ne pouvais pas décrire ce qui arrivait à mon cœur.

J'étais en train d'essayer de me calmer quand j'ai vu une blonde arriver derrière lui et passer ses bras autour de sa taille.

CHAPITRE 13

J'ai enfin trouvé le courage de rentrer et je me suis assise à table à côté de ma mère. J'avais la gorge sèche, et les deux verres d'eau que je me suis dépêchée de boire cul sec n'ont eu aucun effet.

– Est-ce que ça va ? m'a demandé maman.

J'ai hoché la tête en remplissant de nouveau mon verre. C'est moi qui aurais dû lui poser cette question – il fallait que je sois forte pour elle. Je ne pouvais pas craquer aujourd'hui.

Elec et la blonde n'étaient toujours pas descendus. Après qu'elle l'avait pris dans ses bras, Elec avait tourné le dos à la fenêtre et ils avaient disparu.

Elec avait une copine... ou peut-être même une femme. Une personne normale aurait sans doute envisagé cette possibilité au moins *une fois* au cours des sept dernières années, mais ce n'était pas mon cas.

J'ai entendu le bruit de leurs pas dans l'escalier, et tous mes muscles se sont contractés. Le temps qu'ils entrent dans la salle à manger, mes oreilles se sont mises à bourdonner et mon cœur battait à toute vitesse.

Ma mère s'est tout de suite levée pour prendre Elec dans ses bras. J'aurais probablement dû faire la même chose, mais mes fesses sont restées scotchées à ma chaise.

– Elec, ça me fait très plaisir de te voir. Je suis sincèrement désolée pour ton père. Je sais que vous ne vous entendiez pas, mais il t'aimait, tu sais.

– C'est moi qui suis désolé pour *toi*, Sarah.

Il semblait mal à l'aise dans les bras de ma mère, mais il ne l'a pas repoussée. Son regard m'avait cherchée dès qu'il avait passé la porte et il ne m'avait pas quittée des yeux. Je n'arrivais pas à deviner le fond de ses pensées, mais je supposais qu'elles étaient plus ou moins les mêmes que les miennes : *on n'était pas censés se revoir.*

Maman finit par lâcher Elec, et ce fut sa copine qui la prit dans ses bras.

– Madame O'Rourke, je suis Chelsea, la copine d'Elec. Je vous présente mes sincères condoléances.

– Appelez-moi Sarah, je vous en prie. Merci, c'est très gentil, Chelsea. Je suis contente de vous rencontrer.

– Je suis désolée que ce soit dans de telles circonstances, a ajouté Chelsea en passant sa main dans le dos de ma mère.

Mon regard s'est arrêté sur sa manucure impeccable. Je n'ai pu m'empêcher de remarquer que Chelsea avait le même physique que moi : elle était petite et fine, comme une gymnaste ou une ballerine. Elle avait de longs cheveux blonds ondulés qui tombaient en cascade dans son dos et, bien évidemment, elle était magnifique.

– Greta... a dit Elec en venant lentement vers moi.

J'ai paniqué, replongée sept ans en arrière en l'entendant dire mon prénom, mais j'ai quand même réussi à me lever de ma chaise, enfin.

– Elec – je... je suis tellement désolée... pour Randy...

Ça faisait des années que je n'avais pas senti cet inoubliable parfum de kreteks et d'après-rasage. Presque dix ans avaient passé, mais sur un plan émotionnel, ma nuit avec lui aurait pu avoir eu lieu hier. Cependant, celui qui avait passé la nuit dans ma chambre n'était qu'un garçon, et celui qui se tenait devant moi aujourd'hui était un homme.

Je n'en revenais pas qu'il puisse être encore plus beau. Son regard gris était toujours brûlant et me paraissait plus perçant encore derrière ses lunettes à monture noire, son piercing à la lèvre était moins voyant mais non moins alléchant maintenant qu'il avait une barbe de trois jours, et je pouvais voir sous sa chemise noire que son torse était encore plus musclé qu'avant.

Elec restait là à me regarder et au bout de quelques secondes – qui m'ont semblé durer une éternité – je l'ai pris dans mes bras et j'ai fermé les yeux. Mon cœur battait si vite que je n'aurais pas été surprise qu'il s'arrête pour de bon. À l'évidence, la réaction de mon corps en présence d'Elec n'avait pas changé.

– Tu dois être la fille de Sarah – on dirait des sœurs, a dit sa copine.

J'ai lâché la main Elec pour lui tendre la main.

– Oui... salut, je suis Greta.

– Je m'appelle Chelsea. Je suis ravie de te rencontrer. Je suis désolée pour ton beau-père.

– Merci.

Nous sommes restés silencieux, aussi gênés les uns que les autres, jusqu'à ce que Clara entre avec un rôti dans les mains. J'en ai profité pour m'enfuir en proposant d'apporter le reste et elle m'a confié les couverts : grave erreur, mes mains tremblaient tellement que j'en ai fait tomber la moitié. J'ai pris le temps de fermer les yeux et de respirer, essayant de calmer mes nerfs, et je suis retournée dans la salle à manger pour finir de dresser la table.

Elec et Chelsea s'étaient assis en face de moi et j'ai gardé les yeux rivés sur mon assiette jusqu'à ce que la question de Greg me fasse lever la tête.

– Alors, comment vous vous êtes rencontrés, vous deux ?

– On travaille dans le même foyer pour jeunes en difficulté, a répondu Chelsea en souriant amoureusement. J'aide les enfants pour leurs devoirs et Elec est psychologue. Je le trouvais incroyable avec eux – ils sont fous de lui. Et maintenant, je suis folle de lui, moi aussi.

J'avais de nouveau dirigé mon attention sur mon assiette, mais du coin de l'œil, je l'ai vue se pencher pour l'embrasser, et ce fut comme si ma robe avait brusquement rétréci et qu'elle m'empêchait de respirer.

– C'est mignon, dit Clara en souriant.

– Elec, comment est-ce que ta mère a pris la nouvelle ? a demandé Greg.

– Pas très bien, a-t-il répondu.

C'était la première fois qu'il parlait depuis qu'il avait dit mon prénom et je ne pouvais pas ne pas le regarder.

Chelsea a repris la parole

– On a tout fait pour qu'elle vienne, mais elle ne s'en sentait pas la force.

On. C'était sérieux alors, si elle était proche de sa mère.

– Dans ce cas, c'est probablement mieux qu'elle ne soit pas venue, a répondu Clara.

Ma mère a bu une longue gorgée de vin. Je comprenais qu'elle soit mal à l'aise – après tout, elle savait que c'était à cause d'elle que Pilar n'était pas venue aujourd'hui.

– Tu habites où, Greta ? a demandé Chelsea.

– À New York. Je suis arrivée ici il y a deux jours.

– Waouh, ça doit être super, j'ai toujours voulu y aller ! On pourrait peut-être lui rendre visite, un jour, non ? a-t-elle demandé à Elec. On aurait un endroit où dormir !

Elec a hoché la tête, concentré sur son assiette. De temps en temps, je sentais son regard sur moi, mais lorsque je levais les yeux, il détournait le regard.

– Elec ne m'avait pas dit qu'il avait une demi-sœur, dit Chelsea.

Il n'avait jamais parlé de moi.

– Elec n'a pas vécu avec nous très longtemps. Et si je me souviens bien, a ajouté ma mère en me regardant, vous ne vous entendiez pas très bien, si ?

Bien évidemment, ma mère ne savait rien de ce qui s'était passé entre nous – elle ne pouvait pas savoir à quel point nous nous étions bien entendus, justement.

– C'est vrai, ça, Greta ? a interrompu Elec.

J'ai ramassé la fourchette que je venais de faire tomber et j'ai demandé :

– Qu'est-ce qui est vrai ?

– Qu'on ne s'entendait pas.

J'étais la seule à pouvoir comprendre son sous-entendu, mais je ne savais pas pourquoi il voulait me mettre encore plus mal à l'aise que je ne l'étais déjà.

J'ai répondu en souriant timidement alors que je me sentais rougir.

– On a quand même eu de bons moments.

Elec souriait jusqu'aux oreilles.

– Comment tu m'appelais, déjà ?

– Comment ça ?

– « Très cher demi-frère » – c'est ça ? À cause de ma charmante personnalité ? J'étais un bon-à-rien à l'époque, a-t-il expliqué à Chelsea.

J'avais envie d'ajouter qu'il était *divinement bon* pour certaines choses, mais ce n'était pas le moment.

– Comment tu sais que je t'appelais comme ça ? je lui ai demandé alors qu'il souriait d'un air narquois. Ah oui, c'est vrai, tu écoutais mes conversations téléphoniques.

– Eh bien ! J'ai l'impression que vous vous êtes beaucoup amusés, a dit Chelsea en nous regardant tour à tour d'un air innocent.

– Oui, c'est vrai, dit Elec en me transperçant d'un regard brûlant.

* * *

Après le dîner, Chelsea et moi nous sommes retrouvées seules dans la cuisine pour mettre les plats dans le lave-vaisselle.

– Qu'est-ce que tu fais dans la vie, Greta ?

Je n'avais aucune envie de rentrer dans les détails maintenant et j'ai décidé de rester vague.

– J'ai un poste administratif à Manhattan. Rien de spécial, juste de la paperasse.

Elle m'a souri et la garce que je suis a été ravie de remarquer qu'elle avait des ridules au coin des yeux.

– Ça ne doit pas être plus mal, parfois. C'est gratifiant de travailler avec des enfants, mais c'est épuisant aussi.

Nous avons toutes les deux regardé par la porte vitrée qui donnait sur le jardin. Elec était dos à nous, seul, les mains dans les poches. Il semblait perdu dans ses pensées.

– Je suis vraiment inquiète pour lui, dit Chelsea. Est-ce que je peux te demander quelque chose ?

Je n'aimais pas le ton que prenait cette conversation.

– Bien sûr.

– Il refuse de parler de son père. Tu sais ce qui s'est passé entre eux ?

Sa question me prenait au dépourvu – ce n'était pas à moi de lui parler de Randy et d'Elec. D'ailleurs, je ne savais presque rien de leur relation.

– Ils se disputaient beaucoup, et Randy était très dur avec lui. Mais, honnêtement, je n'en sais pas plus.

Elle allait devoir se contenter de ça.

– J'ai peur qu'il réprime ces sentiments – son père vient de mourir et il n'a pas montré la moindre émotion. À sa place, je serais inconsolable.

Crois-moi, je sais.

– Le risque, c'est qu'il finisse par exploser. Il ne va vraiment pas bien. Il ne dort plus depuis la mort de Randy. Je sais que ça l'affecte, mais il refuse d'en parler et il n'a pas pleuré non plus.

Je m'inquiétais également pour Elec et les paroles de Chelsea aggravaient mon angoisse.

– Est-ce que tu as essayé de lui parler ?

– Oui, mais il répond que le sujet est clos. Il a failli ne pas venir, tu sais. Mais je savais qu'il s'en voudrait, alors j'ai insisté jusqu'à ce qu'il cède.

Waouh. Il n'avait pas l'intention de venir...

– Tant mieux. Je suis contente que tu aies réussi.

– Je l'aime vraiment, Greta.

Mon estomac s'est noué. J'étais heureuse qu'Elec ait trouvé quelqu'un qui l'aimait et je ne pouvais pas répondre que je l'aimais peut-être aussi... D'ailleurs, c'était absurde qu'après *sept ans*, mes sentiments pour lui soient toujours aussi forts.

– Dis, tu ne veux pas me rendre un service ?

– D'accord...

– Est-ce que tu pourrais aller le voir et... essayer de le faire parler ?

– Euh...

– Je t'en supplie, je ne sais pas à qui d'autre demander. Je ne pense pas qu'il soit prêt pour ce qui l'attend à la veillée.

J'ai de nouveau regardé Elec et j'ai réalisé que ce serait peut-être la seule occasion que j'aurais de lui parler seule à seul.

– D'accord.

– Merci, dit-elle en me prenant dans ses bras. Je te revaudrai ça.

Qu'elle me laisse Elec alors. En même temps, son câlin m'avait fait comprendre qu'il était possible d'apprécier en toute sincérité une personne dont on était affreusement jalouse.

Lorsque je suis sortie, j'ai levé la tête vers le ciel qui se couvrait de nuage gris, comme si un orage était sur le point d'éclater. Hormis la météo, et même si ce n'était absolument pas le moment, j'ai aussi remarqué à quel point le cul d'Elec était divin dans son pantalon de costume noir, tout comme j'ai pris note de la brise qui agitait les vagues sexy de ses cheveux bruns.

Je me suis raclé la gorge pour ne pas le prendre par surprise et il a su que c'était moi sans se retourner.

– Qu'est-ce que tu fais là, Greta ?

– Chelsea m'a demandé de venir te parler.

– Ah vraiment ?

– Oui.

– Quoi, vous avez comparé vos expériences ?

– Ce n'est pas drôle du tout.

Il s'est enfin tourné vers moi en recrachant sa fumée et il a écrasé son mégot par terre.

– Tu crois qu'elle t'aurait envoyé me parler si elle avait su que la dernière fois que toi et moi étions dans la même pièce, on baisait comme des lapins ?

Ses paroles ont eu beau me choquer, l'entendre reparler de notre nuit m'a fait frissonner de la tête aux pieds.

– Tu es obligé d'être aussi vulgaire ?

– J'ai tort, peut-être ? Elle péterait un câble si elle le savait.

– Eh bien, ce n'est pas moi qui vais lui dire, donc tu n'as pas à t'inquiéter.

Mon œil s'est mis à cligner.

– Pourquoi tu me fais des clins d'œil ? a-t-il demandé en haussant un sourcil.

– Je te fais pas... mon œil cligne parce que...

– Parce que tu es nerveuse. Je sais. Tu faisais ça aussi, la première fois qu'on s'est rencontrés.

– Il faut croire que certaines choses ne changent jamais. Ça fait sept ans, mais c'est comme si c'était...

Il a terminé ma phrase.

– Comme si c'était hier. Et c'est complètement tordu, comme toute cette situation, en fait.

– Ce n'était pas censé arriver.

Son regard s'est posé sur ma gorge avant de remonter sur mes yeux.

– Il est où?

– Qui ?

– Ton fiancé.

– Je ne suis pas fiancée. Je l'étais mais... plus maintenant. Comment tu savais que j'étais fiancée ?

Elec a eu l'air abasourdi. Il a regardé ses pieds pendant un long moment, puis il a évité ma question.

– Qu'est-ce qui s'est passé ?

– C'est une longue histoire... C'est moi qui ai rompu. Il est parti en Europe pour un boulot. On n'était pas faits l'un pour l'autre.

– Et maintenant, tu as quelqu'un ?

– Non.

Je n'avais aucune envie de parler de mes histoires de cœur.

– Chelsea est super-sympa, j'ai dit en souriant.

– Elle est géniale. Elle est une des meilleures choses qui me soient arrivées, en fait.

Ouch, ça faisait mal.

– Elle s'inquiète pour toi parce que tu réprimes tes émotions. Elle m'a demandé si je savais ce qui s'était passé entre Randy et toi, mais je n'ai pas su quoi lui dire parce que je ne sais pas grand-chose, finalement.

– Tu en sais plus qu'elle, mais je n'ai pas eu à te le dire. La vérité est très triste et très simple : Randy était un père pourri, et maintenant il est mort. Sans rire, c'est tout ce que peut analyser mon cerveau, pour l'instant. Je crois que je n'ai pas encore vraiment digéré l'info.

– On a tous été surpris par sa mort.

– Ma mère l'encaisse très mal, dit Elec.

– Et avant de le savoir, comment allait-elle ?

– Mieux, mais pas parfaitement bien. Je ne sais pas encore quelles conséquences la mort de Randy va avoir sur elle.

Le vent s'est levé et de petites gouttes de pluie se sont mises à tomber. J'ai levé les yeux vers le ciel, puis j'ai regardé ma montre.

– Il faut qu'on parte dans quelques minutes.

– Rentre et dis-lui que j'arrive.

Je n'ai pas bougé. Je n'avais rien obtenu de lui, et maintenant je sentais les larmes monter.

– Qu'est-ce qui t'arrive ?

– Chelsea n'est pas la seule à s'inquiéter pour toi.

– Mais c'est la seule qui a le *droit* de se faire du souci. *Toi,* tu n'as pas à t'inquiéter. Je ne suis rien pour toi.

C'était la chose la plus dure qu'il m'ait jamais dite. Je lui avais donné un morceau de mon cœur et il venait de le piétiner. Soudain, je regrettai de l'avoir idéalisé pendant toutes ces années, d'avoir comparé mes copains à lui, de l'avoir mis sur un piédestal alors qu'apparemment, il se contrefichait de mes sentiments.

– Tu sais quoi ? Si je n'avais pas pitié de toi, je te dirais d'aller te faire foutre.

– Et si j'avais envie d'être un connard, je te répondrais que ce que tu veux vraiment, c'est sentir mon foutre sur ton dos.

Il est passé devant moi en me bousculant légèrement.

– Prends soin de ta mère.

Les deux dernières heures avaient été terribles et, à présent, le choc, la tristesse et la jalousie laissaient place à la colère. Une colère noire. Les larmes se sont mises à couler sur mes joues, se mêlant aux gouttes de pluie, et je suis restée dehors, sans voix, le cœur brisé.

* * *

– *Je ne savais pas que Randy avait un fils.*

J'ai cessé de compter le nombre de fois que j'ai entendu cette phrase depuis que nous sommes arrivés. Même s'il s'était comporté comme un enfoiré avec moi, j'avais mal pour lui.

L'odeur des fleurs, mêlée aux parfums de tous ceux qui venaient nous présenter leurs condoléances, était étouffante. Il y avait beaucoup de monde et la plupart des gens étaient des collègues de Randy ou des voisins. Ça aurait pu être touchant de voir que tant de gens s'étaient déplacés, mais ils discutaient et riaient joyeusement dans la queue pour voir le cercueil, et ça m'agaçait au plus haut point. On aurait dit un cocktail mondain, l'alcool en moins.

J'étais à côté de ma mère qui s'était effondrée en voyant le corps sans vie de son mari. Je passais ma main dans son dos et remplaçais ses mouchoirs, faisant tout mon possible pour la faire tenir jusqu'à la fin.

Elec ne voulait pas s'installer à côté de nous, mais Chelsea avait réussi à le convaincre – peut-être était-il trop fatigué pour lutter.

Randy était tellement maquillé que l'on aurait dit que son visage était masqué, il était presque méconnaissable. J'avais eu du mal à le regarder dans son cercueil –notamment parce que cela me rappelait la mort de mon père. Quant à Elec, il avait pris soin de ne pas trop s'en approcher et il ne tournait jamais la tête en direction du cercueil. Il restait debout, stoïque, serrant la main des gens de façon automatique, laissant Chelsea répondre à sa place.

Toutes mes condoléances.

Mes sincères condoléances.

Je suis de tout cœur avec vous.

Les gens répétaient sans cesse les mêmes phrases, et j'avais l'impression qu'Elec était sur le point de craquer et que j'étais la seule à l'avoir remarqué.

J'ai promis à ma mère de revenir tout de suite, j'avais besoin d'aller aux toilettes. J'ai fini par les trouver au sous-sol, au fond d'une salle vide. L'air y était poussiéreux, mais il y régnait un silence quasi total, ce qui était comme un bol d'air frais après le brouhaha étouffant qu'il y avait à l'étage.

Mon cœur a cessé de battre lorsque je suis sortie des W.-C et que j'ai vu Elec, assis sur une chaise. Il avait les coudes appuyés sur ses genoux et son visage était caché dans ses mains. Son torse se gonflait et retombait brusquement. Peut-être qu'il était en train de craquer, comme je l'avais imaginé quelques minutes plus tôt. En dépit de ce qu'il m'avait dit dans le jardin, mon besoin de le réconforter a pris le dessus. Cependant, je savais à présent que ce n'était pas mon rôle. Je suis passée devant lui lentement, en me faisant toute petite, les yeux fixés au sol.

Arrivée au pied de l'escalier, sa voix m'a arrêté.

–Attends.

– Il faut que j'aille rejoindre ma mère, ai-je répondu en me tournant vers lui.

– Accorde-moi quelques minutes.

J'ai hésité un instant, puis je suis allée m'asseoir à côté de lui.

– Est-ce que ça va ? je lui ai demandé.

Il m'a regardée en faisant non de la tête. Je mourais d'envie de le prendre dans mes bras, mais j'ai réussi à m'en empêcher. *Ce n'est pas ton rôle, Greta.*

Soudain, il a posé sa main sur mon genou, et le travail que j'avais fait sur moi-même depuis notre altercation dans le jardin a volé en éclats.

– À propos de ce que je t'ai dit tout à l'heure... je suis désolé, a-t-il dit.

– Tu parles de quoi, précisément ?

– De tout. Je ne sais pas comment gérer cette situation. Toi... Randy... J'ai l'impression que c'est un cauchemar – sauf que je ne me réveille jamais. Dans l'avion pour venir, j'ai prié pour que tu ne sois pas là aujourd'hui.

– Pourquoi ?

– Parce que la situation est déjà assez compliquée comme ça.

– Je ne pensais pas qu'on se reverrait un jour, Elec. Mais surtout, je ne pensais pas que ce serait aussi dur et que je serais dans un tel état après sept ans.

– Comment ça ?

– Je te l'ai déjà dit, c'est comme si on s'était quittés hier. Je crois que c'est parce que je me suis accrochée à ces souvenirs – je ne t'ai jamais vraiment oublié et ça a affecté mes relations. Mais c'était gérable, jusqu'à aujourd'hui. Bref, on ne devrait pas parler de ça. Ça n'a plus d'importance. Tu aimes Chelsea, maintenant.

– Oui, a-t-il dit un peu trop vite.

– Elle a l'air vraiment bien, ai-je continué en ravalant mes larmes, mais c'est très dur pour moi de te voir avec quelqu'un après la façon dont on s'est dit au revoir. Et c'est encore plus dur de te voir souffrir.

J'avais dit ce que je ressentais, ce que j'avais sur le cœur, parce qu'une fois de plus je ne savais pas si j'aurais une autre occasion d'être seule avec lui. Je voulais qu'il sache où j'en étais.

– Je suis désolée, je n'aurais pas dû dire ça, j'ai ajouté en secouant la tête.

Soudain, alors que j'avais la tête baissée, Elec a posé sa main sur ma joue, la laissant glisser sur mon cou.

– Greta... a-t-il murmuré en plongeant son regard dans le mien, ce regard que je n'avais vu qu'une seule fois sept ans auparavant.

J'ai fermé les yeux et je me suis souvenue de cette nuit avec l'ancien Elec. *Mon* Elec. Jamais je n'avais pensé revivre ça. Il gardait sa main sur ma gorge en la serrant délicatement. C'était innocent, mais ça l'était de moins au moins au fur et à mesure que les secondes passaient. Son pouce caressait lentement mon cou et mon sang s'embrasait. Je ne comprenais pas ce qui se passait, et je n'étais pas certaine qu'Elec le sache non plus. Je priais pour que personne ne descende, car mon Elec disparaîtrait aussitôt.

– Je t'ai blessée, murmura-t-il.

– Ce n'est pas grave.

Il a retiré sa main lorsque des pas ont résonné dans l'escalier.

– Ah, vous voilà, a dit Chelsea en venant vers nous. Je comprends que vous ayez eu besoin d'un peu de calme.

Cette journée est épuisante.

Je me suis dépêchée de me lever tout en essayant de calmer les battements de mon cœur.

– La cérémonie va commencer, je voulais vous prévenir. Est-ce que tu te sens capable de retourner en haut ? a-t-elle demandé à Elec.

– Euh... ouais, ça va... Allons-y.

Elec m'a regardée avant d'accepter la main que lui tendait Chelsea, mais je n'ai pas su déchiffrer son expression. Je les ai suivis, les yeux rivés sur sa main qu'il avait posée dans le creux de ses reins. Cette même main qui était sur ma gorge quelques secondes plus tôt.

* * *

Après la veillée, Greg et Clara ont invité quelques personnes à venir chez eux pour boire le thé et, comme ma mère était obligée d'y aller, j'ai dû l'accompagner pour pouvoir la ramener à la maison. Je rêvais de rentrer et de me coucher. Les obsèques avaient lieu le lendemain et la journée allait être longue.

Maman et moi avons été les dernières à partir des pompes funèbres et lorsque nous sommes arrivées chez Greg et Clara, la salle à manger était pleine d'invités. La maison sentait bon le café et les muffins aux myrtilles que Clara venait de sortir du four.

Je ne savais pas où étaient Elec et Chelsea. J'étais en train de me demander ce qu'ils pouvaient bien faire lorsque Chelsea est entrée dans le salon avec un scone à la main. Elle avait troqué sa robe noire contre un short en jean et un t-shirt blanc, ses cheveux étaient relevés, et elle avait l'air plus jeune sans maquillage.

– Salut Greta, je peux me joindre à toi ? m'a-t-elle demandé en s'asseyant à côté de moi avant que je n'aie pu répondre.

– Bien sûr.

– La maison de Greg et Clara est vraiment belle, tu ne trouves pas ? Je suis contente qu'on dorme ici plutôt qu'à l'hôtel.

– Oui, je trouve aussi.

– J'espère qu'on pourra acheter une maison, un jour. Avec nos salaires, il va nous falloir des années avant d'en avoir les moyens. Notre appartement est minuscule.

Notre appartement.

– Vous vivez ensemble depuis longtemps ?

– À peine quelques mois. On est ensemble depuis presque un an. Elec rechignait à s'éloigner de sa mère, mais il a fini par céder. Pilar était en dépression depuis très longtemps, mais tu le savais, non ?

– Oui, je savais qu'elle avait des soucis.

– Elle va mieux, depuis un an. Elle a même un copain. Mais quand elle a appris la mort de Randy... elle a reçu un sacré choc. On a peur qu'elle retombe en dépression.

– Où est Elec ?

– Il est en haut.

– Il ne veut pas descendre ?

– Eh bien... en fait... il se comporte de façon très étrange, ce soir.

– Comment ça ?

Chelsea a regardé autour de nous pour s'assurer que personne ne nous écoutait.

– On est rentrés ici avant tout le monde, en fait. Et il...

– Il quoi ?

– Il voulait faire l'amour...

J'ai failli recracher mon thé. *Mais pour quelle foutue raison elle me racontait ça?*

– Est-ce que c'est... inhabituel? ai-je demandé en toussant.

– Non... il a toujours eu un appétit sexuel très prononcé, mais là... c'était différent.

Un appétit sexuel très prononcé. J'ai fait tout mon possible pour cacher le fait que cette conversation me filait la nausée.

– Différent comment?

– On avait à peine passé la porte qu'il m'a traînée en haut en me déshabillant. J'ai eu l'impression qu'il voulait enfouir ses sentiments, oublier cette journée. Et ça, je peux le comprendre, mais on a commencé et... il n'a pas pu finir. J'ai vu à son regard qu'il avait la tête ailleurs. Ensuite, il a couru dans la salle de bains, il a claqué la porte et j'ai entendu le bruit de la douche.

– Est-ce qu'il a dit quelque chose, après?

– Non. Rien.

– C'est étrange.

J'aurais pu lui soumettre l'idée qu'Elec était perturbé par son besoin charnel d'empoigner ma gorge, mais j'ai préféré me retenir.

– Je ne peux pas le laisser dans cet état, dit Chelsea.

– Comment ça, le laisser?

– Il ne te l'a pas dit? Je ne peux pas rester pour l'enterrement, demain.

– Pourquoi?

– Je pars à neuf heures demain matin, parce que ma sœur se marie le soir. Un vendredi soir, c'est absurde, non? Je crois que la réservation de la salle coûtait moins cher en semaine, mais ça craint pour ceux qui travaillent et qui ont une vie. Je suis la demoiselle d'honneur donc je peux difficilement être absente. Ça tombe mal, mais c'est comme ça.

Elle part.

– Et Elec ? Quand est-ce qu'il part ?

– Samedi soir.

– Ah.

– Est-ce qu'il a toujours été aussi compliqué ? a-t-elle demandé en croisant les jambes. Il était comme ça quand il était ado ?

– Le peu de temps que je l'ai connu... je dirais que oui. Après tout, c'est probablement pour ça qu'il écrit des livres.

– Des livres ?

Elle ne savait pas ?

– Euh... oui, enfin, c'était juste un passe-temps. Je n'aurais pas dû en parler, ça n'a pas d'importance.

– Waouh. Je n'en reviens pas qu'il ne m'ait rien dit. De quoi parlent ses livres ?

Comment est-ce qu'il a pu lui avoir caché ça ?

– C'est de la fiction. Mais ne lui dis pas que je te l'ai dit, je n'aurais pas dû en parler.

– Non. Ça, c'est clair !

Elec venait d'arriver, nous faisant sursauter toutes les deux.

Merde.

Son regard glacial confirmait que j'avais commis une grosse erreur, mais c'était trop tard. C'était à lui de prendre le relais, maintenant.

– Viens ici, chéri, a dit Chelsea en tapotant le canapé à côté d'elle. Pourquoi tu ne m'as pas dit que tu écrivais quand tu étais jeune ? C'est tellement cool !

– C'est rien, c'était juste un hobby d'ado.

Ce n'était pas un hobby, c'était sa passion.

– Je n'arrive quand même pas à croire que tu ne m'en aies jamais parlé !

– Ouais, je sais pas pourquoi, a-t-il dit simplement.

J'attendais qu'il me regarde pour que je lui montre à quel point j'étais désolée, mais il ne m'en a jamais donné l'occasion et j'attendais encore quand Clara est entrée dans le salon.

– Elec, je peux te proposer quelque chose à boire ?

– Ce que tu veux, tant que c'est fort.

– Ça marche.

Elle est revenue quelques minutes plus tard avec trois shots remplis d'un liquide ambré. Elec a bu les deux premiers cul sec.

– Tu vois ? a murmuré Chelsea dans mon oreille. Promets-moi que tu garderas un œil sur lui.

Elec a posé le dernier shot – désormais vide, lui aussi – sur la table.

– Elle n'a pas besoin de garder un œil sur moi.

– Tu sais à quel point je m'en veux de te laisser seul.

– Mais non, ne t'en fais. Tout ira bien. Je serai là quand tu te réveilleras dimanche matin.

Elec était en jean, pieds nus. J'ai tout de suite eu un flash-back au moment où j'ai remarqué pour la première fois à quel point ses pieds étaient sexy, et je me suis empressée de ranger ce souvenir dans un coin de ma tête. Quand Chelsea me demandait de garder un œil sur lui, elle ne s'attendait probablement pas à ce que je mate son mec en bavant.

Ma mère venait de nous rejoindre dans le salon.

– Chérie, je pense qu'il est l'heure de rentrer, je suis épuisée.

– D'accord, alors on y va.

J'avais hâte de m'enfuir de cette maison.

– Greta, je ne vais pas te voir avant de partir, a dit Chelsea en se levant. Je suis vraiment ravie de t'avoir rencontrée. J'espère qu'on se reverra un jour.

– Moi aussi, ai-je menti.

Je l'ai laissée me prendre dans ses bras et j'en ai profité pour regarder Elec en articulant « désolée », en espérant qu'il me pardonnerait pour ma gaffe. Il s'est contenté de me retourner une expression indéchiffrable. Je ne comprenais pas pourquoi il ne lui avait pas dit qu'il écrivait, mais peu importait. Une fois de plus, j'avais fait un faux pas.

Je ne saisissais pas non plus ce qui s'était passé dans le sous-sol des pompes funèbres, mais je devais l'oublier. Je ne faisais plus partie de sa vie et je garderais mes distances aux obsèques, à moins qu'il ne vienne à moi. *Il n'a pas besoin de moi, il a Chelsea.* J'allais en faire mon mantra.

Chelsea a pris ma mère dans ses bras.

– Sarah, je suis vraiment désolée pour votre mari. Et je suis navrée de ne pas pouvoir être avec vous demain.

– Merci, a répondu ma mère.

Chelsea est revenue vers moi pour me chuchoter à l'oreille :

– Merci de m'avoir écoutée tout à l'heure.

– Y a pas de quoi.

Merci de m'avoir traumatisée à vie.

Dans une autre vie, cette nana aurait pu être ma meilleure amie. Elle était le genre de personne que l'on pouvait appeler à n'importe quelle heure du jour ou de la nuit pour lui raconter ses problèmes. Elle était adorable, et moi j'étais horrible, parce que j'étais ravie qu'elle prenne l'avion le lendemain matin.

Il ne me restait plus qu'à survivre aux prochaines vingt-quatre heures. Ensuite, Elec prendrait l'avion et sortirait de nouveau de ma vie.

Bien sûr, les choses ne se sont pas tout à fait passées comme prévu.

CHAPITRE 14

C'était une belle journée. Les oiseaux chantaient, le soleil brillait, et j'avais plutôt bien dormi. Or, ce n'était pas une journée de printemps quelconque. Aujourd'hui, ma mère enterrerait son mari pour la deuxième fois de sa vie et Elec dirait adieu à son père. Quant à moi, j'allais revoir Elec – mais sans Chelsea, ça me paraissait moins terrifiant. Je n'avais pas réalisé à quel point sa présence m'angoissait jusqu'à ce qu'elle m'annonce son départ.

Quand je suis entrée dans sa chambre, maman était assise sur le lit et regardait une photo de Randy et elle le jour de leur mariage. Ils avaient l'air heureux.

–Il était hanté par de nombreux démons, mais il m'aimait, a-t-elle dit. C'est sans doute la seule certitude que j'avais à son sujet.

J'ai passé mon bras autour de sa taille et je lui ai pris la photo des mains.

–Je me souviens de votre mariage comme si c'était hier.

–Pour lui, c'était comme un nouveau départ, mais il n'a jamais réussi à faire le deuil de son passé ni à enterrer sa colère. Il ne m'en a jamais parlé, et je ne l'y ai jamais forcé non plus.

Tiens, ça me fait penser à quelqu'un.

–Je crois que je préférais ne pas savoir, au fond. Après avoir perdu ton père, je voulais une relation simple. C'était égoïste de ma part, a-t-elle avoué en commençant à pleurer. Ces derniers temps, justement, j'avais commencé à lui poser des questions pour essayer de comprendre. Je m'en veux de ne jamais m'être mêlée à sa relation avec Elec. Je vivais un peu dans une bulle, je crois.

–Ni l'un ni l'autre m'ont rendu la tâche facile à ceux qui voulaient les aider.

–Je suis désolée que tu aies eu à les voir, a-t-elle dit en essuyant ses larmes.

–Moi ? Voir qui ?

–Elec avec elle... avec Chelsea.

–Pourquoi tu es désolée ?

–Je suis au courant, Greta.

–Qu'est-ce que tu penses savoir, exactement ?

–Je sais ce qui s'est passé entre vous la veille de son retour en Californie.

J'ai vite reposé la photo pour éviter qu'elle ne se brise par terre.

–Quoi ?

– Je m'étais levée tôt ce jour-là. Elec ne sait pas que je l'ai vu sortir de ta chambre pour retourner dans la sienne. Plus tard dans la journée, je suis rentrée du supermarché et je suis montée te voir, mais tu étais sortie. J'ai trouvé un emballage de préservatif et il y avait du sang sur tes draps. Et puis, tu étais tellement déprimée après son départ… Je voulais te dire que je savais – je voulais être là pour toi, mais je ne voulais pas te mettre mal à l'aise ou risquer que Randy l'apprenne. Il serait devenu fou s'il l'avait su. J'ai fini par me convaincre que tu avais dix-huit ans et que si tu avais voulu que je le sache, tu me l'aurais dit.

– Waouh. Je n'en reviens pas que t'aies été au courant pendant tout ce temps.

– C'était ta première fois ?

– Oui.

– Je regrette vraiment de ne pas avoir été là pour toi.

– Ne t'en fais pas. Comme tu dis, c'était probablement mieux que tu ne m'en parles pas.

– Mais, est-ce que c'était que du sexe ou bien… plus ?

– C'était beaucoup plus, pour moi. Je crois que pour lui aussi, à l'époque. Mais ça n'a plus d'importance, aujourd'hui.

– Ça a l'air assez sérieux, avec cette fille.

– Oui, ils vivent ensemble.

– Mais ils ne sont pas mariés.

– Qu'est-ce que tu veux dire ? j'ai demandé en haussant un sourcil.

– Seulement que si vous avez encore des choses à vous dire, c'est peut-être votre dernière chance. Maintenant que Randy n'est plus avec nous, on ne reverra peut-être plus jamais Elec.

– Merci de tes conseils, mais c'est du passé, maintenant, ai-je dit tandis qu'une larme coulait sur ma joue.

– Apparemment pas, ma chérie.

* * *

Mon corps avait senti sa présence avant même que je n'aie senti son odeur. Les fenêtres de l'église étaient ouvertes et la brise portait vers moi ce parfum de clou de girofle et d'eau de Cologne qui le caractérisait tant. Étrangement, ça m'a réconfortée. À cette odeur s'ajoutaient celle des bougies sur l'autel et, de temps en temps, celle des lys qu'on avait rapportés des pompes funèbres.

Maman et moi étions assises au premier rang et je me suis retournée pour voir Elec, Greg et Clara assis juste derrière nous. Elec avait mis une chemise noire très élégante, mais pas de cravate. Il regardait ses pieds, et soit il n'a pas remarqué que je le regardais, soit il a préféré m'ignorer.

Il y avait beaucoup moins de gens qu'à la veillée et, à part le bruit lointain des voitures et celui des pas dans l'allée de l'église, tout était calme.

L'organiste s'est mis à jouer « Over the Rainbow », et ma mère a fondu en larmes.

Le prêtre a prononcé l'éloge funéraire, qui était simple et impersonnel, décrivant Randy comme un « bon père aimant ». Tous mes muscles se sont contractés, si Randy et Elec avaient eu une relation normale, c'est son fils qui aurait fait cet éloge, pas un inconnu. Il est resté silencieux pendant toute la cérémonie – il n'a pas pleuré, il n'a pas levé la tête. Il était présent, ni plus ni moins.

Les obsèques n'ont pas duré longtemps. À la fin, le prêtre a donné l'adresse du cimetière en précisant que la famille invitait tout le monde dans un restaurant du coin après l'enterrement.

J'ai regardé Elec, Greg et d'autres amis de Randy porter le cercueil jusqu'au corbillard, que maman et moi avons suivi en voiture puisqu'elle n'avait pas voulu louer de limousine. Greg, Elec et Clara étaient dans leur voiture, derrière la nôtre. Au cimetière, nous nous sommes rassemblés autour de la stèle portant le nom de Randy O'Rourke, et je me suis demandé un instant si ma mère voudrait être enterrée ici ou avec mon père.

Elec est sorti de la voiture en dernier et m'a rejoint. Comme moi, il regardait la terre et les cailloux au fond du trou qui avait été creusé pour accueillir le cercueil.

Au bout de quelques secondes, il m'a regardée d'un air paniqué et, ni une ni deux, j'ai mis de côté ma fierté comme chaque fois que l'on sent qu'une personne à qui on tient a vraiment besoin d'aide. Je lui ai pris la main et il n'a pas résisté.

– Je n'y arriverai pas, a-t-il dit.

– Tu n'arriveras pas à quoi ?

– Je dis quoi s'ils veulent que je les aide à descendre le cercueil ? Je n'en suis pas capable.

– Ne t'en fais pas, Elec, personne ne t'obligera à faire quoi que ce soit.

Il a hoché la tête, mais il n'a rien dit. Je l'ai vu avaler sa salive plusieurs fois et, soudain, il a lâché ma main et il a tourné les talons, se faufilant à travers la petite foule de gens qui commençait à arriver.

Je n'ai pas réfléchi et je l'ai rattrapé aussi vite que me le permettaient mes talons aiguilles.

– Elec... attends !

Quand il s'est arrêté, sa respiration était plus saccadée que la mienne alors que je venais de courir. Je pensais l'avoir vu craquer hier, aux pompes funèbres, mais je m'étais sacrément trompée – Elec était en train de s'effondrer sous mes yeux.

– C'est trop, Greta. C'est trop définitif. Je ne peux pas les regarder recouvrir son cercueil de terre, et encore moins y prendre part.

– Mais tu n'as pas à le faire Elec, ne t'inquiète pas !

– Je suis certain qu'il ne voudrait même pas que je sois là, Greta. Quoi qu'il en soit, je ne veux pas voir ça.

– Elec, c'est une réaction complètement normale. On n'est pas obligés d'y retourner. Je peux rester avec toi, si tu veux.

Il secouait sans cesse la tête, comme pour dire non, en me dévisageant, perdu dans ses pensées. Un corbeau s'est posé près de nous et je me suis demandé si c'était un mauvais signe.

– C'était pendant une de nos pires disputes, je pense que c'était à peu près un an avant que je te rencontre. Randy m'a dit qu'il préférerait être mort et enterré plutôt que de voir le bon à rien que j'allais devenir. (Il a regardé ses pieds en secouant la tête.) Je lui ai répondu que son enterrement serait le plus beau jour de ma vie.

Il a expiré longuement, comme s'il avait retenu son souffle pendant tout ce temps, et moi, je me suis mise à pleurer.

– Elec...

– Je ne le pensais pas, a-t-il murmuré en regardant le ciel, comme s'il parlait à Randy. Il faut que je me casse, a-t-il ajouté en s'adressant à moi, je ne peux pas rester. Je vais péter un plomb. Je n'arrive pas à respirer.

Tout à coup, il est parti vers la voiture à grandes enjambées, me laissant lui courir après de nouveau.

– Ok, tu veux aller où? À l'aéroport?

– Non... non. Tu as ta voiture, non?

– Oui.

– Emmène-moi où tu veux, mais loin d'ici.

J'ai hoché la tête et il m'a suivie au parking. Il y avait encore une petite foule autour de la stèle de Randy, quelques dizaines de mètres plus loin. Dès que j'ai ouvert la voiture, Elec s'y est engouffré en claquant la portière derrière lui.

J'ai démarré et j'ai filé vers la sortie.

– Tu veux aller où?

– À l'opposé de ce cauchemar. Tu veux bien conduire un moment?

Il avait les yeux fermés et sa poitrine se gonflait et retombait brusquement. Il a défait trois boutons de sa chemise – sans doute pour mieux respirer. J'ai profité qu'on soit arrêtés à un feu rouge pour envoyer un message à ma mère.

Tout va bien. Elec a fait une sorte de crise d'angoisse, on va rouler un peu, en espérant que ça le calme. Demande à Greg de t'emmener au restaurant et dis-lui qu'Elec est avec moi. Je ne sais pas quand on va revenir.

Je ne m'attendais pas à ce qu'elle réponde en plein enterrement, mais j'espérais qu'elle regarderait son téléphone lorsqu'elle remarquerait notre absence.

– Merde!

– Quoi?

– Mes clopes sont dans la voiture de Greg, et j'ai vraiment envie de fumer.

– On peut s'arrêter pour en acheter.

– Non, tant pis. Continue à rouler.

C'est donc ce que nous avons fait. J'ai roulé pendant deux heures, et Elec n'a plus dit un mot, se contentant de regarder par la fenêtre. Le panneau *Welcome to Connecticut* nous a accueillis et je ne savais toujours pas où aller. Il m'avait dit de l'emmener à l'opposé du cauchemar du cimetière, pour qu'il oublie.

Soudain, j'ai eu une idée géniale.

– Encore vingt minutes et on s'arrête, d'accord ?

Il s'est tourné vers moi et il a parlé pour la première fois depuis des heures.

– Merci.

Je voulais lui prendre la main, mais j'ai résisté. Quelques minutes plus tard, j'ai eu l'impression qu'il s'était endormi et je me suis souvenue que Chelsea m'avait dit qu'il n'avait pas fermé l'œil depuis qu'il avait appris la mort de Randy.

Mon téléphone a sonné et j'ai décroché.

– Coucou maman.

– Greta, on s'inquiétait. Est-ce que tout va bien ?

– Oui, tout va bien, on est encore sur la route, mais on va bientôt s'arrêter. Ne t'inquiète pas, d'accord ? Je suis désolée de t'avoir laissée toute seule.

– Je vais bien. Le pire est derrière moi, maintenant. Je vais dormir chez Greg et Clara. Prends soin d'Elec, il ne faut pas le laisser seul.

– D'accord. Merci d'être aussi compréhensive, maman. Je t'aime.

– Je t'aime aussi, chérie.

Nous approchions de notre destination et j'ai délicatement secoué le bras d'Elec.

– Réveille-toi, on est arrivés.

Il s'est frotté les yeux et m'a regardée alors que l'on remontait une longue allée parsemée de palmiers.

– Tu m'emmènes voir le magicien d'Oz ?

Il n'avait pas tort : l'allée me rappelait la route de briques jaunes menant au château du magicien.

– Mais non, bêta, c'est un casino.

– On s'est enfuis d'un enterrement et tu m'emmènes jouer au poker ? Tu es sérieuse ?

Je l'ai regardé en m'attendant à le voir confus, mais au lieu de ça, il m'offrait ce rare sourire sincère que je n'avais vu qu'une poignée de fois auparavant – celui qui me donnait immédiatement des palpitations. Soudain, il a éclaté de rire en se couvrant la bouche – j'ai eu l'impression qu'il délirait.

– Tu trouves ça déplacé ?

Il s'est frotté les yeux avant de répondre.

– Non, c'est un coup de génie, Greta !

Il riait encore aux éclats quand je me suis garée dans le parking.

– Tu m'as bien dit de t'emmener à l'opposé d'un cimetière, Elec ?

– Ouais, mais je pensais à un spa japonais ou, je sais pas... la plage ?!

– Tu veux partir ?

– Absolument pas. Je n'y aurais pas pensé, mais s'il y a un endroit sur Terre où on peut oublier ses problèmes, c'est bien ici.

Il a inspecté les environs puis il s'est tourné en posant sur moi un regard qui m'a donné des frissons.

– Fais-moi oublier mes problèmes, Greta.

* * *

La fumée de cigarette qui m'a happée quand on a passé la porte du casino était si dense que j'ai failli m'étouffer.

– Tu ne vas pas avoir de mal à trouver ton cancer en stick, ici. D'ailleurs, je pourrais aussi bien m'y mettre, vu le degré de tabagisme passif.

– Essaie de t'amuser, sœurette, m'a-t-il dit en secouant mes épaules d'un air enjoué.

Je n'ai pas été surprise par la réaction de mon corps en sentant sur moi ses mains puissantes. La journée allait être longue s'il continuait à me toucher comme ça.

– Ne m'appelle pas comme ça.

– Tu préfères que je t'appelle comment ? Personne ne nous connaît, ici. Tiens, on est tous les deux en noir, on pourrait se faire passer pour des sous-fifres de la mafia, tu en penses quoi ?

– Appelle-moi ce que tu veux, mais pas *sœurette*, ai-je crié pour qu'il m'entende malgré le bruit des machines à sous. Tu veux jouer à quoi ?

– À n'importe quel jeu de cartes, a-t-il répondu. Et toi ?

– Moi, j'aime bien les machines à sous.

– Ah ouais ? Tu es sûre ? C'est un peu risqué, tu ne crois pas ?

– Ne te fous pas de ma gueule.

– On ne vient pas dans ce genre de casino pour jouer à côté des mamies, Greta.

– Je ne connais pas les règles des autres jeux.

– Je peux te montrer, mais d'abord il nous faut à boire, a-t-il déclaré en me lançant un clin d'œil. Sérieux, Greta, c'est une idée brillante de venir ici.

On a acheté des jetons, puis j'ai suivi Elec dans une salle peu éclairée où les gens étaient debout autour des tables de jeu.

– Ils jouent à quoi ? ai-je demandé.

– Au craps, c'est un jeu de dés. Tu bois quoi ?

– Un cuba libre, s'il te plaît.

– Ok, je reviens. Ne commence pas à rafler les mises sans moi, a-t-il ajouté en me souriant tout en marchant à reculons.

En attendant Elec, je me suis approchée d'une table. Un homme au visage rouge, avec un accent texan et un chapeau de cow-boy, qui était clairement éméché, m'a souri. Comme je ne comprenais pas les règles, je rêvassais en observant le jeu lorsque tout le monde s'est mis à applaudir. Le cowboy avait gagné et il s'est tourné vers moi en me saisissant par la taille.

– Toi, ma jolie, tu es mon porte-bonheur. Je n'avais pas gagné une seule fois avant que tu arrives. Je te garde avec moi.

Il sentait la bière et sa chemise était trempée de sueur. Je lui ai souri, parce que cela me semblait plutôt innocent, et puis il m'a mis une claque sur la fesse – très fort. Quand je me suis détournée pour partir, Elec approchait avec un verre dans chaque main et son sourire avait disparu.

– Dis-moi que ce gros lard ne vient pas de te mettre une main aux fesses, a-t-il dit. Tiens ça, a-t-il ajouté en me tendant les verres.

Il a empoigné le cow-boy.

– Hé ! Tu te prends pour qui pour peloter les filles comme ça ?

Le type a levé les mains en l'air.

– Je savais pas qu'elle était avec quelqu'un. Elle me portait chance !

– C'est ce qu'on va voir, a aboyé Elec en le traînant vers moi. Excuse-toi tout de suite.

– Allez, mec !

– Excuse-toi, a répété Elec en serrant sa nuque plus fort.

– Je suis désolé, s'est étouffé le cow-boy.

Elec était encore furieux et il ne quittait pas l'homme des yeux. J'ai levé nos verres en suppliant Elec du regard et j'ai soupiré, soulagée, quand il a pris son verre en s'éloignant du cow-boy. Mais cet abruti n'avait pas compris la leçon, apparemment.

– Tu es arrivé à temps, j'étais sur le point de lui demander de souffler sur mes gros dés, a-t-il crié.

Elec s'est tourné brusquement pour se jeter sur le type, mais j'ai été plus rapide que lui et je me suis interposée. Il m'est rentré dedans et nos deux verres se sont renversés sur moi.

– Elec, non ! Je n'ai pas envie qu'on se fasse jeter d'ici. S'il te plaît. Je t'en supplie !

Je ne sais par quel miracle son regard fou de rage a disparu et il a lâché l'affaire.

– Tu peux la remercier d'avoir encore toutes tes dents, a-t-il craché avant de lui tourner le dos au type.

Il avait compris que s'il faisait un pas de plus, notre soirée serait foutue.

– Merde, Greta, tu es dans un sale état, a-t-il dit en regardant ma robe. Viens, je vais t'en acheter une autre.

– Mais non, ça va, je suis juste un peu mouillée.

Bon sang Greta, choisis mieux tes mots, ma vieille.

– Ça ne va pas du tout non, c'est de ma faute si tu es mouillée.

Bon... S'il s'y mettait aussi...

– Elle va sécher ! Tu sais quoi ? Si tu gagnes ce soir, tu peux m'offrir une robe haute couture. Sinon, je refuse que tu dépenses quoi que ce soit pour moi.

– J'ai intérêt à m'y mettre, alors, parce que tu sens le rhum à des kilomètres.

– Merci Elec, c'est sympa.

– D'abord, allons nous chercher à boire. Viens.

J'ai suivi Elec à un autre bar.

– Tu préfères me regarder gagner ou tu veux jouer avec les vieilles ?

– J'adorerais te voir jouer.

Il a regardé en direction des tables de poker.

– Tout compte fait, je n'arriverai pas à me concentrer. Il n'y a que des mecs, ici, et ils vont tous te draguer. Je n'ai vraiment pas envie d'une seconde altercation. On n'a qu'à se séparer quelque temps, et je viendrai te trouver après une ou deux parties.

– Je vais là-bas, alors, j'ai dit en désignant l'autre côté de la salle.

Je suis partie en me disant que j'aurais dû lui demander pourquoi cela le gênait tant que des mecs me draguent. Après tout, j'étais célibataire. Et puis, est-ce qu'il ne m'avait pas dit la veille que ce n'était pas à moi de m'occuper de lui ? Qu'est-ce que ça pouvait lui faire puisqu'il était avec Chelsea ? Est-ce que j'étais censée le regarder bécoter sa copine sans rien dire alors qu'il ne supportait pas qu'un mec m'adresse la parole ?

J'ai voulu lui poser la question par texto, mais je ne savais pas s'il avait toujours le même numéro. J'ai décidé de lui écrire quand même, pour avoir l'esprit léger – et tant pis s'il avait changé de numéro.

Pourquoi ça te gêne que des mecs me draguent ? Ce n'est pas censé t'affecter.

Pas de réponse – ce n'était apparemment plus son numéro, mais je me sentais quand même mieux.

J'ai choisi une machine qui s'appelait *Lucky Sevens*, à côté d'une vieille dame aux cheveux bleus et au rouge à lèvres rose fuchsia – dont elle avait une trace sur les dents. J'ai tiré sur la manette sans remarquer si je gagnais ou non, tellement perdue dans mes pensées que j'ai sursauté quand la vieille dame m'a parlé.

– Vous avez l'air perturbée, mon petit.

– Ah bon ?

– Qui est-ce, et qu'est-ce qu'il vous a fait ?

Je ne connaissais pas cette femme – peut-être seraitelle l'oreille dont j'avais désespérément besoin.

– Vous voulez la version longue ? Ou courte ?

– J'ai quatre-vingt-dix ans et le buffet à volonté ouvre dans cinq minutes. Allez-y pour la version courte.

– Ok. Je suis ici avec mon demi-frère. Il y a sept ans, on a couché ensemble juste avant qu'il ne déménage.

– Une histoire taboue... Ça me plaît, continuez.

– Ok, dis-je en riant. Donc, c'est le premier et le dernier mec dont j'ai été amoureuse. Je ne pensais plus jamais le revoir, mais son père est décédé cette semaine et il est revenu pour l'enterrement. Il a ramené sa copine, qu'il est censé aimer. Je sais qu'elle, elle l'aime – et c'est vraiment une chouette fille. Elle a dû rentrer en Californie plus tôt et, je ne sais pas comment, je me suis retrouvée dans ce casino avec lui. Il s'en va demain.

Une larme a coulé sur ma joue.

– J'ai l'impression que vous tenez encore à lui, mon petit.

– C'est le cas.

– Alors, vous avez vingt-quatre heures.

– Non, je ne veux pas tout foutre en l'air pour lui.

– Est-ce qu'il est marié ?

– Non.

– Alors, vous avez vingt-quatre heures, a-t-elle répété en regardant sa montre.

Elle a pris son déambulateur et elle s'est levée.

– Je suis Évelyne, dit-elle en me tendant la main.

– Bonjour Évelyne, je suis Greta.

– Greta... le destin vous offre une seconde chance. Ne la foutez pas en l'air, a-t-elle conclu avant de s'éloigner à petits pas.

Après son départ, j'ai continué à mettre des pièces de vingt-cinq centimes dans la machine, sans réfléchir, méditant sur ce que la vieille dame m'avait dit. Même avant qu'il ne soit avec Chelsea, Elec pensait que l'on ne pourrait jamais être ensemble à cause de Pilar. Est-ce qu'il le pensait toujours ?

Mon téléphone a vibré – c'était lui.

Je sais que je ne devrais pas être affecté. Mais quand il s'agit de toi, ce que je suis censé ressentir n'a rien à voir avec ce que je ressens vraiment.

C'est en lisant son message – pour la cinquième fois – que j'ai pris ma décision. Je n'allais pas faire le premier pas, mais je garderais l'esprit ouvert. Je ne m'interdisais rien, je gardais espoir. Lorsque j'aurais quatre-vingt-dix ans, que je serais vieille et que mes cheveux seraient teints en bleu, que je n'attendrais plus que le buffet à volonté, je ne voulais avoir aucun regret.

CHAPITRE 15

Les lumières clignotaient sur ma machine et elle faisait un bruit de fête foraine. Plein de sept étaient alignés devant moi et le nombre de crédits affichés ne cessait d'augmenter.

Tous les regards étaient rivés sur moi et les gens m'applaudissaient.

Mon cœur battait la chamade.

Nom de Dieu – j'avais gagné.

J'ai gagné !

J'ai gagné quoi ?

Je ne savais toujours pas, je ne comprenais rien à la machine, qui affichait des crédits mais pas des dollars.

Quand toutes les lumières ont cessé de clignoter et que les sonneries se sont tues, j'ai imprimé mon ticket et je suis allée à la caisse.

– Je crois que j'ai gagné, mais je ne sais pas combien.

– Vous voulez être payée ?

– Euh... oui.

La dame a eu l'air peu enthousiasmée par ma réponse.

– J'ai gagné combien, en fait ?

– Mille.

– Mille pièces ?

– Non. Mille dollars.

– Mon Dieu !

– Vous préférez des billets de cent ou de cinquante ?

– Euh... de cent, s'il vous plaît.

Elle m'a tendu une liasse de billets, et je l'ai reniflée avant de partir en quête d'Elec. Lorsque je l'ai trouvé, il était concentré sur son jeu et se grattait le menton. Il avait défait deux boutons supplémentaires de sa chemise, ses manches étaient retroussées, j'ai deviné qu'il avait passé ses mains dans ses cheveux plus d'une fois. Sa langue se promenait sur ses dents, d'un côté à l'autre, jouant avec son piercing. Le contraste entre le sérieux de ses lunettes et le désinvolte de ses tatouages était tellement sexy.

Je l'ai observé un moment, puis il a dit « merde » et il a jeté ses cartes sur la table. Il a regardé son téléphone puis il s'est levé et il est venu vers moi sans le savoir.

– J'ai perdu ma mise, a-t-il dit en m'apercevant. Deux cents dollars. J'ai gagné pendant un moment, mais j'ai tout perdu dans la deuxième partie. Et toi, ça a donné quoi ?

J'ai plongé ma main dans mon sac et j'ai sorti ma liasse de billets.

– Oh, tu sais, ces vieilles machines à sous ne rapportent jamais rien.

– Tu plaisantes ?

– Mille dollars ! j'ai crié en sautillant sur place.

– Putain, Greta ! Bravo !

Il m'a prise dans ses bras et j'ai fermé les yeux, savourant cette étreinte.

Les paroles d'Évelyne passaient en boucle dans ma tête. *Vous avez vingt-quatre heures.* J'avais encore moins de temps, maintenant.

– Allons manger pour fêter ça, c'est moi qui offre, j'ai dit en rangeant l'argent dans mon sac.

On parcourait les couloirs à la recherche d'un restaurant quand son téléphone a sonné et on s'est arrêtés.

– Salut chérie, a-t-il dit en me regardant du coin de l'œil.

Je lui ai tourné le dos et je me suis éloignée, même si j'ai continué à l'écouter.

– Je suis content que tu sois bien arrivée... Eh ben, en fait, j'ai un peu pété les plombs. Greta m'a promené en voiture jusqu'à ce que je me calme et on a fini dans un casino dans le Connecticut. On y est toujours, d'ailleurs... Oui, je lui dirai... Toi aussi... Amuse-toi et dis bonjour à tout le monde... Je t'aime aussi.

Je t'aime aussi...

Vous parlez d'un réveil. Je ne sais pas pourquoi, j'étais déçue qu'il lui ait parlé de ce petit road-trip. Après tout, ce n'était pas comme si c'était un rendez-vous secret. C'est là que je me suis rendu compte que je me faisais de faux espoirs. Certes, ses sentiments avaient été un peu confus après qu'il m'avait revue, mais il aimait Chelsea. Pas moi. C'était aussi simple que cela. Nous n'étions pas sur la même longueur d'onde, et il fallait que je l'accepte.

– Eh ! a-t-il dit en revenant vers moi.

– Hey.

– C'était Chelsea. Elle te dit bonjour et te remercie de m'avoir soutenu aujourd'hui.

– Tu lui diras bonjour et y a pas de quoi, ai-je dit en me forçant à sourire.

– Tu as décidé ce dont tu as envie ?

Si tu savais ce dont j'ai vraiment envie, Elec...

Toutefois, la seule envie dont j'étais certaine, c'était d'aller aux toilettes.

– Je vais au petit coin, tu n'as qu'à décider.

J'ai saisi l'occasion pour me rafraîchir un peu, même si je sentais encore le rhum, et j'ai réalisé que maintenant je pouvais m'offrir une nouvelle robe moi-même.

Quand je suis revenue, Elec avait les yeux rivés sur son téléphone, et lorsqu'il a relevé la tête, il était affreusement pâle.

– Est-ce que ça va ?

Ses mains tremblaient et il ne m'a pas répondu.

– Elec ?

– Je viens de recevoir ce message d'un numéro inconnu, a-t-il murmuré en me donnant son portable.

Je ne comprenais pas.

– Vingt-deux ?

– Regarde l'heure à laquelle j'ai reçu le message.

– Deux heures vingt-deux. C'est bizarre, mais pourquoi ça te met dans cet état ?

– L'anniversaire de Randy est le vingt-deux février.

J'ai frissonné de la tête aux pieds.

– Tu crois que c'est un message de Randy ?

– Je sais pas quoi penser, a-t-il répondu sans quitter le téléphone des yeux.

– C'est sans doute une coïncidence ; pourquoi il t'enverrait ça ?

– Je n'en ai aucune idée, je n'ai jamais cru à ces conneries. Mais ça fait froid dans le dos.

– Ouais, je suis d'accord.

Elec est resté perdu dans ses pensées pendant tout le repas. Je savais qu'il cherchait une explication à ce message, et c'était normal – ça me fichait la trouille à moi aussi.

Nous avons quitté le grill, où nous avions décidé de manger, pour regagner les salles de jeu, mais les lumières vives et l'ambiance vibrante n'ont pas égayé Elec.

Je suis allée nous chercher à boire et quand je suis revenue, mon cœur a cessé de battre. Elec se frottait les yeux.

J'étais choquée de voir mon demi-frère, ce dur à cuire, pleurer en public. On ne peut pas choisir le moment où la réalité nous rattrape ; ça peut arriver n'importe où, n'importe quand. Il n'avait pas pleuré à la veillée ni aux obsèques, et il avait choisi ce moment-là, dans ce casino bondé, pour lâcher prise.

– Ne me regarde pas, Greta.

J'ai ignoré sa requête, posé les verres sur la table et rapproché ma chaise de la sienne. Je l'ai pris dans mes bras. Il ne m'a pas résisté. Ses larmes ont imprégné le tissu de ma robe, et il a planté ses ongles dans mon dos, comme s'il s'accrochait à la vie. Plus il pleurait, plus je voulais le réconforter, plus je le serrais fort contre moi.

Ses tremblements ont fini par s'apaiser et, au bout d'un moment, j'ai senti qu'il respirait calmement contre ma poitrine.

– Je déteste ça, dit-il. Je ne devrais pas pleurer pour lui. Pourquoi je pleure, bon sang ?

– Parce que tu l'aimais.

– Il me détestait, dit-il d'une voix tremblante.

– Non, il se voyait en toi et ça l'effrayait. Ce n'est pas toi qu'il détestait, c'est impossible. C'est juste qu'il ne savait pas comment être père.

– Il y a beaucoup de choses que je ne t'ai pas dites, Greta. Le pire dans tout ça, c'est que malgré tout ce qu'il m'a fait endurer, je voulais quand même le rendre fier, un jour. Pour qu'il m'aime.

– Je sais Elec, je sais.

Il s'appuyait toujours sur moi. Il a levé la tête et il a plongé ses yeux gris dans les miens.

– Où est-ce que je serais ce soir sans toi ?

– Je suis contente de pouvoir être là pour toi.

– Je n'ai jamais pleuré devant qui que ce soit, auparavant. Pas une seule fois.

– Il y a une première fois à tout.

– Et c'est moi qui fais des blagues de mauvais goût ? a-t-il dit en souriant.

Nous avons tous les deux éclaté de rire et j'ai imaginé le soulagement que ça devait lui procurer – pour moi, rire n'était jamais aussi apaisant qu'après avoir pleuré un bon coup.

– Tu me fais ressentir des choses nouvelles, Greta. Ça a toujours été le cas. Quand je suis avec toi, que ce soit bon ou mauvais... je ressens tout. J'ai du mal à le gérer, d'ailleurs, et c'est pour ça que je me comporte comme un enfoiré. Je ne sais pas pourquoi, j'ai l'impression que tu vois la personne que je suis vraiment. Dès l'instant que je t'ai vu, chez Greg, quand tu étais dans le jardin... c'est comme si je ne pouvais plus me cacher, a-t-il dit en me caressant la joue. Je sais que ça n'a pas été facile de me voir avec Chelsea. Et je sais que tu as encore des sentiments pour moi. Je le sens, même si tu fais comme si de rien n'était.

– Ça n'a pas été facile, mais ça en valait la peine. Je suis contente de t'avoir revu.

– Je n'ai plus envie de pleurer, ce soir.

– Je n'ai plus envie que tu pleures, moi non plus. Mais si tu en as besoin, ne te retiens pas. Ça fait du bien de se laisser aller, parfois.

Il regardait mes lèvres – et moi les siennes. Ces dernières minutes m'avaient affaiblie. J'avais envie de l'embrasser. Je savais que c'était impossible, mais le besoin était si pressant que j'ai dû me lever de ma chaise. J'avais l'impression que j'étais sur le point de craquer – physiquement et émotionnellement.

Nous étions assis près d'une table de roulette. C'était le seul jeu, en dehors des machines à sous, que je comprenais. Il fallait que je dirige mon impulsivité sur quelque chose et j'ai soudain eu une idée. Lorsque votre cœur est en jeu, jouer avec de l'argent n'est rien du tout. J'ai marché d'un pas décidé vers la roulette et j'ai jeté une poignée de billets sur un numéro unique.

– En plein, ai-je dit au croupier qui m'a regardée comme si j'étais folle.

– Qu'est-ce que tu fais ? m'a demandé Elec qui m'avait rejoint et se tenait derrière moi.

Il n'avait pas vu où j'avais placé ma mise. Mon cœur battait de plus en plus vite au fur et à mesure que la roue tournait, et tout le reste m'a semblé se dérouler au ralenti.

Les mains d'Elec étaient sur mes épaules et nos yeux étaient rivés sur la bille.

La roue s'est arrêtée.

Le croupier a écarquillé les yeux et m'a regardée, bouche bée.

Quelqu'un m'a tendu un verre qui n'était pas le mien.

Un autre verre a été renversé sur ma robe.

Les gens criaient, applaudissaient, sifflaient.

– Le vingt-deux est gagnant !

– C'est moi. J'ai gagné !

Elec m'a soulevée dans les airs et nous a fait tourner. Quand il m'a reposée, il me regardait d'un air choqué.

– Tu as parié le vingt-deux ? Putain, tu as *tout* parié sur le vingt-deux ? Est-ce que tu as la moindre idée de la somme que tu viens de gagner ?

Je me suis tournée vers le croupier.

– J'ai gagné combien ?

– Dix-neuf mille dollars.

– Putain, Greta, s'est exclamé Elec en prenant mon visage dans ses mains. Putain !

J'avais l'impression qu'il avait envie de m'embrasser pour me féliciter, mais il ne l'a pas fait.

Je venais de gagner une montagne de fric, mais la somme n'importait pas. Tout ce qui comptait, c'était que je vivais ce moment avec lui. Rien n'était meilleur que la sensation de ses mains sur mes joues et de ses yeux souriants dans les miens. J'avais transformé sa peur du numéro vingt-deux en quelque chose de positif. Si cet argent avait pu m'octroyer plus de temps avec lui, j'aurais tout dépensé – jusqu'au dernier centime.

Elec et moi sommes allés à la caisse en flottant sur un nuage. Je me suis avancée pour récupérer l'argent pendant qu'il parlait à quelques-unes des personnes qui m'avaient vue gagner.

J'ai choisi de prendre un chèque pour la quasi-totalité de la somme, mais j'ai demandé mille dollars en liquide. Ils m'ont aussi donné une chambre d'hôtel gratuite, ce qui m'a prise au dépourvu – je ne savais pas si je devais en parler à Elec.

Lorsque je suis retournée le voir, il était seul et il m'attendait en souriant jusqu'aux oreilles.

– J'aimerais que tu prennes ça, ai-je dit en lui tendant dix billets de cent dollars.

Son sourire s'est évanoui, il a essayé de me rendre l'argent.

– C'est hors de question.

– Sans toi, je n'aurais jamais parié sur le vingt-deux. Je l'ai choisi pour toi.

– Reprends-le, dit-il en repoussant ma main.

– Ce n'est qu'une fraction de ce que j'ai gagné, ai-je insisté. J'ai un chèque pour le reste, et je vais le mettre à la banque pour aider maman. Si tu ne prends pas cet argent, je vais le remettre en jeu.

– Non, ne fais pas ça. Tu n'auras jamais la même chance une troisième fois.

– Je ne le reprendrai pas, Elec, ai-je dit en croisant les bras. Soit tu le prends, soit je retourne à la roulette.

Il a soupiré et a réfléchi quelques secondes.

– Je sais ce qu'on va faire. Je vais prendre l'argent, mais on va le dépenser ensemble, ce soir. Ce sera la soirée la plus folle de notre vie.

– Ok, ai-je dit en souriant. J'accepte.

Il a regardé la carte que je tenais dans la main.

– C'est quoi ?

– Ah, euh... Ils m'ont aussi donné une chambre d'hôtel. Je suppose qu'ils veulent que je dépense tout mon argent chez eux. Mais je ne vais pas m'en servir, puisqu'on repart à Boston.

–Eh bien en fait... aucun de nous deux n'est en état de conduire.

–Tu veux qu'on passe la nuit ici ? On ne peut pas dormir dans la même chambre.

–Ce n'est pas ce que je suggérais, Greta. Je vais prendre ma propre chambre.

Mais oui, bien sûr.

Bon sang, je me sentais bête d'avoir suggéré qu'on puisse dormir dans la même chambre.

–Ok. Si tu penses que c'est une bonne idée, alors on reste.

–En vérité, je n'ai pas envie que cette soirée se termine. Je ne suis pas prêt à affronter la réalité. Mon vol n'est que demain soir – si on part demain matin, ça nous laissera largement le temps.

–Ça marche, ai-je dit en lui frottant tendrement le bras. On fait quoi maintenant ?

–On va t'acheter une nouvelle robe. Mais c'est moi qui la choisis. Après on va aller en boîte, tu ne peux y aller habillée comme ça.

–En boîte ?

–Ouais, il y en a une en bas.

–Est-ce que je dois m'inquiéter ? Qu'est-ce qui constitue une tenue appropriée pour aller en boîte, selon toi ?

Il m'a regardée de la tête aux pieds.

–Quelque chose qui ne te donne pas l'air d'une veuve grecque de quatre-vingt-cinq ans.

–Qu'est-ce que tu insinues ?

–Rectification : une veuve grecque de quatre-vingt-cinq qui a vidé une bouteille de rhum, étant donné l'odeur qui te suit partout.

– Je te rappelle que c'est grâce à toi.
– Je sais, je sais. Allez. On va dépenser du fric.

CHAPITRE 16

– Et celle-ci ? j'ai demandé en désignant une robe jaune poussin très courte.

– Tu vas avoir l'air d'une banane.

– Et celle-là ?

Il a secoué la tête.

– Non.

Il a choisi une robe rouge bordeaux en soie et à sequins et s'est tourné vers moi.

– Essaie celle-ci, elle est canon. C'est la bonne, j'en suis sûr.

J'ai d'abord pensé que les sequins étaient too much, mais j'ai quand même accepté de l'essayer et il s'est avéré que parmi toutes les robes que j'avais essayées, c'était celle qui m'allait le mieux. D'ailleurs elle m'allait si bien qu'elle donnait l'impression que j'avais des seins. Les sequins étaient un peu tape-à-l'œil, mais c'était la robe idéale pour aller en boîte.

Apparemment, la robe m'aimait beaucoup aussi, car je n'ai pas réussi à l'enlever. La fermeture Éclair était coincée et elle était carrément trop moulante pour la passer par la tête.

– Tout va bien ? a demandé Elec.

– Euh… est-ce que tu peux appeler une vendeuse ?

– Y a un problème ?

– Je n'arrive pas à l'enlever.

– Hmm. Tu n'aurais peut-être pas dû finir mon steak en plus du tien, Greta…

J'ai hurlé :

– La fermeture est coincée !

Elec a éclaté de rire.

– Attends, je vais t'aider.

– Non ! Je préfère que…

Il a ouvert le rideau et est entré dans la cabine.

– Viens par là !

Je lui ai tourné le dos et il a commencé par retirer mes cheveux de ma nuque. Je me suis mise à l'imaginer en train de m'arracher la robe et je me suis vue passer mes jambes autour de sa taille. J'avais chaud et ma respiration accélérait.

– Tu ne plaisantais pas, a-t-il dit.

Il a trifouillé la fermeture pendant une bonne minute avant de parvenir à la débloquer et il l'a ouverte sur quelques centimètres.

– C'est bon.

– Merci, ai-je répondu en souriant.

J'avais pris soin de regarder mes pieds pour ne pas m'emballer, mais lorsqu'il a posé ses mains sur mes épaules plutôt que de partir, j'ai levé la tête. Sous son regard brûlant, mon sang s'est embrasé et je me suis tournée vers lui. Nos visages étaient à quelques centimètres à peine. Il a longtemps regardé ma bouche, comme s'il était envoûté, puis il a fermé les yeux pour rompre le sort, pour ne pas craquer. Je n'avais pas le même self-control. Je savais que s'il m'avait embrassée, je ne lui aurais pas résisté – au contraire, je lui aurais sauté dessus.

J'étais envahie de désir et je ne voyais plus rien en dehors de lui et moi – ni Chelsea, ni Pilar, ni les conséquences. J'avais des picotements dans tout le corps en me rappelant la sensation de son sexe enfoui en moi, de sa bouche se promenant entre mes cuisses, sur mes fesses, sur mes seins.

Comment expliquer à mon corps que l'objet de son désir, que la chose dont il avait rêvé toutes les nuits pendant sept ans et qui était maintenant à portée de main lui était toujours interdite ?

Personne n'avait jamais pu rivaliser avec Elec. Personne ne pourrait le remplacer. Il avait beau être avec Chelsea, mon corps tout entier lui était dévoué.

Elec était à elle, et moi j'étais à Elec. C'était un vrai cauchemar.

– Est-ce que tout se passe bien ? a demandé la vendeuse en passant devant la cabine.

– Oui !

Non – absolument pas. Sortez-moi d'ici !

* * *

Il ne s'est rien passé.

Elec s'est dépêché de sortir de la cabine, je me suis rhabillée, et nous sommes partis à la recherche d'une tenue pour lui, comme s'il ne s'était rien passé. Nous sommes retournés à la réception pour lui réserver une chambre, qu'il a payée avec sa carte bleue plutôt qu'avec l'argent que je lui avais donné, et nous nous sommes séparés pour aller nous doucher.

J'ai laissé l'eau glacée couler sur ma peau pour effacer la transpiration et l'alcool. J'espérais qu'elle effacerait aussi la tension qui s'était accumulée entre mes jambes tout au long de la journée, mais c'était sans espoir, alors je me suis assise dans la baignoire et je me suis masturbée en pensant à lui.

À sa tête entre mes jambes, à son piercing...

À son sexe dans ma gorge...

À la sensation de sa queue au plus profond de moi...

À son regard de braise plongé dans le mien quand il jouit...

Mon orgasme a déferlé dans mes veines, violemment et sans prévenir. J'étais encore enveloppée dans un brouillard post-coït, à bout de souffle, quand quelqu'un a frappé à la porte.

Merde! Est-ce que j'avais perdu la notion du temps ou est-ce qu'il était en avance?

– Une minute! J'arrive!

Je me suis dépêchée de me sécher, j'ai enfilé ma nouvelle robe et je me suis démêlé les cheveux à toute vitesse avant d'aller lui ouvrir.

– Waouh.

Il a marqué une longue pause puis il a ajouté en souriant :

– Tu n'as vraiment plus l'air d'une veuve grecque.

– J'ai l'air de quoi, maintenant ?

– Humm... En fait, tu as les joues un peu rouges, tu te sens bien ?

Bien sûr ! C'est juste que je viens de prendre mon pied en pensant à toi.

C'était bien la première fois que je me retrouvais dans une telle situation. Qu'est-ce que j'étais censée lui répondre ?

– Très bien.

– Tu es sûre ?

– Ouaip.

– Ça m'a fait un bien fou de prendre une douche.

– À qui le dis-tu !

La mienne était particulièrement agréable.

– Tu veux te sécher les cheveux ?

– Ouais, j'en ai pour une minute.

Je suis retournée dans la salle de bains et j'ai fait aussi vite que possible, puis je me suis attaché les cheveux et je suis ressortie.

Elec était allongé sur le lit, les mains croisées derrière la tête, et il regardait la télé. Sa chemise gris charbon était remontée sur son ventre et j'apercevais les shamrocks sur ses abdos. Son jean et ses manches relevées lui donnaient un air décontracté qui contrastait avec ses lunettes – *putain, il était tellement sexy avec ses lunettes.*

Ma douche froide n'avait rien résolu, apparemment. Il fallait qu'on sorte vite de cette chambre.

– Je suis prête.

Il s'est assis et il a éteint la télé. Je l'ai suivi jusqu'à la porte que j'ai refermée derrière moi.

– Tu es très belle, a-t-il dit quand nous sommes montés dans l'ascenseur. Ça te va très bien, la queue-de-cheval.

– Ah bon ?

– Ouais. Tu étais coiffée comme ça la première fois que je t'ai vue.

– Tu t'en souviens ? Je n'en reviens pas.

Si seulement j'avais su l'aventure qui m'attendait avec Elec, ce jour-là, ai-je pensé en me revoyant debout devant la fenêtre du salon, attendant son arrivée. Est-ce que j'aurais agi différemment ?

– Tu étais tellement naïve et innocente, au début. Tu étais adorable avec moi et moi, je me comportais comme un véritable enfoiré.

– C'est vrai. Mais j'ai fini par aimer ton côté brute épaisse.

– Même quand je te faisais pleurer ?

– J'ai peut-être pris ça trop au sérieux, parfois. Mais nos disputes m'amusaient, en général. J'en garde un bon souvenir.

– C'est vrai que tu étais un peu maso, au fond. Je n'avais pas pris ça en compte dans mon plan machiavélique.

– Finalement, tu n'étais pas aussi méchant que tu voulais en avoir l'air.

– Et il s'est avéré que toi, tu n'étais pas si innocente que ça, en fin de compte.

La tension sexuelle que recréaient nos souvenirs a pris fin lorsque nous sommes arrivés au club. Elec a disparu dans la foule pour nous chercher à boire et j'ai commencé à danser un peu pour essayer de me détendre et de me mettre dans l'ambiance. Il est revenu avec un frozen daiquiri que j'ai bu d'une traite, laissant la glace pilée fondre dans ma bouche et dans ma gorge.

Nous étions au deuxième étage et nous regardions la piste de danse en contrebas.

Ce soir, le rhum serait mon meilleur ami. Je ne voulais pas finir ivre morte, mais j'espérais que l'alcool m'aiderait à oublier qu'Elec partait demain.

L'alcool commençait justement à faire son effet lorsqu'Elec a saisi mon poignet.

– Viens.

Bon sang, je ne m'attendais pas à ce qu'il soit aussi bon danseur. Qui l'aurait cru ? Cela dit, vu ses talents au pieu, j'aurais dû me douter qu'il saurait aussi bien utiliser son corps sur une piste de danse.

Toutes les femmes le regardaient, se délectant de ses mouvements experts, et j'ai compati. Nous avions toutes quelques choses en commun – un désir. Le désir de lui arracher ses vêtements. Cependant, si Elec dansait mieux qu'un strip-teaseur, il n'enlèverait pas sa chemise, ce soir.

Je ne pouvais pas le quitter des yeux tant la façon dont il se déhanchait, dont ses fesses remuaient en rythme et dont sa langue jouait avec son piercing, était érotique. Imaginez que votre DVD de *Magic Mike* ait un bug et que la scène juste avant le strip-tease passe en boucle, et vous comprendrez ma douleur. Nous dansions côte à côte mais à aucun moment nos corps ne se sont touchés – c'était une véritable torture.

J'ai senti son souffle chaud chatouiller mon oreille.

– Je vais aux toilettes. Reste ici, pour que je puisse te retrouver.

Après qu'Elec est parti, un homme en chemise rose a commencé à danser avec moi. Il hurlait des questions dans mon oreille auxquelles je répondais par des « oui » ou des « non ».

Quelques minutes plus tard, un bras m'a enserré la taille par-derrière. Le parfum addictif d'Elec m'a annoncé son retour et je me suis laissé entraîner. Je me suis tournée vers lui et son regard m'a mise en garde. Il ne pouvait pas m'interdire de danser avec quelqu'un d'autre, puisqu'il était lui-même en couple, mais il savait qu'il pouvait se permettre d'agir ainsi. J'étais totalement sous son emprise.

Soudain, j'ai eu un flash-back des messages qu'il m'avait envoyés le soir de mon rencard avec Corey.

Avoue que tu n'en as rien à faire de lui.

Et comment tu sais ça ?

Parce que tu n'as d'yeux que pour moi.

Quand Elec m'a eu suffisamment éloignée du mec, il m'a lâchée.

Un deuxième daiquiri m'a aidée à vraiment me laisser aller et j'ai continué à danser sous le regard brûlant d'Elec. Lorsque la salle s'est mise à tourner, j'ai pensé qu'il était peut-être temps d'arrêter de boire.

Soudain, le DJ a passé le premier slow de la soirée et une alarme a retenti dans ma tête. J'ai fait signe à Elec de me suivre et j'ai commencé à partir quand il m'a pris la main. Je me suis arrêtée et je me suis tournée vers lui.

– Danse avec moi, a-t-il articulé sans lâcher ma main.

Je savais que je ne n'aurais pas dû, mais je l'ai laissé m'attirer dans ses bras. J'ai fermé les yeux et j'ai appuyé ma tête sur son torse. Alors, toute la douleur que j'avais refoulée depuis que je l'avais vu avec Chelsea s'est ravivée, et chaque battement de son cœur rouvrait une vieille blessure. Toutes les barrières que j'avais érigées ces derniers jours se sont effondrées une par une.

J'aurais peut-être tenu jusqu'à la fin du morceau si je n'avais pas voulu voir l'expression de son visage, si je n'avais pas voulu voir si elle reflétait l'intensité de son rythme cardiaque. J'ai levé la tête alors qu'il baissait la sienne, comme s'il attendait ce moment. Le désir dans son regard était intense.

Il a appuyé son front contre le mien. En apparence, c'était un geste innocent, mais pour moi c'était la goutte d'eau. Pour m'empêcher de sombrer davantage, je me suis rappelé ce qu'il avait dit à Chelsea, tout à l'heure. *Je t'aime aussi.*

C'en était trop. Je me suis extirpée de ses bras et je me suis enfuie.

– Greta, attends !

Je pleurais à chaudes larmes en cherchant la sortie, en me cognant contre les danseurs ivres alors que j'essayais de me faufiler dans la foule. Quelqu'un a renversé son verre sur moi et je ne me suis pas arrêtée. Je m'en fichais. Il fallait que je sorte d'ici.

Elec semblait m'avoir perdue de vue.

J'ai cligné des yeux en déboulant dans le hall vivement éclairé du casino et j'ai couru vers l'ascenseur. J'ai appuyé frénétiquement sur le bouton de mon étage, espérant regagner ma chambre avant qu'il ne me rattrape. Les portes se refermaient quand un bras tatoué s'est glissé dans la cabine, et elles se sont rouvertes.

Il était à bout de souffle.

– Putain, Greta, pourquoi tu t'es enfuie comme ça ? a-t-il demandé alors que l'ascenseur commençait son ascension.

– Je veux juste aller me coucher.

– Pas comme ça, non.

Il a appuyé sur le bouton d'arrêt.

– Qu'est-ce que tu fais ?

– Je ne veux pas que notre soirée se termine comme ça. J'ai franchi la ligne, je le sais. Je me suis laissé emporter et je suis vraiment – vraiment – désolé. Je te promets que je n'aurais pas été plus loin – je ne veux pas tromper Chelsea, je ne pourrais jamais lui faire ça.

– Eh bien il faut croire que je ne suis pas aussi forte que toi. Tu ne peux pas danser comme ça avec moi, ou me regarder, me toucher de cette façon, si on ne peut pas aller plus loin. Et pour info, je ne veux pas que tu trompes Chelsea non plus !

– Alors, qu'est-ce que tu veux ?

– Je ne veux pas que tu dises une chose pour en faire un autre. Il ne nous reste pas beaucoup de temps ensemble. Je veux que tu me parles. Le soir de la veillée, tu as pris mon cou dans tes mains et j'ai eu l'impression, pendant quelques secondes, que tu ressentais la même chose qu'il y a sept ans. Mais Chelsea m'a raconté ce qui s'est passé quand vous êtes rentrés.

– Et qu'est-ce qu'elle t'a dit exactement ?

– Est-ce que tu pensais à moi ? Est-ce que c'est à cause de moi que tu n'as pas pu aller jusqu'au bout avec elle ?

Elec a eu l'air choqué que je sois au courant. Après tout, je ne comprenais pas non plus pourquoi Chelsea s'était confiée à moi.

Parce qu'elle me faisait confiance. Et elle avait tort.

Elec est resté silencieux, à me dévisager, et j'ai eu l'impression qu'il voulait dire quelque chose.

– Je veux que tu me dises la vérité, ai-je repris sur un ton ferme.

Il a soudain eu l'air en colère, comme s'il perdait toute trace de self-control.

–Tu veux la vérité ? Je baisais ma copine et je ne voyais que toi. C'est ça, la vérité, a-t-il craché en avançant vers moi. J'ai pris une douche, ce soir-là, et je n'ai réussi à jouir qu'en imaginant que j'éjaculais sur ta superbe gorge. Ça, c'est la vérité.

Il a appuyé ses mains sur les parois de l'ascenseur, de part et d'autre de mes épaules, et il a repris ses aveux furieux.

–Tu veux tout savoir ? J'allais lui demander de m'épouser, ce soir, au mariage de sa sœur. J'aurais dû être fiancé en ce moment même, mais au lieu de ça, je suis dans un ascenseur avec toi, en train de lutter contre l'envie de te plaquer contre le mur et de te baiser si fort qu'il faudra que je te porte jusqu'à ta chambre.

Mon cœur battait frénétiquement, mais je ne savais lequel de ses aveux me choquait le plus.

Il a retiré ses bras et a baissé le ton.

–Durant les dernières quarante-huit heures, toutes mes certitudes ont volé en éclat. Je doute de tout et je ne sais pas quoi faire. Voilà la vérité.

Il a rappuyé sur le bouton d'arrêt et l'ascenseur est reparti vers notre étage, le vingt-deuxième.

Il allait la demander en mariage. Bon sang, je m'étais plantée sur toute la ligne.

Les portes de l'ascenseur se sont ouvertes et nous nous sommes dirigés vers nos chambres respectives.

–Je ne veux plus parler. J'ai besoin d'être seule, ai-je dit en poussant la porte de ma chambre.

Elec n'a pas protesté.

J'étais triste que notre soirée se termine ainsi, mais je savais que plus je passais du temps avec lui, plus je me mettais en danger.

Il prenait l'avion demain et nous n'avions pas assez de temps pour résoudre la situation.

Je n'avais pas de pyjama, alors je me suis enroulée dans un drap et je me suis allongée sur le lit. Je savais, qu'après toutes ces révélations – dont certaines m'avaient anéantie et d'autres excitée à n'en plus pouvoir – je ne fermerais pas l'œil de la nuit.

Une demi-heure est passée et j'ai eu une impression de déjà-vu en regardant les minutes s'écouler sur le réveil.

À deux heures, mon téléphone a sonné.

Si je frappe à ta porte ce soir, ne m'ouvre pas.

CHAPITRE 17

Il ne voulait pas déraper et c'était tout à son honneur. Par ailleurs, j'avais été sincère en lui disant que je ne voulais pas qu'il trompe Chelsea. Cela dit, si je n'étais pas retournée dans ma chambre, je n'étais pas certaine qu'il ne se serait rien passé ; cette soirée avait montré qu'après sept ans sans se voir, nous étions toujours aussi attirés l'un par l'autre. J'avais bien fait d'aller me coucher.

En même temps, je m'en voulais de l'avoir laissé seul – il venait quand même d'enterrer son père. Et puis, nous perdions le peu de temps qu'il nous restait ensemble, car une fois qu'il rentrerait en Californie, je ne le reverrais probablement plus jamais.

Il allait la demander en mariage.

Je me suis retournée dans mon lit pour la centième fois, épuisée, éreintée.

Il faisait un froid de canard dans la chambre. Je me suis levée pour éteindre la clim et j'ai pris mon téléphone avant de me rouler en boule sous la couette.

Tu dors ?

Elec: J'étais sur le point de commander un super-robot mixeur. Si je le commande maintenant, j'ai droit à un mini-hachoir gratuit, le tout pour 19,99 $.

Greta : Est-ce qu'on peut parler ? Au téléphone ?

La sonnerie de mon téléphone a retenti à peine trois secondes plus tard.

– Salut.

– Salut, a-t-il murmuré à son tour.

– Je suis désolé, a-t-on dit en même temps.

– Je suis désolé de t'avoir dit tout ça dans l'ascenseur, a-t-il repris, je me suis un peu emporté.

– Tu disais simplement la vérité.

– Ça ne justifie rien, j'aurais pu te dire les choses autrement. Tu fais ressortir le pire en moi.

– Je suis flattée.

– Merde, ce n'est pas ce que je voulais dire.

– J'ai compris, ne t'en fais pas.

– Dieu merci, tu as toujours su lire entre les lignes.

– Et si on oubliait ce qu'on s'est dit dans l'ascenseur ? J'aimerais qu'on discute.

– Ok, a-t-il dit en soupirant. Tu veux parler de quoi ?

– J'ai des questions, et c'est sans doute ma dernière occasion de te les poser.

– D'accord, vas-y.

– Est-ce que tu as arrêté d'écrire ?

– Non.

– Alors pourquoi tu n'en as jamais parlé à Chelsea ?

– Parce que je ne travaille que sur un projet depuis que je l'ai rencontrée, et c'est un sujet que je ne peux pas vraiment aborder avec elle.

– Ça parle de quoi ?

– C'est autobiographique.

– Tu as écrit tes mémoires ?

– Ouais, dit-il en soupirant. On peut dire ça, ouais.

– Qui d'autre est au courant ?

– Personne, tu es la seule.

– Est-ce que ça te fait du bien ?

– Humm... C'est plutôt pénible d'avoir à revivre mon passé, mais j'ai l'impression qu'il faut que j'en passe par là pour aller mieux. En fin de compte oui, ça me fait du bien.

– Si Chelsea n'est pas au courant, quand est-ce que tu trouves le temps d'écrire ?

– Tard le soir, quand elle dort.

– Est-ce que tu vas lui dire ?

– Je ne sais pas. Certaines choses vont lui faire beaucoup de mal.

– Comme quoi par...

– C'est à mon tour de poser les questions, a-t-il dit en m'interrompant.

– Ok, vas-y.

– Qu'est-ce qui s'est passé avec le mec auquel tu étais fiancée ?

– Au fait, comment tu as su que j'étais fiancée ?

– Réponds à ma question, d'abord.

– Il s'appelait Tim. On a vécu ensemble un petit moment à New York. C'était un mec bien et j'aurais voulu être amoureuse de lui, mais ce n'était pas le cas. Le fait que je ne veuille pas partir en Europe avec lui en était la preuve. Il n'y a pas grand-chose à dire. Alors, dis-moi, comment tu as su ?

– Randy me l'a dit.

– Je pensais que vous ne vous parliez plus.

– Si, ça nous arrivait de temps en temps. Je lui ai demandé de tes nouvelles et il m'a dit que tu étais fiancée – j'ai supposé que tu étais heureuse.

– Ce n'était pas le cas.

– Je suis désolé de l'apprendre.

– Tu as eu d'autres copines, avant Chelsea ?

– Chelsea est ma première copine sérieuse. Avant elle, je n'ai eu que des coups d'un soir.

– Je vois.

– Je ne voulais pas dire que... tu n'étais pas un coup d'un soir, Greta. Ce qui s'est passé entre nous est différent.

– J'avais compris, ne t'en fais pas. Je veux que tu sois heureux, Elec. Si Chelsea te rend heureux, alors je suis contente pour toi. Tu m'as dit qu'elle était la meilleure chose qui te soit arrivée. C'est génial.

– Je n'ai pas dit ça, dit-il sèchement.

– Si.

– J'ai dit qu'elle était une des meilleures choses. Tu en étais une aussi.

Étais. Dans le passé. T'as compris, maintenant, Greta ?

– Merci, ai-je dit simplement.

– Ne me remercie pas, j'ai pris ta virginité et je me suis barré. Je ne mérite aucun remerciement.

– Tu as fait ce qui te semblait juste.

– Mais ça ne l'était pas. C'était égoïste.

– Si ça peut te rassurer, je ne changerais rien si c'était à refaire.

– Tu le penses vraiment ? a-t-il demandé en soupirant.

– Oui.

– Je ne regrette rien non plus. Seulement ce qui s'est passé après.

J'ai fermé les yeux et on est restés silencieux un long moment. Je crois que la fatigue de la journée nous rattrapait enfin.

– Tu es encore là ? ai-je demandé.

– Toujours.

Toujours. Sauf que ce n'était pas le cas. Il allait partir. Il me fallait au moins deux ou trois heures de sommeil avant de reprendre la route demain matin.

Il fallait que je raccroche.

Dis-lui au revoir, Greta.

– Je vais essayer de dormir, ai-je dit.

– Reste au téléphone, Greta. Ferme les yeux, essaie de dormir, mais ne raccroche pas.

J'ai tiré la couverture à moi.

– Elec ?

– Oui...

– Tu es la plus belle chose qui me soit arrivée, toi aussi. J'espère qu'un jour je dirai que tu étais l'une des plus belles, mais pour l'instant, il n'y a que toi.

J'ai fermé les yeux et je me suis endormie.

* * *

Le lendemain, nous nous sommes retrouvés à la réception puis nous sommes allés chercher un café au Starbucks du casino.

Nous avions tous les deux pris une douche, mais nous portions les mêmes vêtements que la veille et ma robe à sequins sentait l'alcool. Quant à Elec, sa barbe avait poussé et il avait des cernes sous les yeux, mais il était encore terriblement sexy. Une seule phrase passait en boucle dans ma tête. *Je lutte contre l'envie de te plaquer contre le mur et de te baiser si fort qu'il faudra que je te porte jusqu'à ta chambre.*

Je sentais son regard sur moi pendant que l'on attendait nos cafés, mais je faisais de mon mieux pour l'ignorer parce que j'avais du mal à cacher ma tristesse. Nous avons pris notre petit déjeuner à emporter et tout le trajet du retour s'est fait dans un silence gênant. C'était comme le calme après la tempête. L'orage de la veille nous avait anesthésiés, et à présent nous étions vidés. Le poids de tous les non-dits était écrasant.

– Est-ce que tu peux m'emmener à l'aéroport ?

– Bien sûr, ai-je répondu sans le regarder.

Ce fut notre seul échange.

Clara était censée l'emmener, et je ne savais trop quoi penser de ce changement de programme qui allait prolonger mes souffrances.

Nous sommes arrivés chez Greg et Clara et j'ai attendu dans la voiture pendant qu'Elec est allé chercher ses affaires. Nous n'étions pas pressés, alors nous avons décidé de passer chez ma mère avant d'aller à l'aéroport.

Son téléphone a sonné sur le siège passager et a affiché un message que je n'ai pas pu m'empêcher de lire. C'était Chelsea.

Je vais t'attendre. Il me tarde de te voir. Bon vol. Je t'aime.

J'ai tout de suite regretté de l'avoir lu – ça ne faisait que confirmer que le séjour d'Elec touchait à sa fin.

Cependant, je n'ai pas eu le temps de m'apitoyer sur mon sort, car Elec est revenu avec son gros sac de voyage. Il est remonté en voiture, il a regardé son téléphone et il a répondu rapidement pendant que je faisais ma marche arrière.

Lorsque nous sommes arrivés chez moi, ma mère n'était pas là. Je lui ai envoyé un message et elle m'a répondu qu'elle était partie se promener.

Elec et moi nous sommes donc retrouvés seuls dans la maison qui renfermait tous nos souvenirs – ce n'était pas prévu.

– Eh, tu n'aurais pas un peu de ta glace maison, par hasard ? Ça fait sept ans que j'en ai envie.

Et moi j'ai envie de toi depuis sept ans.

– C'est peut-être ton jour de chance, ai-je répondu en ouvrant le congélateur.

J'en avais préparé un pot, la veille de l'enterrement, en me disant que j'en aurais peut-être besoin.

Je nous ai servis et j'ai pris deux petites cuillères dans le tiroir. Nous avions toujours mangé dans le même bol et j'ai voulu perpétuer la tradition.

– Tu as mis des snickers, dedans ?

– Oui, ai-je répondu en souriant.

Il a fermé les yeux et il a gémi en prenant la première bouchée.

– Ta glace est la meilleure du monde. Elle m'a tellement manqué !

C'est de la manger avec toi qui m'a manqué.

J'avais vraiment l'impression que l'on ne s'était quittés que la veille, maintenant que l'on était dans cette maison, et j'aurais tout donné pour revivre un seul petit jour de notre passé. Elec serait à l'étage, dans sa chambre, et j'irais le rejoindre pour jouer à son jeu vidéo. C'était si simple, à l'époque.

Soudain, des images de la nuit où il m'avait fait l'amour se sont précipitées dans ma tête. Pas si simple que ça, en fait. Son départ commençait à vraiment m'affecter et ce silence n'arrangeait rien.

– Greg et Clara ont dit quelque chose ?

– Ils m'ont demandé où on était allés. Je leur ai dit.

– Est-ce qu'ils ont trouvé ça bizarre ?

– J'ai eu l'impression que Greg était un peu inquiet.

– Pourquoi il serait inquiet ?

Elec a lentement sorti sa cuillère de sa bouche et a baissé les yeux, comme s'il hésitait à répondre.

– Il est au courant.

– De quoi ?

– À propos de nous.

J'ai posé ma cuillère sur le comptoir et je me suis essuyé la bouche.

– Comment il l'a su ?

– Je me suis confié à lui, il y a quelques années. Je savais qu'il ne dirait rien à Randy.

– Pourquoi tu lui as dit ?

– Parce que j'avais besoin d'en parler et que je ne savais pas à qui d'autre me confier.

– C'est juste que... tu m'as dit de ne le dire à personne, et j'ai attendu cinq ans pour en parler à Victoria.

– Je ne l'ai dit qu'à Greg.

– C'est juste que... je ne pensais pas que...

Elec m'a coupé la parole d'un ton sec.

– Tu ne pensais pas que ce qui s'est passé entre nous m'avait affecté autant que toi. Parce que c'est ce que je voulais que tu croies.

– Ça n'a aucune importance maintenant, je suppose, ai-je murmuré, si bas que je ne pensais pas qu'il m'avait entendue.

Elec a froncé les sourcils et il a lavé le bol avant de le poser sur l'égouttoir, puis il s'est tourné vers moi.

– Tu auras toujours de l'importance pour moi, Greta. Toujours.

Je me suis contentée de hocher la tête, refusant de pleurer alors que mon cœur se brisait en mille morceaux – pour la deuxième fois de ma vie. Cette fois-ci c'était différent, pire. À l'époque, même si j'étais effondrée, j'étais jeune et je pensais que mes sentiments n'étaient que passagers.

Hélas, je savais à présent que j'étais éperdument amoureuse d'Elec, et que c'était sans espoir.

* * *

Il m'a semblé que le trajet jusqu'à l'aéroport n'avait duré que quelques minutes. Je ne savais pas comment lui dire au revoir, alors j'ai préféré ne rien dire. Apparemment, Elec avait la même tactique.

Je me suis garée le long du trottoir devant l'entrée de son terminal et nous sommes sortis de la voiture. Le vent soufflait fort et j'ai croisé les bras, debout face à lui. Je ne savais ni quoi dire ni quoi faire, et je n'arrivais pas à le regarder dans les yeux. Ce n'était pas le moment, mais je perdais tous mes moyens.

J'ai levé les yeux vers le ciel, puis j'ai regardé par terre, puis j'ai étudié les agents de sécurité... sans jamais croiser le regard d'Elec.

– Regarde-moi, a-t-il ordonné d'une voix rauque.

J'ai secoué la tête, et ma première larme a coulé. Je l'ai essuyée, toujours sans le regarder. Je n'arrivais pas à croire ce qui m'arrivait. Lorsque j'ai enfin levé les yeux vers les siens, j'ai été surprise d'y voir des larmes.

– Tu peux y aller, Elec. Ne t'en fais pas, ça va aller. D'ailleurs il vaut mieux que tu partes tout de suite. Écris-moi si tu veux. Je ne peux pas supporter les adieux qui durent des plombes... pas avec toi.

– D'accord, a-t-il répondu simplement.

Je me suis avancée pour l'embrasser rapidement sur la joue avant de regagner ma voiture.

Il a pris son sac et il est parti vers l'entrée du terminal. J'ai attendu que les portes se referment sur lui pour appuyer mon front sur le volant et laisser couler toutes les larmes que je retenais depuis le matin. Je n'étais pas censée rester garée là, mais je n'arrivais pas à bouger.

Quelqu'un a frappé à ma vitre.

– J'y vais, j'y vais, ai-je répondu sans lever la tête.

J'étais sur le point de démarrer quand la personne a frappé de nouveau.

J'ai tourné la tête et j'ai vu Elec. Je me suis dépêchée d'essuyer mes larmes et je suis sortie de la voiture.

– Tu as oublié quelque chose ?

Il a laissé tomber son sac par terre en hochant la tête. Il a pris mon visage dans ses mains et il m'a embrassée tendrement. J'ai eu l'impression de fondre. Instinctivement, ma langue a cherché la sienne, mais il n'a pas ouvert la bouche. Ce n'était pas ce genre de baiser. Celui-ci était différent des autres. Il était dur, douloureux.

C'était un baiser d'adieu.

J'ai reculé la tête.

– Va-t'en. Tu vas rater ton vol.

Il ne lâchait pas mon visage.

– Je ne me suis jamais pardonné de t'avoir blessée la première fois. Et maintenant... j'espère que tu me crois quand je te dis que c'est la dernière chose que je voulais faire.

– Pourquoi tu es revenu ?

– Je me suis retourné et je t'ai vu pleurer. Quel enfoiré te laisserait dans cet état ?

– Tu n'étais pas censé le voir. Tu n'aurais vraiment pas dû te retourner, parce que tu viens d'aggraver la situation.

– Je ne voulais pas que ce soit ma dernière image de toi.

– Si tu l'aimes vraiment, tu n'aurais pas dû m'embrasser ! ai-je crié.

– Je l'aime vraiment, a-t-il répondu en levant brièvement les yeux vers le ciel. Tu veux la vérité ? a-t-il demandé en me regardant de nouveau. Je t'aime aussi. Et je ne savais pas à quel point jusqu'à ce que je te revoie.

Il m'aimait ?

Un rire furieux et moqueur m'a échappé.

– Tu nous aimes toutes les deux ? C'est n'importe quoi, Elec !

– Tu m'as toujours dit que tu voulais la vérité. Je viens de te la donner. Je suis désolé, cette situation est horrible.

– Sauf que Chelsea a l'avantage puisque vous vivez ensemble. Tu m'oublieras très vite, j'en suis certaine, ai-je rétorqué en faisant le tour de ma voiture.

– Greta... ne pars pas comme ça.

– Ce n'est pas moi qui m'en vais !

J'ai fermé la porte, j'ai démarré et je suis partie. J'ai regardé dans le rétroviseur et j'ai vu qu'Elec n'avait pas bougé. J'avais peut-être été injuste, mais il n'était pas le seul à avoir le droit de dire la vérité.

Sur le trajet du retour, j'ai pensé à la façon dont la vie pouvait être cruelle. La première personne qui vous brise le cœur n'est pas censée revenir dans votre vie pour le briser une deuxième fois.

Ce n'est qu'en me garant dans l'allée, chez ma mère, que j'ai remarqué une enveloppe sur le siège passager. Elle contenait les mille dollars que j'avais donnés à Elec en plus d'un petit mot.

Je ne voulais pas que tu le perdes à la roulette. Je ne pourrai jamais te remercier assez pour tout ce que tu as fait pour moi – et encore moins te prendre ton argent.

* * *

Deux mois plus tard, ma vie à New York reprenait enfin son cours normal.

Ma mère avait vécu avec moi pendant un mois après la mort de Randy, mais elle a fini par décider qu'elle était plus heureuse à Boston. Greg et Clara s'occupaient d'elle et j'allais la voir un week-end sur deux. Elle se faisait à sa nouvelle vie.

Elec et moi n'étions plus rentrés en contact. J'étais un peu déçue de ne pas avoir eu même un message, surtout après la façon dont on s'était quittés, mais je refusais de faire le premier pas.

J'avais fini par accepter que je ne le reverrais plus jamais, ce qui ne m'empêchait pas de penser à lui tous les jours. Je me demandais s'il avait demandé Chelsea en mariage, s'il pensait à moi ou encore ce qu'il se serait passé si je n'étais pas retournée dans ma chambre d'hôtel. Mon corps était à New York, mais ma tête était ailleurs.

Ma vie à Manhattan était plutôt calme. Mes journées de travail étaient longues et je rentrais vers vingt heures tous les soirs. Quand je n'allais pas boire un verre avec mes collègues, je rentrais chez moi et je lisais jusqu'à m'endormir.

Le vendredi soir, Sully, ma voisine, et moi allions manger chez *Charlie*, le pub qui était en bas de notre immeuble. Alors que la plupart des femmes de mon âge passaient leurs soirées avec leur copain ou avec des amis, moi je les passais avec un travesti de soixante-dix ans.

Sully était un petit Asiatique qui s'habillait en femme – d'ailleurs je pensais qu'il était une femme jusqu'au soir où un legging très moulant avait révélé un énorme paquet entre ses jambes toutes fines. Je voyais parfois Sully comme un homme, parfois comme une femme, mais cela n'avait pas d'importance. Lorsque j'ai appris la vérité, je l'adorais déjà.

Sully ne s'était jamais mariée, n'avait pas d'enfant, et elle était extrêmement protectrice envers moi. Chaque fois qu'un homme entrait chez Charlie, je me tournais vers Sully et je lui demandais en plaisantant : « Et lui ? »

La réponse était toujours la même : « Pas assez bien pour ma Greta... mais moi je me le ferais bien. » Et nous éclations de rire à chaque fois.

J'avais toujours hésité à parler d'Elec à Sully, parce que j'avais sincèrement peur qu'elle parte à sa recherche pour lui casser la gueule. Cependant, un soir, après une margarita de trop, je lui avais avoué toute l'histoire, du début jusqu'à la fin.

– Je comprends, maintenant, avait dit Sully.

– Tu comprends quoi ?

– Pourquoi tu es ici tous les vendredis soir au lieu d'être au resto avec un mec – pourquoi tu ne peux ouvrir ton cœur à personne. C'est parce qu'il appartient à quelqu'un d'autre.

– C'était le cas, autrefois. Maintenant... il est tout juste brisé. Tu sais comment le réparer ?

– Parfois, c'est impossible.

Sully a tourné la tête et j'ai compris qu'elle parlait en connaissance de cause.

– L'astuce, c'est de t'obliger à rouvrir ton cœur. Le fait qu'il soit brisé ne l'empêche pas de battre. Et crois-moi, ma jolie, il y a des milliers d'hommes qui seraient ravis de réparer le tien si tu leur en donnais l'occasion, a-t-elle dit en me prenant la main. En revanche, je peux te dire une chose, a-t-elle ajouté en fronçant les sourcils.

– Quoi ? ai-je demandé.

– Cet... Alec ?

– Elec... avec un « e ».

– Elec. Il a de la chance que je n'aime pas prendre l'avion, parce que je lui referais le portrait.

– Je savais que tu dirais quelque chose comme ça. C'est pour ça que j'ai hésité à t'en parler.

– Et puis, je ne sais pas qui est cette Kelly...

– Chelsea.

– On s'en fiche. Elle ne peut pas être mieux que ma Greta – plus belle ou avec un cœur plus généreux. C'est un abruti.

– Merci.

– Un jour, il se rendra compte de sa connerie. Il viendra ici, toi tu seras partie depuis longtemps et la seule nana qui l'attendra, ce sera moi.

* * *

Ce week-end-là, je me suis sentie mieux pour la première fois depuis qu'Elec était reparti. Les paroles de Sully m'avaient aidée à reprendre un peu espoir.

Le dimanche matin, j'avais enfin décidé de ranger ma garde-robe – je le faisais toujours trop tard, quand il ne restait plus qu'un mois d'été. J'ai passé la journée à faire des lessives, à trier les vêtements que j'allais donner et à réorganiser mon placard. Il faisait beau et toutes les fenêtres de mon appartement étaient grandes ouvertes.

En fin de journée, épuisée, je me suis assise sur mon balcon avec un verre de vin et j'ai regardé la rue en contrebas. Il y avait une légère brise et le soleil se couchait lentement, c'était une soirée parfaite. J'ai fermé les yeux et j'ai écouté les bruits du quartier : la circulation, les voix, les cris des enfants qui jouaient dans la petite cour de l'autre côté de la rue. Le parfum d'un barbecue m'est parvenu depuis un balcon voisin, et je me suis souvenue que je n'avais rien mangé de la journée – cela expliquait pourquoi mon verre de vin me montait déjà à la tête.

Je me suis dit que j'adorais mon indépendance, la possibilité de faire ce que je voulais, d'aller où je voulais, de manger quand je le voulais... Mais au fond, je savais que j'étais désespérée de ne partager mon quotidien avec personne.

Mon téléphone a sonné, mais je ne l'ai pas regardé tout de suite, certaine que c'était Sully qui m'invitait à regarder la télévision chez elle ou encore ma mère qui prenait de mes nouvelles.

Mon cœur s'est mis à battre la chamade lorsque j'ai lu son nom sur mon écran. Je n'ai pas eu le courage de lire son message tout de suite car, quoi qu'il dise, je savais que cela allait rompre le calme de cette belle soirée. Je ne savais pas pourquoi j'avais si peur – après tout, les choses ne pouvaient pas être pires, à moins qu'il ne me contacte pour m'annoncer officiellement ses fiançailles…

J'ai pris le temps, j'ai fini mon verre de vin et j'ai compté jusqu'à dix avant de lire le message.

J'aimerais que tu lises mon livre.

CHAPITRE 18

Son message venait de ruiner le peu de progrès que j'avais fait durant le week-end. Ma main tremblait – je ne savais pas quoi répondre. Il voulait que je lise son texte. Mais pourquoi maintenant ? Je ne m'attendais vraiment pas à ça.

J'allais découvrir tout ce que j'avais toujours voulu savoir sur Elec. C'était à la fois exaltant et terrifiant – mais surtout terrifiant. Certains chapitres seraient forcément difficiles à lire, mais je connaissais déjà ma réponse. Comment lui dire non ?

J'adorerais le lire.

Elec : Je sais que je t'en demande beaucoup, surtout après la façon dont on s'est quittés.

Il avait répondu tout de suite, comme s'il avait attendu ma réponse.

Greta : Je ne m'y attendais pas, ça, c'est clair.

Elec : Je n'ose le confier à personne d'autre. Je veux que ce soit toi qui le lises.

Greta : Comment tu vas me le faire parvenir ?

Elec : Je peux te l'envoyer ce soir, par mail.

Ce soir ? Je savais que je ne pourrais plus m'arrêter de lire après avoir commencé – je n'irais probablement pas au travail demain. Bon sang, dans quoi je me lançais ?

Greta : Ça marche.

Elec : Il n'est pas fini, mais il est déjà très long.

Greta : J'irai voir mes mails dans un petit moment.

Elec : Merci.

Greta : Y a pas de quoi.

J'ai fini la bouteille de vin et je suis restée dehors, à aspirer de grandes bouffées d'air frais. Cependant, ma gorge était nouée et j'avais le souffle court. Soudain, l'odeur du barbecue du voisin est devenue insupportable.

Je suis passée par la fenêtre pour rentrer dans ma chambre. J'ai pris mon ordinateur et j'ai tapé mon mot de passe si vite que j'ai dû m'y reprendre à trois fois avant de pouvoir ouvrir ma boîte de réception. Son mail m'attendait déjà, en haut de la liste, en gras : **Elec O'Rourke. Objet : Mon livre**. Il n'avait rien écrit dans le corps du message. Je me suis dépêchée de convertir le document Word qui était en pièce jointe afin de pouvoir le lire sur mon Kindle.

Je savais que cette histoire pouvait me dévaster et que j'allais enfin comprendre la relation d'Elec et Randy. Mais rien ne m'avait préparée à la première phrase.

* * *

Prologue
La pomme ne tombe jamais loin de l'arbre

Je suis le fils bâtard de mon frère.

Vous avez du mal à comprendre ? Imaginez un peu ce que j'ai ressenti quand je l'ai appris.

Depuis l'âge de quatorze ans, cette révélation a fait de moi la personne que je suis aujourd'hui. Mon enfance atroce aurait eu beaucoup plus de sens si l'on m'avait informé de ce détail plus tôt.

En vérité, je n'étais jamais censé l'apprendre. Mes parents avaient tout fait pour me faire croire que l'homme qui me haïssait – et qui ne s'en cachait pas – depuis le jour de ma naissance était mon père.

Cependant, ce dernier a quitté ma mère pour une autre femme, et dans la tourmente de sa dépression nerveuse, maman a fini par tout me dire, sans oublier le moindre détail sordide.

Je ne sais toujours pas lequel des deux hommes est le pire : celui qui s'est fait passer pour mon père ou le donneur de sperme que je n'ai jamais eu la chance de rencontrer.

Le récit ignoble de ma vie commence il y a vingt-cinq ans en Équateur. C'est là qu'est parti vivre Patrick O'Rourke, un homme d'affaires irlandais, et où il a rencontré Pilar Solis, une sublime jeune fille qui vendait ses toiles dans la rue. Patrick, qui avait toujours eu un penchant pour l'art et les belles femmes, est immédiatement tombé sous son charme.

Jamais il n'avait rencontré de femme comme elle.

Pilar était très jeune, et Patrick repartait bientôt, mais cela ne l'a pas empêché de lui faire la cour.

Il était cadre supérieur dans une entreprise qui exportait du café dans le monde entier et il avait été envoyé en Équateur pour superviser l'achat de cultures dans la province de Quito.

Cependant, la seule chose qu'il supervisait était Pilar. Il allait la voir tous les matins pour lui acheter une de ses toiles – jusqu'à ce qu'il lui ait tout acheté. Pilar venait d'une famille pauvre, nombreuse, et ses tableaux étaient leur principale source de revenus.

Patrick était obsédé par l'adolescente plus qu'il ne l'était par son art. Son séjour était censé durer trois semaines, mais il l'avait prolongé pour rester le double de temps. Ce que Pilar ne savait pas, c'est que Patrick avait décidé qu'il ne partirait pas sans elle. De son côté, la jeune fille était à la fois fascinée et effrayée par cet homme mûr, qui était beau, charismatique et dominateur.

Elle était mineure et Patrick avait obtenu l'adresse de ses parents afin de lui faire la cour avec leur approbation. Il leur avait donné de l'argent et avait offert un cadeau à chaque membre de la famille. Il n'avait pas perdu de temps pour parler au père Solis de la possibilité d'emmener sa fille aux États-Unis, où il la prendrait sous son aile en l'inscrivant au lycée et en lui offrant l'occasion d'avoir une carrière d'artiste professionnelle. Les parents de Pilar avaient toujours rêvé qu'un de leurs enfants ait une telle chance, et ils ont accepté que leur fille parte avec Patrick.

Ce dernier a tenu parole. Il a attendu qu'elle ait dix-huit ans pour l'épouser et lui permettre de rester aux États-Unis, il l'a inscrite à des cours d'art plastique et d'anglais, puis il a fait jouer son carnet d'adresses pour décrocher des expositions dans les plus grandes galeries de San Francisco. La contrepartie allait sans dire : Pilar était à lui.

Ce que Pilar ne savait pas, c'est que Patrick était divorcé et que son ex-femme venait de réaménager en ville avec leur fils.

Un jour, alors que Pilar peignait dans le studio que Patrick lui avait fait aménager, un beau jeune homme, torse nu, était entré. Il avait à peu près le même âge qu'elle. Pilar ne savait pas qui il était, mais la réaction de son corps avait été instantanée. Randy était une version plus jeune et plus belle de son mari, et il allait passer l'été chez eux.

Désormais, chaque après-midi, lorsque Patrick était à son bureau, Randy s'asseyait à côté de Pilar et il la regardait peindre. Cela avait commencé de façon tout à fait innocente. Elle lui parlait de la vie en Équateur et il lui faisait découvrir la culture américaine des jeunes – ce que Patrick, de vingt ans leur aîné, ne pouvait pas faire.

Pilar est vite tombée éperdument amoureuse de Randy – un sentiment qu'elle découvrait pour la première fois de sa vie. Randy, qui s'était toujours senti abandonné par Patrick, ne ressentait aucune allégeance envers son père. Lorsque Pilar lui a avoué que les sentiments qu'elle avait pour son mari étaient platoniques, Randy n'a pas hésité à en profiter.

Un jour, il a franchi la ligne et l'a embrassée. C'était un point de non-retour. Leurs innocentes discussions sont devenues de sordides parties de jambes en l'air et ils ont commencé à imaginer un futur ensemble. L'idée était de garder leur liaison secrète jusqu'à ce que Randy ait fini la fac et qu'il ne soit plus financièrement dépendant de Patrick, puis ils s'enfuiraient tous les deux.

Entre-temps, Randy avait emménagé chez Patrick pour se rapprocher de Pilar. Il faisait semblant d'avoir des copines pour ne pas éveiller les soupçons de son père, et lui et Pilar prenaient toutes les précautions nécessaires pour ne pas être découverts – jusqu'au jour où ils se sont trompés dans la date de retour de Patrick, parti en voyage d'affaires au Costa Rica, jour où Patrick a trouvé sa femme et son fils en train de baiser dans son lit.

Les événements qui ont suivi ont abouti à ma misérable existence.

Fou de rage, Patrick a enfermé Pilar dans un placard avant de tabasser Randy et de le jeter dehors. Il a ensuite violé ma mère dans le lit où il l'avait trouvée avec son fils, et lorsque Randy a enfin réussi à casser une vitre pour la secourir, c'était trop tard.

La suite n'est pas claire, car cela m'a toujours été raconté de façon vague et approximative.

Ce que je sais, c'est que Patrick n'est pas sorti vivant de cette chambre.

Selon maman, il est tombé en se battant avec Randy et il s'est cogné la tête. Randy l'a probablement tué, mais maman ne l'a jamais avoué. Elle emportera sans doute ce secret avec elle dans sa tombe, même si Randy l'a abandonnée quelques années plus tard.

Apparemment, la police n'a jamais pensé que la mort de Patrick pouvait être criminelle.

Ce dernier n'a rien laissé en héritage, ayant toujours vécu dans le luxe en plus de financer les études de sa femme et de son fils. Randy a dû abandonner la fac et oublier ses rêves pour prendre de petits boulots médiocrement payés.

Lorsque Pilar a appris qu'elle était enceinte, le moment n'aurait pas pu être plus mal choisi. Or Randy et elle s'étaient toujours protégés. Le bébé était celui de Patrick.

Randy aimait sincèrement Pilar et il se sentait coupable de la situation dans laquelle ils se retrouvaient. Il l'a suppliée d'avorter, mais elle a refusé.

Jamais il ne pourrait aimer cet enfant né du viol de Pilar. Il a néanmoins endossé le rôle de père, mais seulement pour se venger sur moi.

Randy est devenu mon père et je suis devenu le bâtard de mon frère.

* * *

Je n'en étais qu'au prologue et j'avais déjà l'impression qu'un camion-citerne m'était passé dessus. Je n'arrivais pas à croire ce que je venais de lire.

Mon corps et ma tête s'adonnaient à une lutte acharnée – mon cœur avait besoin de répit avant de poursuivre la lecture, mais mon cerveau avait un besoin urgent de tourner les pages. J'avais commencé à lire, je ne pouvais plus m'arrêter.

À l'aube, j'avais déjà lu la moitié du livre, apprenant avec horreur la violence verbale que Randy infligeait à son fils. Petit, Elec se cachait dans sa chambre et s'évadait grâce à ses lectures mais, parfois, Randy le punissait sans raison et lui confisquait ses livres. C'est ainsi qu'un jour Elec a écrit sa propre histoire et a découvert que c'était une échappatoire encore plus satisfaisante, car il pouvait contrôler le destin de ses personnages, là où il ne pouvait pas contrôler le sien.

Enfant, Elec ne comprenait pas pourquoi Randy le détestait autant. J'avais envie d'étrangler Pilar, qui protégeait Randy plutôt que son fils. La seule chose positive qu'elle avait faite était d'aller à l'encontre de Randy et d'offrir un chiot à Elec. Lucky est devenu le meilleur ami d'Elec – sa seule source de bonheur.

Dans son livre, Elec racontait aussi qu'il avait appris que Randy trompait Pilar en lisant ses échanges de mails avec ma mère. Il l'avait dit à sa mère, après quoi Randy l'avait vite quittée.

La dépression nerveuse de Pilar avait déclenché une nouvelle série de défis pour Elec. De la même façon qu'elle s'était toujours reposée sur Randy, elle était devenue entièrement dépendante de son fils. C'est à la même époque qu'Elec avait appris que Randy n'était pas son père et que Lucky était mort, et il avait plongé dans une crise d'adolescence brutale et sans fin.

Il s'était mis à fumer et à boire pour supporter le stress, et il avait découvert les tatouages comme forme d'expression. Il avait perdu sa virginité à quinze ans avec une tatoueuse bien plus âgée que lui.

Si certains passages étaient très durs, l'honnêteté brutale d'Elec était admirable. J'ai continué à lire sans pouvoir m'arrêter, jusqu'à ce que je tombe sur un chapitre qui méritait que je fasse une pause.

Le chapitre parlait de moi.

***

Chapitre quinze
Greta

J'allais faire de leur vie un véritable enfer. C'était ma seule façon de supporter l'année que j'allais passer chez Randy et sa nouvelle femme, pendant que maman « partait en voyage ». Je voulais qu'il paie pour l'avoir fait interner en hôpital psychiatrique et pour m'avoir laissé ramasser les morceaux.

J'avais déjà décidé que je la détestais. Je ne l'avais jamais rencontrée, mais j'imaginais le pire en ne connaissant que son prénom, qui d'ailleurs rimait avec vendetta – Greta. C'était le prénom le plus moche au monde, et j'étais prêt à parier que je pouvais en dire de même de sa tronche.

Lorsque Randy s'est garé devant sa maison, j'ai d'abord refusé de sortir de la voiture. Mais il faisait froid et je me gelais les couilles, alors j'ai fini par sortir et par me traîner jusqu'à la porte.

Ma demi-sœur m'attendait dans le salon, tout sourires, et mon regard s'est posé sur son cou.

Nom de Dieu.

Vous pouvez oublier ce que je viens de dire, car ma bite n'était pas d'accord. Greta était très – très – loin d'être moche, et cela compromettait légèrement mes plans.

J'ai pris soin de ne rien laisser paraître.

Ses longs cheveux blond vénitien étaient attachés en queue-de-cheval qui s'est balancée de gauche à droite tandis qu'elle venait vers moi.

– Je suis Greta, ravie de faire ta connaissance, a-t-elle dit.

Putain, elle sentait tellement bon que j'ai eu envie de la dévorer.

Correction : de la dévorer et de la RECRACHER. N'oublie pas ta mission, Elec.

Elle me tendait encore la main en attendant que je la serre. Il était hors de question que je la touche – mais j'y étais obligé. Je ne m'attendais pas à ce que sa peau soit aussi douce et délicate. Sa main tremblait légèrement. Je l'intimidais. Tant mieux. C'était un bon début.

– Tu n'es pas comme... je t'avais imaginé, a-t-elle dit ensuite.

Qu'est-ce qu'elle insinuait ?

– Et toi tu es étonnamment... banale, ai-je rétorqué.

Vous auriez dû voir sa tête. L'espace d'une seconde, elle a cru que j'allais être sympa, puis elle a esquissé une grimace. J'aurais dû être content – après tout, c'est ce que je voulais. Or je n'aimais pas du tout.

En vérité, Greta n'avait rien de banal. D'ailleurs, elle était tout à fait mon genre : petite avec des courbes. Son cul rond et parfait était magnifiquement mis en valeur par son legging gris moulant. Elle devait forcément faire du yoga.

Quant à son cou... Je ne savais l'expliquer, mais c'était la première chose que j'avais remarquée chez elle. J'avais envie de l'embrasser, de la mordre, de l'empoigner. Putain, c'était super-bizarre.

– Est-ce que tu veux que je te montre ta chambre ? a-t-elle demandé.

Elle essayait encore d'être gentille. Il fallait vraiment que je me barre avant de craquer, alors je l'ai ignorée et j'ai foncé vers l'escalier. J'ai croisé Sarah, que j'avais toujours appelée « la belle garce », et je me suis enfermé dans ma chambre.

Randy est venu me gueuler dessus pendant une demi-heure, après quoi j'ai enchaîné les clopes en écoutant de la musique.

Ensuite, je suis allé prendre une douche chaude.

Il y avait une fleur de douche rose suspendue à un crochet et, supposant que c'était celle de ma demi-sœur, j'ai décidé de m'en servir pour me laver. La salle de bains s'est remplie de vapeur et, alors que je me séchais, la porte s'est ouverte.

Greta.

C'était l'occasion de lui montrer qu'on ne deviendrait jamais meilleurs potes.

J'ai laissé tomber ma serviette par terre pour la choquer, pensant qu'elle partirait en courant et qu'elle ne verrait rien – or, elle est restée plantée devant moi, les yeux rivés sur ma queue.

Putain, qu'est-ce qu'elle fout ?

Elle ne partait toujours pas. Elle a lentement levé les yeux vers ma poitrine et, après ce qui m'a semblé une éternité, elle s'est réveillée et elle s'est rendu compte de ce qu'elle faisait. Elle a tourné la tête et elle s'est excusée.

Le problème, c'est que maintenant, j'avais vraiment envie de m'amuser.

– Qu'est-ce qu'il y a ? Tu agis comme si c'était la première fois que tu voyais un mec à poil.

– Eh bien en fait… c'est le cas.

Elle plaisantait, là – non ?

– Quel dommage. Les suivants ne pourront jamais rivaliser.

– Ça va, les chevilles ?

– Quoi, tu penses que je n'ai pas de quoi être fier ?

– Mon Dieu… Tu te comportes vraiment comme un énorme…

Elle s'est arrêtée avant que je n'aie pu finir sa phrase – j'étais sur le point de dire « gland ? » – et elle a rougi parce qu'elle regardait de nouveau ma bite. En fait, ça commençait à me mettre mal à l'aise.

– À moins que tu n'aies l'intention de faire quelque chose, tu devrais probablement partir et me laisser me rhabiller.

Elle est enfin partie.

Putain, j'espérais qu'elle n'était pas sérieuse et que je n'étais pas le premier mec qu'elle voyait à poil, sinon je venais vraiment de me comporter comme un enfoiré.

* * *

Deux jours plus tard, je l'ai entendue dire à sa copine que j'étais canon. « Vraiment – vraiment – beau gosse », pour être exact. Honnêtement, même si j'avais deviné que je ne la laissais pas indifférente, je n'étais pas certain que ce fût dû à une attirance physique. Du coup, l'entendre prononcer ces mots a changé la donne : en bien, parce que je pouvais m'en servir pour la torturer, mais aussi en mal, parce que je la trouvais aussi incroyablement attirante. Elle ne pouvait pas le découvrir.

Au fil des jours, ma vie dans cette maison est devenue un peu moins horrible. Je trouvais de petits moyens amusants de me remonter le moral, comme voler les sous-vêtements et le vibromasseur de ma demi-sœur – bon, ce n'était peut-être pas un « petit moyen », je reconnais.

Je ne l'aurais jamais admis, même sous la torture, mais j'étais loin d'être malheureux. Cependant, j'ai commencé à réaliser que la motivation derrière mes actions n'était pas celle que j'avais prévue initialement. D'ailleurs, il avait suffi de quelques jours pour me faire oublier mon plan machiavélique. Me venger sur Randy n'était plus qu'un prétexte secondaire : je taquinais Greta pour attirer son attention – c'était aussi simple que ça.

Un après-midi, toutefois, j'ai perdu le contrôle de la situation et les choses ont pris une tournure imprévue. J'ai emmené une fille du lycée dans le café où travaillait

Greta. Je n'avais eu aucun mal à choper les nanas les plus jolies du lycée dès le premier mois après mon arrivée, mais elles étaient toutes inintéressantes. D'ailleurs, les seuls moments où je ne m'ennuyais pas à mourir étaient quand j'embêtais ma demi-sœur.

Greta ne me décevait jamais. La première chose à laquelle je pensais lorsque je me réveillais le matin était comment j'allais l'agacer aujourd'hui.

Cependant, ce jour-là, au café, a marqué un tournant – un point de non-retour.

Greta nous avait servis et j'avais tout fait pour lui rendre la tâche difficile. Elle a fini par se venger en m'apportant un bol de soupe dans lequel elle avait versé une quantité copieuse de Tabasco. Lorsque je l'ai compris, j'ai vidé mon bol d'un trait, juste pour l'agacer. J'avais la bouche en feu, mais je n'ai rien laissé paraître.

Elle m'avait tant épaté, tant amusé, que j'ai eu envie de l'embrasser. Alors, c'est ce que j'ai fait.

J'ai pris la soupe pour excuse et je l'ai coincée dans un couloir désert pour faire ce que je rêvais de faire depuis des semaines. Je n'oublierai jamais son gémissement quand j'ai pris possession de sa jolie petite bouche. J'ai eu l'impression qu'elle en mourait d'envie, elle aussi. J'aurais pu passer la journée entière à l'embrasser, mais c'était censé être une revanche et je me suis obligé à rompre le baiser et à retourner m'asseoir.

Je bandais tellement que c'en était douloureux. J'ai dit à mon rencard de m'attendre dehors pour qu'elle ne remarque rien.

Je devais trouver un moyen pour que Greta ne voie pas l'effet qu'avait eu ce baiser sur moi et j'ai renforcé l'idée que ce n'était qu'une farce. Ça faisait plusieurs jours que je me promenais avec un string de Greta dans ma poche, attendant l'occasion parfaite pour lui foutre la honte. C'était le moment idéal. Je lui ai laissé le minuscule bout de dentelle noire en guise de pourboire, accompagné d'un mot lui suggérant de le mettre et d'enlever celui qui devait être trempé.

J'aurais adoré voir sa réaction.

** * **

Greta et moi commencions à passer plus de temps ensemble. Elle venait jouer à des jeux vidéo dans ma chambre et, lorsqu'elle était concentrée sur l'écran, j'en profitais pour admirer son cou.

Je repensais sans cesse à notre baiser, parfois même quand j'étais avec d'autres filles. Quand Greta et moi mangions une glace et qu'elle en avait un peu au coin de la bouche, je bandais en m'imaginant lui enlever avec la langue.

Greta me plaisait de plus en plus. D'ailleurs elle ne m'attirait pas seulement physiquement – elle était aussi la première fille avec qui j'aimais vraiment passer du temps.

Il fallait que je me ressaisisse, parce qu'il ne pourrait jamais rien se passer entre nous. J'ai donc commencé à ramener des tonnes de filles à la maison pour brouiller les pistes.

Ça marchait plutôt bien jusqu'à ce que j'apprenne qu'elle avait accepté un rencard avec un type du lycée, un certain Bentley. La meilleure amie de Greta m'a invité à les accompagner pour en faire un « double date » – j'ai accepté afin de garder un œil sur la situation.

La soirée a été un calvaire. Je devais cacher ma jalousie pendant que ce connard mettait ses pattes sur elle et que la copine de Greta, Victoria, faisait tout pour attirer mon attention. Bien sûr, elle ne m'intéressait pas le moins du monde. J'étais seulement là pour m'assurer qu'il n'arriverait rien à Greta.

Et j'avais bien fait d'y aller, car cet abruti de Bentley m'a avoué qu'il avait parié avec l'ex de Greta qu'il pouvait la dépuceler, et je me suis chargé de lui flanquer une raclée. J'ai vraiment pété un plomb. De toute ma vie, je n'avais jamais ressenti un tel besoin de protéger quelqu'un.

Le lendemain, Greta m'a rendu la pareille quand Randy a déboulé dans ma chambre pour m'infliger un nouveau lynchage verbal. Elle a tout entendu et elle est venue me défendre – ce que personne n'avait jamais fait. J'ai fait mine d'être trop saoul pour m'en souvenir, mais ce soir-là, Greta m'a ramené à la vie.

En y repensant, je crois bien que c'est le moment où je suis tombé amoureux d'elle.

***

Ce week-end-là, nos parents sont partis, nous laissant seuls à la maison. Le timing n'aurait pas pu être plus mal choisi, car mes sentiments pour elle n'avaient jamais été aussi forts. J'ai inventé un rencard avec une nana juste pour ne pas me retrouver seul avec elle.

Dans la nuit, elle est venue me réveiller parce que je criais dans mon sommeil – je rêvais du jour où maman avait failli se tuer. J'étais certain d'avoir l'air complètement fou et j'ai voulu détendre l'atmosphère en lui demandant comment je pouvais être sûr qu'elle ne profitait pas de moi toutes les nuits pendant mon sommeil.

C'était une blague, mais elle s'est mise à pleurer. J'avais été trop loin. Mes railleries incessantes avaient fini par l'user – il fallait que j'arrête. Cependant, sans les insultes et les blagues, comment allais-je cacher les sentiments que j'avais pour elle ?

Greta s'est enfuie dans sa chambre et j'ai su que je ne pourrais pas me rendormir tant que je ne lui aurais pas rendu son sourire. J'ai eu une idée géniale : j'ai pris le vibro que je lui avais volé, je suis allé dans sa chambre, et j'ai commencé à la chatouiller avec. Elle a fini par céder et par éclater de rire et j'ai pu respirer de nouveau.

On a passé le reste de la nuit à parler, allongés sur son lit, et je lui ai avoué qu'elle m'attirait.

Greta a essayé de m'embrasser et je ne l'ai pas repoussée. J'avais rêvé de pouvoir de nouveau goûter sa bouche. Je me suis dit que ce n'était pas grave tant que cela n'allait pas plus loin. Cependant, j'avais presque réussi à me convaincre que tout était sous contrôle lorsqu'elle m'a posé une question qui m'a scié.

– Je veux que tu me montres comment tu baises, Elec.

J'ai paniqué et je l'ai repoussée – une des choses les plus difficiles que j'aie jamais eues à faire. Cependant, c'était nécessaire, et je lui ai expliqué qu'il ne pourrait jamais y avoir quoi que ce soit entre nous.

Après cela, j'ai fait de mon mieux pour prendre mes distances, mais ses paroles passaient en boucle dans ma tête – sous la douche, la nuit, au lycée, toute la journée. Les autres filles ne m'intéressaient plus et je préférais me branler en pensant à Greta, en m'imaginant lui montrer les différents moyens par lesquels j'aurais pu accepter sa requête.

* * *

Les semaines ont passé et j'étais désespéré de renouer les liens avec Greta, alors j'ai décidé de lui faire lire mon livre en lui demandant de me dire ce qu'elle en pensait. Elle m'a répondu par une lettre, que j'ai eu trop peur de lire.

Et puis un soir, tout a basculé.

Greta était sortie dîner avec un mec. Il était parfaitement inoffensif et cette fois-ci, je ne me suis pas inquiété pour elle. C'était pour moi que je me faisais du souci. Greta ne pourrait jamais être à moi, mais je ne supportais pas l'idée qu'elle appartienne à un autre.

Ce loser est arrivé à la porte avec un bouquet de fleurs à la main. Il fallait que j'intervienne. Quand il est monté au premier étage pour aller aux toilettes, je l'ai accosté en lui demandant de rendre à Greta le string qu'elle avait laissé dans ma chambre. C'était un coup bas, mais j'étais désespéré.

J'étais encore plus agacé de la voir partir avec lui, et lorsqu'elle m'a écrit depuis la voiture et que je lui ai répondu de rentrer à la maison, elle a cru que je plaisantais. Ce n'était pas le cas.

Lorsque mon téléphone a sonné, peu de temps après, j'étais persuadé que c'était Greta.

J'ai paniqué en voyant s'afficher le numéro ma mère. Elle m'appelait pour me dire qu'elle était de retour en Californie et qu'elle avait fini sa cure de désintox. Elle n'aurait pas dû être seule. Je ne savais pas quoi faire – je devais partir tout de suite, mais je ne voulais pas quitter Greta.

Cependant, je n'avais pas le choix.

Je lui ai écrit en lui disant qu'il s'était passé quelque chose et qu'elle devait rentrer. Heureusement, cette fois-

ci, elle m'a écouté. Elle est arrivée dans ma chambre et elle était tellement canon dans sa robe bleue que j'en ai eu le souffle coupé. J'avais envie de la prendre dans mes bras et de ne plus jamais la lâcher.

Je lui ai expliqué tout ce que je pouvais au sujet de maman pour qu'elle sache que je partais à contrecœur, puis j'ai insisté pour qu'elle retourne dans sa chambre, sans lui dire que c'était parce que je ne pensais pas pouvoir me contrôler en sa présence. J'avais vraiment prévu de me comporter comme un gentleman avec elle.

Je me suis donc retrouvé seul dans ma chambre. Greta me manquait déjà alors qu'elle était dans la pièce voisine. Pour m'occuper l'esprit, j'ai décidé d'ouvrir sa lettre. Je m'attendais à y trouver de petites corrections grammaticales et des critiques à propos de mon livre.

Je m'étais trompé. Greta me disait ce que personne ne m'avait jamais dit – des choses que j'avais besoin d'entendre. Elle écrivait que j'avais du talent, que je l'inspirais à suivre ses propres rêves, qu'elle me respectait, qu'elle tenait à moi. Elle disait qu'elle avait hâte de lire mes autres histoires et qu'elle était tombée amoureuse de mon écriture ; qu'elle était fière de moi et qu'elle croyait en moi.

Greta m'a fait ressentir des choses que je n'avais pas connues auparavant. J'avais l'impression d'être aimé. J'aimais cette fille, et je ne pouvais rien y faire.

Je ne me suis rendu compte que j'avais frappé à sa porte que lorsqu'elle l'a ouverte.

Je pourrais raconter notre nuit dans le détail, mais pour être honnête, j'ai un peu honte d'admettre à quel point ça m'a affecté. Greta m'a fait suffisamment confiance pour m'offrir ce que personne ne pourra avoir. Cette nuit est sacrée pour moi – j'espère qu'elle le sait.

Je ne dirai qu'une chose. Je n'oublierai jamais la première fois que je l'ai pénétrée – la façon dont elle a ouvert les yeux et dont elle m'a regardé.

Je ne me suis toujours pas pardonné de l'avoir abandonnée le lendemain. Jamais je n'avais été aussi proche, aussi intime avec quelqu'un. Elle s'est donnée à moi sans retenue. Greta était à moi et je l'ai rejetée. J'ai laissé ma culpabilité et mon besoin absurde de protéger ma mère prendre le pas sur mon bonheur.

Je crois que Greta n'avait pas compris que je l'aimais avant cette nuit.

D'ailleurs, au moment où j'écris cette histoire, elle ne sait pas que je suis revenue pour elle, quelques années plus tard. Mais je suis arrivé trop tard.

CHAPITRE 19

Il était revenu pour moi ? Comment ça, il était revenu pour moi ?!

Le rythme effréné de mon cœur était inquiétant. Il était dix heures du matin et j'entendais le brouhaha new-yorkais par la fenêtre ouverte qui laissait entrer le soleil. J'avais appelé le bureau pour dire que je ne viendrais pas – il fallait que je termine ce livre aujourd'hui.

Ce soir, nous fêtions les trente ans d'une collègue dans une boîte de nuit et je ne savais pas encore si je serais capable de poser le livre assez longtemps pour m'y rendre.

Je suis allée me chercher un verre d'eau et une barre de céréales dans la cuisine – il me fallait prendre des forces avant de continuer.

Il était revenu pour moi ?

Je me suis rassise dans mon canapé et j'ai pris une longue inspiration avant de tourner la page.

* * *

Il faut soigner son obsession pour une personne de la même manière que l'on traite une addiction à la drogue ou à l'alcool. Si je ne pouvais pas être avec Greta, je ne pouvais pas risquer d'entrer en contact avec elle, ni au téléphone ni par SMS. Rien. C'était un peu extrême, mais il m'aurait suffi d'entendre le son de sa voix pour que tous mes efforts volent en éclats.

Or, cela ne signifiait pas que je ne pensais pas à elle tous les jours. La première année a été un véritable enfer.

Maman allait aussi mal qu'avant mon départ pour Boston. Elle me harcelait de questions à propos de Randy et de Sarah. Elle consultait le profil Facebook de Sarah dix fois par jour et elle m'accusait de l'avoir trahie parce que je lui avais avoué que Sarah était plutôt sympa, quand on apprenait à la connaître. Je n'ai jamais mentionné Greta – je ne voulais pas que maman fasse une fixette sur elle aussi. Elle avait recommencé à prendre de somnifères et je ne pouvais pas la laisser seule très longtemps.

J'avais eu raison – maman n'aurait pas supporté que je sois avec Greta. Telle mère, tel fils, ma mère était obsédée par Sarah, et moi par sa fille.

Pas un jour ne passait sans que je me demande si Greta avait rencontré quelqu'un. Ça me rendait dingue.

J'étais loin, et j'étais impuissant. Le plus tordu était que, même si on ne pouvait pas être en couple, j'aurais voulu protéger Greta en tant que grand frère – absurde, non ? Et si quelqu'un lui faisait du mal ? Je ne serais pas là pour lui coller une raclée. Et c'était sans parler de l'idée qu'elle baise avec un autre mec – la seule fois où j'y avais pensé, j'étais allé vomir mon petit déj'.

Et puis, un soir, je n'ai pas pu m'empêcher de lui écrire et de lui dire qu'elle me manquait. Je lui ai demandé de ne pas répondre et elle m'a écouté – je me suis senti encore plus mal. Je me suis juré de ne plus jamais commettre cette erreur.

Ma vie était redevenue la même qu'avant mon départ pour Boston : je fumais, je buvais, je couchais avec des filles dont je ne connaissais pas le prénom. Je me sentais vide. La seule différence était que quelque part, sous toute la crasse qui remplissait ma vie, je rêvais d'avoir plus. Je rêvais d'avoir Greta. Elle m'avait fait découvrir l'amour qui avait toujours été absent de ma vie.

Je pensais qu'elle me manquerait moins, avec le temps. Or ce n'était pas le cas – il est seulement devenu plus intense, plus présent. Je crois que c'était parce qu'au fond, où qu'elle puisse être, je sentais que Greta pensait à moi et ressentait la même chose. Je ne sais comment, je le savais. Cela m'a rongé pendant des années.

*****

Deux ans plus tard, maman a rencontré quelqu'un et allait enfin mieux. C'était son premier copain depuis que Randy l'avait quittée. George tenait la petite supérette libanaise au coin de notre rue. Il était tout le temps à la maison et il apportait des pitas, de l'humus et des olives. C'était la première fois, depuis qu'elle avait rencontré Randy, que maman n'était plus obsédée par lui.

George était un mec génial. Cependant, plus ma mère était heureuse à ses côtés, plus je lui en voulais. J'avais fait une croix sur la seule fille que j'avais aimée parce que je pensais que cela anéantirait ma mère. Elle était heureuse, désormais, et moi j'étais misérable – Greta était partie.

J'avais l'impression d'avoir commis la plus grave erreur de ma vie.

Il fallait que j'en parle à quelqu'un, parce que ma colère me rongeait jour après jour. Je n'avais jamais parlé de mon histoire avec Greta à quiconque. Le seul en qui je pouvais avoir confiance était Greg, l'ami de Randy, qui était devenu un second père pour moi.

Lorsque je l'ai appelé, il m'a dit que Greta avait récemment déménagé à New York. Il avait même son adresse. Il a essayé de me convaincre d'y aller pour lui dire ce que je ressentais, mais je ne pensais pas qu'elle accepterait de me voir, même si elle tenait encore à moi. Je lui avais fait tellement de mal que je ne pensais pas qu'elle pourrait me pardonner. Greg a fini par me convaincre qu'il valait mieux que j'aille la voir en personne et, en dépit de mes doutes et de mes craintes, j'ai réservé un vol pour le lendemain – le soir de la Saint-Sylvestre.

J'ai dit à maman que j'allais à New York pour fêter le nouvel an avec une vieille amie. Je ne lui parlerais de Greta que si les choses finissaient bien.

Les six heures de vol ont été les plus stressantes de ma vie. J'avais hâte d'arriver, de la tenir dans mes bras. Je ne savais ni ce que j'allais dire ni ce que j'allais faire lorsque je la verrais. Je ne savais même pas si elle était célibataire.

C'était la première fois de ma vie que je faisais passer mes désirs en premier.

J'espérais que je n'arrivais pas trop tard – je voulais lui dire tout ce que je ne lui avais pas dit trois ans plus tôt. Il fallait absolument qu'elle sache que je l'aimais, le soir où elle s'était offerte à moi.

Si le vol a duré une éternité, le trajet en métro a été encore pire. Je revoyais chaque moment que l'on avait passé ensemble, je souriais en repensant aux farces que je lui avais faites et à sa réaction toujours drôle. Elle m'avait rendu heureux. Je me souvenais surtout de notre dernière nuit ensemble – du soir où elle m'avait donné sa virginité. Le métro s'est arrêté – il y avait un problème sur la ligne. Il était urgent que je la retrouve, tout de suite.

Lorsque je suis enfin arrivé chez elle, j'ai cherché son nom sur les boîtes aux lettres de l'immeuble – Hansen. J'étais au bon endroit. J'ai sonné, pas de réponse. Je n'ai pas voulu l'appeler ou lui envoyer un message, parce que je ne voulais pas qu'elle refuse de me voir. J'étais venu jusqu'ici et je ne pouvais pas repartir sans avoir revu son visage – ses yeux, sa bouche, son sourire.

J'ai décidé de m'asseoir dans le pub en bas de chez elle et de retenter ma chance une heure plus tard.

J'ai sonné chez elle toutes les heures, de seize heures à vingt et une heures – sans succès. Chaque fois, je repartais m'asseoir chez « Charlie ».

Vingt et une heures quinze. Je n'oublierai jamais le moment où mon vœu s'est exaucé.

Je l'ai vue.

Greta.

Elle est entrée dans le pub, vêtue d'un manteau beige.

Mais elle n'était pas seule. Un mec – qui avait l'air plus sage et propre que moi – la tenait par la taille.

Le burger et les frites que je venais d'avaler ont failli faire un aller-retour.

Elle a choisi une table au milieu du restaurant et elle s'est assise dos à moi. Elle riait. Elle avait l'air heureuse.

Ses cheveux étaient relevés dans un chignon. Je l'ai regardée enlever son foulard lavande et j'ai salivé en voyant sa nuque, son cou – celui que j'aurais dû embrasser ce soir après lui avoir dit combien je l'aimais.

Le mec s'est penché pour l'embrasser sur la joue, et une voix dans ma tête a crié « Ne la touche pas ! ».

Je l'ai vu dire à Greta qu'il l'aimait.

Qu'est-ce que j'étais censé faire ? Aller les voir ? Pour dire quoi ? « Salut, je suis le demi-frère de Greta. Je l'ai baisée une fois il y a longtemps et je me suis barré le lendemain. Elle a l'air heureuse avec toi, et tu la mérites sans doute bien plus que moi, mais je me disais que tu pouvais aller faire un tour et me laisser prendre le relais. »

Non. Bien sûr que non.

Trente minutes ont passé. Le serveur leur a apporté leurs plats. Je les ai regardés manger. Le mec l'a embrassée une quinzaine de fois. Je fermais les yeux et j'écoutais le son merveilleux de son rire. Je ne sais pas pourquoi je suis resté. Je n'arrivais pas à partir, à la laisser. C'était probablement la dernière fois que je voyais Greta.

À vingt-deux heures quinze, elle s'est levée et il l'a aidée à mettre son manteau. Elle n'a pas regardé dans ma direction. Je n'ai pas réfléchi ce que j'aurais fait si elle m'avait vu.

J'ai retenu mon souffle jusqu'à ce que la porte se referme sur elle.

Cette nuit-là, j'ai erré dans la ville et j'ai fini à Times Square, à regarder le décompte avec des milliers de new-yorkais. Dans le brouhaha des cris, des sifflements et des confettis, je me suis demandé comment j'étais arrivé là. À minuit, une femme d'environ cinquante ans m'a pris dans ses bras. Elle ne pouvait pas le savoir, mais de toute ma vie, je n'ai jamais eu autant besoin d'un câlin qu'en cet instant-là.

Le lendemain matin, j'ai repris l'avion pour rentrer en Californie.

Quelques mois plus tard, Randy a appelé à la maison pour la première fois depuis presque un an. Au détour de la conversation, je lui ai demandé des nouvelles de Greta et il m'a dit qu'elle était fiancée. C'est la dernière fois que j'ai prononcé son prénom.

Il m'a fallu presque trois ans pour pouvoir enfin tourner la page.

***

J'ai dû m'arrêter de lire. Mes yeux étaient tellement remplis de larmes que je n'y voyais plus rien. J'ai jeté mon Kindle sur le canapé.

J'ai fermé les yeux et j'ai repensé à ce soir-là, cherchant un indice qui aurait pu m'informer qu'Elec était là. *Elec était là ! Ici !* Comment n'ai-je pas su qu'il était juste derrière moi ?

Il était revenu pour moi.

Je n'arrivais pas à l'encaisser.

Je me souvenais de cette nuit. Je me souvenais que Tim et moi étions encore dans la phase « lune de miel » de notre couple. Les choses se passaient bien. Nous avions passé la journée dans les boutiques pour m'acheter un nouvel ordinateur, nous étions retournés chez moi pour le déposer, avant d'aller manger chez « Charlie » et nous avions été fêter la nouvelle année sur Times Square.

Je me souvenais qu'au douzième coup de minuit, Tim m'avait réchauffée en me prenant dans ses bras pour m'embrasser.

Je me souvenais que je m'étais demandé pourquoi – dans ce lieu rempli de magie et de joie, accompagnée d'un homme qui semblait parfait et qui tenait vraiment à moi – le seul être auquel je pensais était Elec. Je m'étais demandé où il était, avec qui il fêtait la Saint-Sylvestre – s'il pensait à moi.

Et pendant tout ce temps, Elec était là, à quelques mètres de moi.

Le destin nous avait vraiment joué un sale tour.

* * *

Dans les deux chapitres suivants, Elec racontait qu'il avait longuement cherché un métier grâce auquel il se sentirait utile avant de choisir une carrière dans le social. Il voulait aider les autres, notamment les enfants qui venaient de familles difficiles comme lui.

J'ai survolé l'histoire de sa rencontre avec Chelsea. C'était la seule partie du livre qui ne m'intéressait pas. En gros, ils avaient fait connaissance au foyer pour jeunes et ils étaient d'abord devenus amis. Elec avait hésité à se lancer dans une relation avec elle, parce qu'il savait qu'elle voulait quelque chose de sérieux et il n'était pas sûr d'être prêt pour cela. Cependant, avec le temps, elle l'avait aidé à m'oublier. Elle le faisait rire, et il était peu à peu tombé amoureux d'elle. Elle était sa première relation sérieuse et il pensait la demander en mariage, jusqu'à ce que...

* * *

Ce jour-là, le monde s'est brutalement effondré devant mes yeux.

Jusque-là, tout allait à merveille dans ma vie et c'était bien la première fois. J'avais un travail stable et épanouissant, Chelsea et moi avions emménagé ensemble et j'allais lui demander de m'épouser au mariage de sa sœur, quelques jours plus tard. Cela faisait plusieurs semaines que j'avais caché un diamant d'un carat dans mon tiroir à chaussettes.

Maman allait beaucoup mieux et elle avait plusieurs projets d'exposition en cours. Cela faisait un an qu'elle avait rompu avec George, après quoi elle avait fait une rechute, mais elle avait retrouvé quelqu'un, Steve, qui lui faisait oublier Randy.

Donc tout allait bien, jusqu'au coup de fil de Clara.

– Je suis vraiment navrée d'avoir à t'annoncer ça, Elec, mais Randy a fait un arrêt cardiaque et il est décédé.

C'est la première chose qu'elle a dite, mais elle aurait pu m'annoncer le jour de la semaine, ma réaction aurait été la même.

Randy était mort.

Peu importe le nombre de fois que j'ai répété cette information dans ma tête, mon cerveau refusait de l'encaisser.

Je ne sais comment Chelsea m'a convaincu d'aller à Boston pour les obsèques. Randy n'aurait pas voulu que j'y sois. Cependant, j'étais encore sous le choc et trop apathique pour me disputer avec elle. Elle ne connaissait pas ma relation avec Randy – à ses yeux, je n'avais aucune raison de ne pas y aller. C'était plus facile de lui céder que d'avoir à tout lui expliquer. Et puis maman n'avait ni le courage ni la force d'assister aux obsèques – elle voulait que j'y aille pour nous deux. J'ai donc pris l'avion pour Boston avec Chelsea.

L'air dans la cabine était irrespirable. Chelsea m'a tenu la main pendant que j'écoutais ma musique aussi fort que possible. J'avais presque réussi à me calmer quand le visage de Greta est apparu devant mes yeux. Non seulement je devais encaisser la mort de Randy, je devais aussi supporter de la voir avec son mari.

Putain.

Les deux jours suivants allaient être les plus difficiles de ma vie.

Lorsque nous sommes arrivés chez Greg et Clara, j'étais au bord de la crise de nerfs. Chelsea et moi nous sommes douchés ensemble, mais cela ne m'a pas apaisé. À l'aéroport de San Francisco, j'avais acheté une cartouche de kreteks, les cigarettes que je fumais autrefois. Je me suis assis sur le lit et j'ai allumé une clope pendant que Chelsea finissait de se préparer dans la salle de bains. Je m'en voulais de me remettre à fumer, mais c'était ma seule source de plaisir.

Je n'avais aucune envie de m'habiller et de descendre. J'ai allumé une autre cigarette et j'ai regardé par la porte-fenêtre du balcon qui donnait sur le jardin.

Grossière erreur.

J'ai serré les poings, furieux que mon cœur se mette à battre aussi vite.

Je n'étais plus jamais censé la revoir. Une partie de moi, que je pensais endormie à jamais, était en train de reprendre vie. Je ne savais pas quoi faire.

Greta me tournait le dos et elle semblait perdue dans ses pensées – sans doute venait-elle d'apprendre que j'étais là. Elle était probablement en train de mettre au point une stratégie pour ne pas avoir à me croiser. Peut-être la situation l'énervait-elle autant que moi. Le fait qu'elle soit seule dans le jardin signifiait peut-être que ma présence ne la laissait pas indifférente.

– Greta, ai-je murmuré.

C'était comme si elle m'avait entendu. Elle s'est retournée et toutes les émotions que j'avais enfouies depuis ma nuit à New York ont rejailli. Je ne m'étais pas préparé à ce qu'elle lève la tête vers moi. Je ne m'étais pas non plus attendu à être autant en colère. Il avait suffi que nos regards se croisent pour que mon apathie disparaisse. Je ressentais tout : la mort de Randy, mon amour pour Greta, la jalousie et la déception de ce réveillon à New York, la trahison qu'était mon désir pour elle.

J'étais perdu.

Je ne voulais plus jamais te voir, Greta.

Putain, c'est tellement bon de te revoir, Greta.

J'avais l'impression qu'elle lisait en moi, et c'était insupportable. Nous nous sommes regardés pendant une longue minute et ses traits se sont assombris au moment où j'ai senti le bras de Chelsea autour de ma taille.

Instinctivement, je me suis tourné et j'ai fait reculer Chelsea pour nous éloigner de la fenêtre. Je crois que j'essayais de protéger Greta, mais je ne sais pas pourquoi – elle s'attendait à quoi, que je reste seul à l'attendre alors qu'elle épousait Monsieur Parfait ?

– Est-ce que ça va ? m'a demandé Chelsea.

Elle n'avait pas vu Greta.

– Ouais, ai-je menti.

J'avais besoin d'être seul et je me suis enfermé dans la salle de bains pour me préparer à mon face-à-face avec Greta.

* * *

Elle était assise au bout de la table lorsque Chelsea et moi sommes descendus et elle a refusé de me regarder.

Je déteste que tu fasses ça, Greta.

Sarah s'est levée et m'a pris dans ses bras. Je lui ai dit que j'étais désolé pour Randy tout en cherchant ce que j'allais bien pouvoir dire à Greta. Je l'ai regardée et, cette fois-ci, elle ne m'a pas ignoré.

J'ai attendu que Chelsea présente ses condoléances à Sarah puis j'ai avancé vers elle. J'ai à peine réussi à dire son prénom. « Greta. »

Elle s'est levée d'un bond et elle m'a répondu en bégayant.

– Elec – je... je suis tellement désolée... pour Randy...

Ses lèvres tremblaient – je ne l'avais jamais vue aussi nerveuse. J'ai essayé de ne pas penser au fait qu'elle était plus belle que jamais, que ses mèches blondes faisaient ressortir les éclats d'or et de noisette dans ses yeux. Je n'ai pas non plus pensé au fait que les trois petites taches de rousseur de son nez m'avaient manqué ni que sa robe noire mettait en valeur sa poitrine.

J'étais incapable de bouger. J'étais planté devant elle, à la dévisager. Le parfum de ses cheveux était enivrant.

J'ai tressailli quand elle a voulu me prendre dans ses bras. J'ai tout fait pour ne rien ressentir, mais son cœur battait la chamade et le mien s'est immédiatement aligné sur son rythme. Nos cœurs communiquaient, se disant ce que nos ego ne nous permettaient pas de faire avec des mots. Le battement d'un cœur est la forme d'honnêteté la plus pure.

J'ai posé ma main sur son dos et j'ai senti la bretelle de son soutien-gorge. Heureusement, la voix de Chelsea a fait reculer Greta avant que j'aie eu le temps de m'attarder sur ce détail. L'espace qu'il y avait désormais entre nous me paraissait infiniment vaste.

Greta ne portait pas d'alliance. Où était son fiancé, ou son mari ? Putain, il était où, bordel ?

J'étais tellement perdu dans mes pensées que je n'ai pas entendu ce que Chelsea et Greta se sont dit.

Clara nous a sauvés en apportant le rôti et Greta est allée l'aider. Elle est revenue avec des couverts, qu'elle a commencé à poser en les faisant tomber ici et là. J'avais envie de la chambrer en lui demandant depuis quand elle jouait des percussions, mais je me suis retenu.

Greg a attendu qu'elle soit assise et a demandé à Chelsea et moi comment nous nous étions connus. Greta a levé la tête tandis que Chelsea a raconté notre rencontre au foyer pour jeunes, et j'ai senti son regard sur nous lorsque Chelsea m'a embrassé.

Nous avons ensuite parlé de ma mère, et Greta a retrouvé sa fascination pour son assiette.

– Tu habites où, Greta ? a demandé Chelsea.

– À New York. Je suis arrivée il y a deux jours.

« Je » – pas « nous ».

J'aurais aimé avoir un appareil photo pour immortaliser le regard de Greta quand Chelsea a suggéré qu'on lui rende visite.

Un silence gênant s'est de nouveau installé et je regardais Greta quand elle ne me voyait pas, tournant la tête lorsqu'elle levait les yeux.

–Elec ne m'a jamais dit qu'il avait une demi-sœur, a dit Chelsea.

Je ne sais pas à qui elle adressait sa remarque, mais il était hors de question que je me lance dans cette conversation.

Greta refusait toujours de me regarder.

–Elec n'a pas vécu avec nous très longtemps, a répondu Sarah. Et si je me souviens bien, a-t-elle dit en regardant Greta, vous ne vous entendiez pas très bien, si?

Je ne sais pas pourquoi j'ai été agacé de voir Greta mal à l'aise. Elle était toujours obnubilée par son assiette et elle ignorait la question de sa mère. Un besoin absurde de l'entendre reconnaître notre complicité s'est emparé de moi et je suis retombé dans mes vieilles habitudes de taquinerie.

–C'est vrai, ça, Greta?

–Qu'est-ce qui est vrai? a-t-elle demandé, déstabilisée.

–Qu'on ne s'entendait pas.

Sa mâchoire s'est contractée et elle m'a lancé un regard d'avertissement.

–On a quand même eu de bons moments, a-t-elle fini par répondre.

–C'est vrai.

Greta a rougi et j'ai essayé de limiter les dégâts en détendant l'atmosphère.

–Comment tu m'appelais, déjà?

–Comment ça?

–«Très cher demi-frère» –c'est ça? À cause de ma charmante personnalité? J'étais un bon-à-rien, à l'époque, ai-je expliqué à Chelsea.

C'est vrai, je l'étais jusqu'à ce que Greta me donne envie de devenir quelqu'un de meilleur.

– Comment tu sais que je t'appelais comme ça ? a-t-elle demandé.

J'ai souri en me souvenant des moments où j'écoutais ses conversations derrière la porte. Et puis, Greta a souri aussi.

– Ah oui, c'est vrai – tu écoutais mes conversations au téléphone, a ajouté Greta.

– Eh bien ! J'ai l'impression que vous vous êtes beaucoup amusés, a dit Chelsea en nous regardant.

– Oui, c'est vrai, ai-je conclu.

** * **

Au moins, lorsque j'analysais mes sentiments pour Greta, je ne pensais pas à la mort de Randy et à ce qu'elle impliquait. Cependant, quand je suis sorti prendre l'air dans le jardin, les conséquences de sa disparition ont commencé à émerger.

Nous n'aurions jamais l'occasion d'arranger les choses entre nous – cela ne m'avait jamais traversé l'esprit avant, mais cela me paraissait essentiel maintenant que c'était impossible. J'aurais voulu lui montrer qu'il s'était trompé à mon sujet et que ma vie avait un sens.

J'ai allumé une cigarette et j'ai essayé de me vider l'esprit, ce qui n'a pas marché parce que ma tristesse a laissé la place à la colère.

J'ai entendu la porte coulissante s'ouvrir et se refermer et, je ne sais comment, j'ai su que c'était elle.

– Qu'est-ce que tu fais là, Greta ? ai-je demandé sans me retourner.

–Chelsea m'a demandé de venir te parler.

Pourquoi elles se parlaient, putain? J'étais furieux. Chelsea ne devait pas apprendre ce qui s'était passé entre Greta et moi.

–Ah vraiment? ai-je rétorqué.

–Oui.

–Quoi, vous avez comparé vos expériences?

–Ce n'est pas drôle du tout.

En effet, ça n'avait rien d'amusant, mais mon mécanisme de défense s'était remis en route et je me comportais comme le dernier des enfoirés. Par ailleurs, je voulais qu'elle arrête de faire comme si l'on ne se connaissait pas.

–Tu crois qu'elle t'aurait envoyé me parler si elle avait su que la dernière fois que toi et moi étions dans la même pièce on baisait comme des lapins? ai-je demandé en écrasant ma clope par terre.

–Tu es obligé d'être aussi vulgaire? a-t-elle répondu en pâlissant.

–J'ai tort, peut-être? Elle péterait un câble si elle le savait.

–Eh bien ce n'est pas moi qui vais lui dire, donc tu n'as pas à t'inquiéter.

L'œil de Greta s'est mis à cligner, signe que je ne la laissais pas indifférente. Les vieilles habitudes ne meurent jamais – les siennes comme les miennes.

–Pourquoi tu me fais des clins d'œil?

–Je te fais pas... mon œil cligne parce que...

–Parce que tu es nerveuse. Je sais. Tu faisais ça aussi, la première fois qu'on s'est rencontrés.

–Il faut croire que certaines choses ne changent jamais. Ça fait sept ans, mais c'est comme si c'était...

– Comme si c'était hier, ai-je dit en lui coupant la parole. Et c'est complètement tordu, comme toute cette situation, en fait.

– Ce n'était pas censé arriver.

Je ne sais pour quelle raison, mon regard s'est posé sur sa gorge et j'ai eu le plus grand mal à lever les yeux. Je sais qu'elle l'a remarqué. J'avais besoin de savoir pourquoi elle était seule.

– Il est où ?

– Qui ?

– Ton fiancé.

– Je ne suis pas fiancée. Je l'étais mais... plus maintenant. Comment tu sais que j'étais fiancée ?

J'ai regardé mes pieds pour qu'elle ne voie pas l'effet que me faisait cette découverte.

– Qu'est-ce qui s'est passé ?

– C'est une longue histoire... C'est moi qui ai rompu. Il est parti en Europe pour un boulot. On n'était pas faits l'un pour l'autre.

– Et maintenant, tu as quelqu'un ?

– Non.

Merde.

– Chelsea est super-sympa, a-t-elle ajouté.

– Elle est géniale. Elle est une des meilleures choses qui me soient arrivées, en fait.

Elle l'était. J'aimais Chelsea – vraiment. Je ne pourrais jamais lui faire de mal. Il fallait que j'arrive à convaincre Greta – et moi-même – que Chelsea était la femme de ma vie. Or, cela ne m'empêchait pas d'être abasourdi à l'idée que Greta était célibataire.

Elle a vite changé de sujet en parlant de Randy et de ma mère.

Il commençait à pleuvoir et j'en ai profité pour lui dire de rentrer, mais elle a refusé de partir.

Et puis, elle a eu les larmes aux yeux.

Tout à coup, j'ai eu l'impression que mon cœur se brisait en mille morceaux. Il fallait vraiment que j'enfouisse toutes ces émotions qui faisaient surface, et le seul moyen que je connaissais était de me comporter comme un abruti.

– Qu'est-ce qui t'arrive ?

– Chelsea n'est pas la seule à s'inquiéter pour toi.

– Mais c'est la seule qui a le droit de se faire du souci. Toi, tu n'as pas à t'inquiéter. Je ne suis rien pour toi.

Mon cœur battait à tout rompre, dégoûté par ce que je venais de lui dire – au fond, je voulais que Greta s'inquiète pour moi, qu'elle pense à moi sans arrêt.

Mais je venais de la blesser de nouveau. Il fallait que je me ressaisisse.

– Tu sais quoi ? Si je n'avais pas pitié de toi, je te dirais d'aller te faire foutre, a-t-elle aboyé.

Merde, j'adorais qu'elle me parle comme ça. J'avais envie de la prendre et de l'embrasser jusqu'à lui ôter toute sa force. Mais non, je ne pouvais pas.

– Et si j'avais envie d'être un connard, je te répondrais que ce que tu veux vraiment, c'est mon foutre sur ton dos.

Putain, qu'est-ce que je venais de lui dire ? Barre-toi avant de dire quelque chose d'encore plus stupide, Elec – même si c'était sans doute impossible à faire.

– Prends soin de ta mère, ai-je dit en la bousculant.

Je l'ai laissée seule dans le jardin. Quand j'ai ouvert la porte, j'ai embrassé Chelsea plus goulûment que jamais, désespéré de faire disparaître Greta de mes pensées.

* * *

La veillée a été encore plus difficile que je ne l'avais prévu. J'ai refusé de regarder le cercueil. Je n'avais pas ma place ici. Les voix se mêlaient les unes aux autres. Je n'entendais rien. Je ne voyais rien. Je comptais les minutes jusqu'à mon retour en Californie.

Si je ne me suis pas effondré, je le dois à Chelsea.

Les seules fois où j'ai ressenti quoi que ce soit, c'est quand j'ai regardé Greta. J'ai fini par aller me cacher dans le sous-sol des pompes funèbres et je suis tombée sur elle. Elle a fait mine de ne pas me voir en sortant des toilettes, mais c'était peut-être ma seule occasion de m'excuser pour mon comportement dans le jardin.

Je ne pensais pas qu'elle profiterait de ce moment pour me dire qu'elle avait encore des sentiments pour moi.

J'étais déjà affaibli par les événements de la journée et j'ai craqué. Ses cheveux étaient attachés et je ne sais comment, je me suis retrouvé à l'empoigner par la gorge. C'était une pulsion indomptable. Rien ne me semblait réel, comme si j'étais dans un rêve.

J'ai entendu les pas de Chelsea et j'ai lâché Greta. Elle voulait s'assurer que j'allais bien, et elle n'avait rien vu, mais je me sentais déjà coupable. Pendant qu'elle s'inquiétait pour moi, j'étais en train de réaliser un fantasme resté inassouvi pendant trop longtemps.

Je me détestais.

Nous sommes remontés, mais j'ai insisté pour que l'on parte plus tôt. Il fallait que je me débarrasse de ce que je ressentais pour Greta et j'ai pratiquement agressé Chelsea quand on est arrivés chez Greg et Clara.

Je lui ai dit que j'avais besoin de faire l'amour – tout de suite. Elle n'a rien dit – elle s'est simplement déshabillée. Elle m'aimait de façon inconditionnelle et elle aurait tout fait pour m'aider.

Le problème était que ce dont mon corps avait désespérément envie n'était pas dans la pièce.

Alors que je faisais l'amour à Chelsea, j'ai fermé les yeux et j'ai vu Greta. Je ne voyais que Greta : son visage, sa gorge, son cul.

Je me suis senti atrocement coupable et j'ai arrêté. Je n'ai même pas cherché à inventer une excuse et je me suis enfermé dans la salle de bains. Je me suis branlé en imaginant Greta à genoux devant moi, me regardant dans les yeux tandis que j'éjaculais sur son cou. Il m'a fallu à peine une minute pour jouir.

J'étais répugnant et je me sentais encore plus sale après mon orgasme.

J'ai passé la soirée à ne penser qu'à Greta et Randy – j'étais obsédé. J'ai eu des flash-back de Randy toute la nuit.

Chelsea partait tôt le lendemain matin pour aller au mariage de sa sœur et je ne savais pas comment j'allais gérer l'enterrement de Randy sans elle ni comment j'allais tenir face à Greta.

* * *

Ne lève pas la tête. C'était ce que je me répétais en boucle. Ne regarde pas le cercueil sur l'autel. Ne regarde pas la nuque de Greta. Continue à regarder les aiguilles de ta montre – ce sera bientôt fini.

Cela a marché jusqu'à ce que l'on arrive au cimetière et que j'aie la crise d'angoisse qui me menaçait depuis plusieurs jours. C'est ainsi que je me suis retrouvé dans la voiture de Greta, en route pour je ne sais où.

J'avais envie de fumer, mais pas suffisamment pour que l'on s'arrête. J'avais juste besoin de rouler.

Tout était flou dans ma tête: les obsèques, ma crise d'angoisse, les arbres qui défilaient le long de la route. Je regardais par la fenêtre sans rien dire. Je ne sais pas combien de temps nous avons roulé avant que Greta ne prenne la parole.

– Encore vingt minutes et on va s'arrêter, d'accord?

J'ai tourné la tête vers elle. Elle fredonnait à voix basse.

Douce Greta.

Merde.

Ma poitrine s'est resserrée. Je m'étais comporté comme un connard avec elle, je l'avais pratiquement prise en otage. Elle m'avait sauvé, cet après-midi, et je n'avais rien fait pour mériter sa gentillesse. Je n'avais pas l'énergie de lui dire à quel point j'étais touché par son attention, alors je l'ai simplement remerciée.

Un de ses longs cheveux blonds s'est posé sur ma cuisse et j'ai joué à l'entortiller autour de mes doigts jusqu'à ce que cela m'endorme. C'était la première fois depuis plusieurs jours que je fermais les yeux.

Lorsque je me suis réveillé, je nageais en plein délire et j'ai attrapé un fou rire en réalisant où Greta m'avait emmené.

Un casino!

C'était une idée brillante.

Lorsqu'on est entrés, Greta a été prise d'une quinte de toux à cause de la fumée de cigarette. C'était étrange, mais mon envie de fumer avait disparu. L'ambiance du casino me faisait oublier mes problèmes – je me sentais mieux.

– Essaie de t'amuser, sœurette, ai-je dit en lui secouant les épaules.

J'ai tout de suite regretté de l'avoir touchée parce qu'apparemment mon corps était incapable de se comporter autrement qu'en animal.

– Ne m'appelle pas comme ça.

– Tu préfères que je t'appelle comment ? Personne ne nous connaît, ici. Tiens, on est tous les deux en noir, on pourrait se faire passer pour des sous-fifres de la mafia, tu en penses quoi ?

– Appelle-moi ce que tu veux, mais pas sœurette. Tu veux jouer à quoi ?

– À n'importe quel jeu de cartes, ai-je répondu. Et toi ?

– Moi, j'aime bien les machines à sous.

Bon sang, elle était tellement chou.

– Ah ouais ? T'es sûre ? C'est un peu risqué, tu ne crois pas ?

– Ne te fous pas de ma gueule.

– On ne vient pas dans ce genre de casino pour jouer à côté des mamies, Greta.

– Je ne connais pas les règles des autres jeux.

– Je peux te montrer, mais d'abord il nous faut à boire, ai-je dit en lui faisant un clin d'œil. Sérieux, Greta, c'est une idée géniale de venir ici.

J'aurais aimé lui dire que le meilleur dans tout cela était que j'allais passer du temps avec elle.

On a acheté des jetons et j'ai été nous chercher à boire. Je me sentais vraiment mieux, jusqu'à ce que je voie un gros type avec un chapeau de cow-boy lui mettre une claque sur le cul alors qu'elle regardait le jeu de craps.

Ma réaction a été instantanée.

– Dis-moi que ce gros lard ne vient pas de te mettre une main aux fesses. Tiens ça, ai-je dit en lui tendant nos verres.

Je l'ai saisi par le cou et il était si gras qu'il m'a fallu les deux mains.

–Tu te prends pour qui pour peloter les filles, comme ça?

Il a levé les mains en l'air.

–Je ne savais pas qu'elle était avec quelqu'un. Elle me portait chance!

–C'est ce qu'on va voir, ai-je aboyé en le traînant vers Greta. Excuse-toi tout de suite.

–Allez, mec...

–Excuse-toi, ai-je hurlé en serrant sa gorge encore plus fort.

–Je suis désolé.

J'avais des bourdonnements dans les oreilles et j'avais toujours envie de le tuer.

Greta m'a supplié d'arrêter.

–Allez, Elec, viens, on s'en va.

Son regard apeuré m'a fait de la peine. J'ai repris mon verre et on a commencé à partir, mais ce gros lard n'avait pas compris la leçon, apparemment.

–Tu es arrivé à temps, j'étais sur le point de lui demander de souffler sur mes gros dés.

J'ai pété un plomb et je me suis jeté sur lui. J'ai failli faire mal à Greta quand elle s'est interposée entre nous et que nos verres se sont renversés sur elle.

–Elec, non! Je n'ai pas envie qu'on se fasse jeter d'ici. S'il te plaît. Je t'en supplie!

C'est alors que j'ai réalisé que si je ne m'arrêtais pas, ce pauvre mec allait finir à l'hôpital et que j'allais passer le reste de la journée au commissariat.

–Tu peux la remercier d'avoir encore toutes tes dents.

J'étais encore furax quand on est sortis de la salle de jeux. L'unique fois où je m'étais jeté sur quelqu'un, c'était déjà pour défendre Greta. Est-ce que je la protégeais en tant que frère ou qu'ex-amant ? C'était bien ça, la question.

Ses cheveux étaient en pagaille et sa robe était trempée.

– Merde, Greta, tu es dans un sale état.

En vérité, elle n'avait jamais été aussi belle.

– Viens, je vais t'acheter une autre robe.

– Mais non ça va, je suis juste un peu mouillée.

Un peu mouillée. Putain.

– Ça ne va pas du tout non, c'est de ma faute.

– Elle va sécher ! Tu sais quoi ? Si tu gagnes ce soir, tu peux m'offrir une robe haute couture. Sinon, je refuse que tu dépenses quoi que ce soit pour moi.

Je me sentais nul – je ne partirais pas tant que je ne lui aurais pas acheté la plus belle robe du casino pour me faire pardonner mon comportement d'homme de Cro-Magnon.

Je suis parti nous chercher à boire et je lui ai dit qu'il valait mieux qu'on se sépare. Il y avait une tonne de mecs qui jouaient au poker et ils avaient tous l'air en rut. Je ne voulais pas de nouvelle altercation – une seule m'avait largement suffi.

J'ai été épaté qu'elle accepte de partir tranquillement aux machines à sous, mais quand je me suis assis pour jouer, mon téléphone a vibré.

Pourquoi ça te gêne que des mecs me draguent ? Ce n'est pas censé t'affecter.

Merde. J'aurais dû me douter qu'elle allait se poser des questions sur mon comportement. Et elle avait raison.

C'était égoïste de ma part. Je n'avais pas peur qu'un mec la drague ; ce qui m'effrayait, c'était que le mec lui plaise et que je doive la voir flirter avec lui. Elle était célibataire – je ne l'étais pas. J'étais aussi jaloux qu'au premier jour et je n'avais aucun droit de l'être.

Je n'ai pas répondu à son message – parce qu'il n'y avait pas de bonne réponse.

Je n'arrivais pas à me concentrer sur le jeu et je n'ai pas arrêté de perdre. J'étais trop accaparé par le texto de Greta – et encore plus par mon attitude inadmissible. J'ai sorti mon téléphone et j'ai regardé des photos de Chelsea pour essayer de me rappeler à qui j'appartenais : notre road-trip à San Diego, Chelsea et ma mère en train de préparer des spécialités équatoriennes, elle et moi en train de nous embrasser, notre chat – Dublin... la bague qu'elle n'avait pas encore vue. J'ai essayé de me concentrer sur le jeu, mais mes pensées revenaient sans cesse au message de Greta, alors je lui ai répondu sans lui répondre – ce qui s'est avéré être la vérité.

Je sais que ce n'est pas censé m'affecter. Mais quand il s'agit de toi, ce que je suis censé ressentir n'a rien à voir avec ce que je ressens vraiment.

Environ vingt minutes plus tard, j'avais perdu deux cents dollars. Greta est venue me retrouver et elle a agité une liasse de mille dollars dans mon visage. Je n'en revenais pas qu'elle ait gagné tout cet argent aux machines à sous.

– Putain, Greta ! Bravo !

Quand je l'ai prise dans mes bras pour la féliciter j'ai senti son cœur battre à toute vitesse. Je me suis dit que c'était parce qu'elle venait de gagner.

Nous avons décidé de chercher un endroit pour manger et j'ai opté pour un grill. Pendant toute la durée du repas, j'ai ruminé le message que j'avais reçu un peu plus tôt d'un numéro inconnu. C'était le numéro vingt-deux et je l'avais reçu à deux heures vingt-deux de l'après-midi. L'anniversaire de Randy était le vingt-deux février. J'étais convaincu que le message venait de lui, que c'était sa façon à lui de me tourmenter depuis l'au-delà. J'ai à peine touché à mon assiette.

Greta, en revanche, semblait affamée et elle a fini mon plat en plus du sien, noyant les steaks sous la sauce barbecue.

– Tu ne veux pas un peu de viande avec ta sauce? ai-je demandé en plaisantant.

– J'adore ça. Ça me fait penser à mon père – il en mettait partout.

Je souriais en la voyant manger. Si seulement elle savait le bien que ça me faisait d'être avec elle. Je me comportais comme une brute, et elle était encore là... la bouche barbouillée de sauce barbecue.

Elle a levé la tête et elle m'a vu sourire.

– Quoi? a-t-elle demandé la bouche pleine.

J'ai pris ma serviette pour lui essuyer le visage.

– Rien, tu as de la sauce partout.

Et soudain, ça m'a frappé. Demain serait sans doute la dernière fois de ma vie que je verrais Greta.

Mon cœur s'est mis à battre à toute vitesse alors que je prenais conscience de la réponse au message qu'elle m'avait envoyé – je savais pourquoi cela me gênait qu'elle se fasse draguer. La seule raison pour laquelle j'avais réussi à oublier Greta était que je la croyais heureuse aux côtés de quelqu'un qui l'aimait. Or tout cela s'était avéré faux. J'étais de retour à la case départ – et je ne pouvais rien faire.

* * *

Un soupir interminable m'a échappé. Cet aperçu des pensées d'Elec était en train de me tuer. J'avais besoin de faire une pause – j'étais horriblement angoissée en imaginant la fin de cette histoire.

J'étais aussi en retard pour l'anniversaire de mon amie – et j'étais obligée d'y aller parce que j'avais aidé à l'organiser. J'ai décidé de prendre une douche, de m'habiller et d'emporter mon Kindle pour pouvoir y jeter un œil quand la soirée le permettrait. Apparemment, il ne me restait plus que quinze pour cent à lire. Que pouvait-il bien écrire que je ne pouvais pas lire en public ?

CHAPITRE 20

J'avais opté pour une robe rouge en soie légère, mais je n'avais pas pris de veste et je frissonnais en attendant un taxi au coin de ma rue.

Sully m'a envoyé un message.

Passe une bonne soirée !

J'avais essayé de la convaincre de venir avec moi, mais elle avait rendez-vous chez l'esthéticienne.

Nous avions réservé un bar dansant pour l'anniversaire de mon amie, et en temps normal, j'aurais eu hâte d'y être. Seulement j'étais pressée de finir mon livre et je n'avais aucune envie d'y aller.

–West 16th Street, s'il vous plaît, ai-je demandé au chauffeur lorsque j'ai enfin trouvé un taxi.

Je m'y suis engouffrée et j'avais à peine fermé la portière que j'avais déjà rallumé mon Kindle.

* * *

Lorsque nous sommes sortis du resto, mon humeur lugubre était de retour. Greta est partie nous chercher à boire tandis que je nous achetais des jetons.

Je l'ai attendue à une table et tout à coup, sans prévenir et sans qu'une pensée précise les ait déclenchées, mes larmes se sont mises à couler. C'était insensé. C'était comme si tout ce que j'avais enfoui refaisait surface, et c'était le dernier endroit sur Terre où je souhaitais m'effondrer. Il me semblait que rien ne pouvait plus les arrêter, alors j'ai aggravé la situation en repensant à tout ce qu'il y avait eu de négatif dans ma vie.

Parfois, je m'en voulais d'être venu au monde, parce que j'avais pourri la vie de Randy. Je me demandais si lui et maman auraient été heureux sans moi. Au fond, j'avais toujours espéré que les choses s'arrangeraient, qu'un jour nous pourrions nous entendre –qu'il me dirait qu'il m'aimait et qu'il regrettait de ne pas savoir le montrer.

Ça n'arriverait jamais.

Quand j'ai levé la tête, Greta me regardait.

–Ne me regarde pas, Greta.

Elle a posé nos verres puis elle m'a pris dans ses bras et les larmes ont coulé de plus belle. Je me suis accroché à elle, la suppliant en silence de ne pas me lâcher et, au bout de quelques minutes, je m'étais suffisamment calmé pour parler.

–Je déteste ça, dit-il. Je ne devrais pas pleurer pour lui. Pourquoi je pleure, bon sang?

–Parce que tu l'aimais.

–Il me détestait, dit-il d'une voix tremblante.

–Non, il se voyait en toi et ça l'effrayait. Ce n'est pas toi qu'il détestait, c'est impossible. C'est juste qu'il ne savait pas comment être père.

J'ai été surpris de voir à quel point elle était proche de la vérité alors qu'elle ne savait rien de mon secret. Randy ne me supportait pas, parce qu'il voyait Patrick en moi.

–Il y a beaucoup de choses que je ne t'ai pas dites, Greta. Le pire dans tout ça, c'est que malgré tout ce qu'il m'a fait endurer, j'ai toujours espéré qu'il soit fier de moi, un jour. Pour qu'il m'aime.

J'ai expiré longuement, soulagé –je n'avais jamais dit ça à personne.

–Je sais Elec, je sais.

J'ai plongé mon regard dans le sien. Greta était la première personne à m'avoir donné le sentiment d'être aimé et je lui en serais éternellement reconnaissant.

–Où est-ce que je serais ce soir, sans toi?

–Je suis contente d'être là pour toi.

–Jamais, je n'ai jamais pleuré devant qui que ce soit. Pas une seule fois.

–Il y a une première fois à tout.

–Et c'est moi qui fais des blagues de mauvais goût? ai-je rétorqué en souriant.

Nous avons éclaté de rire. J'adorais la voir rire.

–Tu me fais ressentir des choses nouvelles, Greta, ai-je dit en lui caressant la joue. Ça a toujours été le cas. Quand je suis avec toi, que ce soit bon ou mauvais... je ressens tout. J'ai du mal à le gérer, d'ailleurs, et c'est pour

ça que je me comporte comme un enfoiré. Je ne sais pas pourquoi, j'ai l'impression que tu vois la personne que je suis vraiment. Dès l'instant que je t'ai vue, chez Greg, quand tu étais dans le jardin... c'est comme si je ne pouvais plus me cacher. Je sais que ça n'a pas été facile pour toi de me voir avec Chelsea. Et je sais que tu as encore des sentiments pour moi. Je le sens, même si tu essaies de le cacher.

C'était vrai. Greta n'avait jamais su dissimuler ses sentiments et elle avait été mal à l'aise en présence de Chelsea – même si cette dernière n'avait rien vu. Je ne sais pas ce que j'aurais fait si la situation avait été inversée.

Mes larmes avaient séché. J'étais toujours dans ses bras, nos visages à quelques centimètres l'un de l'autre. Sa bouche me suppliait de l'embrasser. J'aurais voulu goûter à ses lèvres une dernière fois – mais il aurait fallu une gomme magique pour en effacer les conséquences, et cette gomme n'existait pas. Et puis, de toute façon, personne ne méritait les lèvres de Greta – et encore moins moi. J'ai simplement continué à fixer sa bouche, mourant d'envie d'y promener ma langue, de mordre ses lèvres.

Greta a dû lire dans mes pensées car elle s'est levée, puis elle est partie en courant vers la table de roulette la plus proche et elle a posé des jetons sur le numéro vingt-deux.

*****

Dix-neuf mille dollars. Je ne sais pas ce qui me choquait le plus : qu'elle ait gagné une deuxième fois ou qu'elle ait tout misé sur le numéro vingt-deux. Le message étrange que j'avais reçu ne m'inquiétait plus. J'étais de nouveau emballé d'être là avec elle et j'avais envie de profiter au maximum de notre soirée ensemble.

Greta m'a forcé à prendre mille dollars en liquide, mais je n'avais pas la moindre intention de les dépenser. J'aurais pu vider mon compte en banque pour elle – et j'étais prêt à le faire – cela n'aurait toujours pas suffi pour la remercier de tout ce qu'elle avait fait pour moi.

Nous sommes allés lui trouver une autre tenue dans une des boutiques du casino et c'est là que les choses ont changé. J'avais choisi une robe qui lui irait à merveille, et elle était partie l'essayer. J'ai joué sur mon téléphone pour oublier le fait que Greta était à quelques pas de là, en train de se déshabiller.

Je trouvais qu'elle prenait beaucoup de temps et j'ai fini par lui demander si tout allait bien. La fermeture Éclair était coincée. Sans réfléchir, j'ai ouvert le rideau pour l'aider.

– Viens par là.

Lorsque mes yeux se sont posés sur son dos nu, j'ai tout de suite réalisé que je venais de me mettre dans une situation douloureuse et périlleuse. J'ai pris ses cheveux pour les passer sur sa poitrine et j'ai eu des picotements dans les doigts. Bon sang, quelle torture !

Je tirais délicatement sur le velours lorsque sa respiration s'est accélérée. Je savais que j'en étais la cause, et mon souffle s'est calqué sur le sien. J'étais en train de perdre le contrôle et mon imagination tordue a pris le dessus – je me suis vu lui arracher sa robe et la prendre par-derrière en regardant son visage dans le miroir.

Ce ne sont que des pensées, Elec. Concentre-toi sur la fermeture Éclair.

– C'est bon ! ai-je dit quand la fermeture a enfin cédé.

– Merci.

Bien sûr, rien ne m'obligeait à ouvrir sa robe, mais je n'ai pas pu résister. Je rêvais de voir un peu plus de peau.

Notre nuit ensemble n'avait duré que quelques heures, mais au fond de moi, je savais que Greta m'appartenait encore. Son langage corporel la trahissait. J'ai pensé que, peut-être, j'étais le premier et le dernier à vraiment lui avoir donné du plaisir.

J'avais posé mes mains sur ses épaules et je n'arrivais plus à les enlever. Elle regardait ses pieds et je savais que comme moi, elle refoulait ses sentiments. Je pouvais sentir à quel point Greta avait envie de moi et notre désir mutuel était exacerbé par l'espace réduit de cette cabine d'essayage. La tension sexuelle était palpable.

Je regardais toujours son reflet lorsqu'elle a levé les yeux. Je ne m'attendais pas à ce qu'elle se tourne brusquement pour me faire face. Nos visages étaient à quelques centimètres. Je n'ai jamais eu autant envie de l'embrasser. Mes yeux se sont posés sur sa bouche et j'ai compté jusqu'à dix dans ma tête pour ne pas craquer, mais cela ne marchait pas. J'ai fermé les yeux.

Lorsque je les ai rouverts, je n'avais plus envie de l'embrasser – c'était pire. Je voulais faire autre chose avec sa bouche.

J'ai prié pour qu'elle ne baisse pas les yeux sur mon érection. Il fallait que je sorte, mais je n'arrivais pas à bouger.

Chelsea.

Chelsea.

Chelsea.

Tu aimes Chelsea.

Ces pulsions ne sont pas graves – elles sont tout à fait naturelles. L'essentiel, c'est que tu n'agisses pas.

Je méritais une médaille pour la résistance dont j'ai fait preuve.

L'employée de la boutique est venue nous voir et nous a demandé si tout allait bien.

– Oui ! s'est écriée Greta.

J'ai entendu au ton de sa voix que ça n'allait pas du tout. Elle était aussi perturbée que moi – peut-être même plus. Il était hors de question que je lui fasse du mal.

– Désolé, ai-je dit avant de sortir de la cabine.

* * *

Nous avons décidé de passer la nuit à l'hôtel puisqu'aucun de nous n'était en état de prendre le volant. On s'est séparés pour se doucher avant d'aller en boîte, et j'ai retrouvé Greta dans sa chambre. Lorsqu'elle a ouvert la porte, elle était si belle dans sa robe moulante en velours que j'en ai eu le souffle coupé. Ses cheveux étaient encore mouillés, elle était vraiment canon.

– Waouh, ai-je soupiré.

Je n'avais pas prévu de le dire à voix haute, mais cela m'avait échappé alors j'ai décidé de plaisanter pour détendre l'atmosphère.

– Tu n'as vraiment plus l'air d'une veuve grecque.

– J'ai l'air de quoi, maintenant ?

– Humm... En fait, tu as les joues un peu rouges, tu te sens bien ?

Pour être honnête, elle avait le visage de quelqu'un qui vient de jouir, et mon sexe a tout de suite réagi.

– Très bien.

– Tu es sûre ?

– Ouaip !

– Ça m'a fait un bien fou de prendre une douche, ai-je dit sans mentionner les deux orgasmes que je venais

de m'accorder en imaginant une fin différente à notre épisode dans la cabine d'essayage.

– À qui le dis-tu ! a-t-elle répondu.

– Tu veux te sécher les cheveux ?

– Ouais, j'en ai pour une minute.

J'ai allumé la télé et je me suis allongé sur le lit. Dix minutes plus tard, elle est sortie de la salle de bains.

– Je suis prête.

Elle avait attaché ses cheveux, révélant toute la splendeur de son cou, et j'ai tout de suite su que la nuit allait être longue.

Je me suis levé et j'ai éteint la télé.

Dans le couloir, l'odeur du gel douche m'a envoûté.

– Tu es très belle. Ça te va très bien, la queue-de-cheval, ai-je dit pour qu'elle sache à quel point elle était canon.

– Ah bon ?

– Ouais. Tu étais coiffée comme ça la première fois que je t'ai vue.

– Tu t'en souviens ? Je n'en reviens pas !

Je n'avais rien oublié de notre rencontre.

Pas un seul détail.

Nous parlions de la façon dont je m'amusais à la torturer et à un moment donné, Greta a dit :

– Tu sais, finalement, tu n'étais pas aussi méchant que tu voulais en avoir l'air.

– Et il s'est avéré que toi, tu n'étais pas si innocente que ça, en fin de compte.

Nous savions tous les deux à quoi je faisais allusion. Nous avons échangé un regard complice qui sous-entendait que la conversation devait s'arrêter là.

Le cœur plus léger, persuadé que les choses seraient plus simples à l'intérieur du club, j'ai guidé Greta jusqu'à l'entrée. Bien sûr, je m'étais trompé – sur toute la ligne.

***

Je m'éclatais. La musique me libérait, les basses vibraient en moi – je me sentais vivant. Les gens étaient collés les uns aux autres tout autour de nous, mais Greta et moi maintenions une distance de sécurité entre nous.

Cette distance était nécessaire.

Je suis allé aux toilettes, et lorsque je suis revenu, un mec dansait près de Greta en lui parlant à l'oreille.

Ma raison a cédé à un instinct primaire et j'ai passé mon bras autour de sa taille pour la ramener contre moi. Elle n'a pas résisté. Elle s'est tournée face à moi et je lui ai lancé un regard d'avertissement. Soudain, nous étions les Elec et Greta d'il y a sept ans. J'étais jaloux, et je ne faisais rien pour le cacher. J'étais dans une relation sérieuse – détail non négligeable – et mon comportement était outrageux, mais elle tenait suffisamment à moi pour me laisser faire. Nous n'en avons pas parlé et l'homme de Cro-Magnon qui était en moi a fini par rentrer dans sa grotte. J'ai lâché Greta et nous avons continué à danser.

Cependant, les choses ont changé lorsque le DJ a décidé de passer un slow. Ceux qui n'étaient pas en couple sont partis, et j'ai eu l'impression qu'il ne restait plus que Greta et moi sur la piste.

Greta a paniqué et elle a voulu partir. Cependant... et si c'était vraiment la dernière fois que l'on se voyait ? J'avais besoin de ce moment avec elle.

Je lui ai pris la main.

– Danse avec moi.

Elle était gênée, mais elle a accepté. Elle s'est nichée dans mes bras et elle a fermé les yeux en posant sa tête contre mon torse. Mon cœur battait lourdement dans ma poitrine, comme s'il me reprochait de ne pas avoir compris que c'était ce qui lui manquait depuis sept ans.

Pour la première fois depuis notre arrivée au casino, mes sentiments pour Greta prenaient le dessus sur mon amour pour Chelsea. J'ai eu besoin de savoir si elle le sentait, et j'ai baissé les yeux au moment où elle a levé la tête. Je n'arrivais plus à respirer. J'ai mis mon front contre le sien et j'ai tout de suite su. C'est le moment où j'ai arrêté de me mentir. Je l'aimais encore. Cependant, je ne savais pas quoi faire, parce que j'aimais Chelsea, aussi.

Tout à coup, Greta est partie en courant.

– Greta, attends !

En quelques secondes, je l'avais perdue. Je me suis faufilé jusqu'à la sortie et j'ai couru aux ascenseurs. Je suis arrivé alors que les portes se refermaient et j'y ai passé le bras pour les en empêcher.

Mon Dieu, elle pleurait – qu'est-ce que je lui avais fait ?

– Putain Greta, pourquoi tu t'es enfuie comme ça ?

– Je veux juste aller me coucher.

– Pas comme ça, non.

Sans réfléchir, j'ai appuyé sur le bouton d'arrêt.

– Qu'est-ce que tu fais ?

– Je ne veux pas que notre soirée se termine de cette façon. J'ai franchi la ligne, je le sais. Je me suis laissé emporter et je suis vraiment – vraiment – désolé. Je te promets que je n'aurais pas été plus loin – je ne veux pas tromper Chelsea, je ne pourrais jamais lui faire ça.

– Eh bien il faut croire que je ne suis pas aussi forte que toi. Tu ne peux pas danser comme ça avec moi, ou me regarder comme ça ni me toucher comme ça si on ne peut pas aller plus loin. Et pour info, je ne veux pas que tu trompes Chelsea, moi non plus !

–Alors, qu'est-ce que tu veux?

–Je ne veux pas que tu dises une chose pour en faire une autre. Il ne nous reste pas beaucoup de temps ensemble. Je veux que tu me parles. Le soir de la veillée, tu m'as empoignée par le cou et j'ai eu l'impression, pendant quelques secondes, que tu ressentais la même chose qu'il y a sept ans. Mais Chelsea m'a raconté ce qu'il s'est passé quand vous êtes rentrés.

De quoi elle parlait?

–Et qu'est-ce qu'elle t'a dit exactement?

–Est-ce que tu pensais à moi? Est-ce que c'est pour ça que tu n'as pas pu aller jusqu'au bout avec elle?

QUOI? J'étais sans voix – abasourdi et fou de rage que Chelsea ait raconté à Greta quelque chose d'aussi intime.

–Je veux que tu me dises la vérité.

Greta ne pouvait pas supporter la vérité – tout comme je ne savais pas quoi faire de mes sentiments pour elle. Cependant, j'étais furieux qu'elles aient parlé de moi dans mon dos. Et j'étais à bout : toute ma vie me semblait sens dessus dessous.

Alors j'ai craqué.

–Tu veux la vérité? Je baisais ma copine et je ne voyais que toi. C'est ça, la vérité, ai-je dit en en avançant sur elle d'un air menaçant. J'ai pris une douche, ce soir-là, et je n'ai réussi à jouir qu'en imaginant que j'éjaculais sur ton cou si délicat. Ça, c'est la vérité.

J'aurais dû en rester là, mais j'ai mis mes mains sur le mur, de part et d'autre de ses épaules, et j'ai poursuivi mes aveux féroces.

–Tu veux tout savoir? J'allais lui demander de m'épouser, ce soir, au mariage de sa sœur. J'aurais dû être fiancé en ce moment même, mais au lieu de ça, je suis dans un

ascenseur avec toi, en train de lutter contre l'envie de te plaquer contre le mur et de te baiser si fort qu'il faudra que je te porte jusqu'à ta chambre. Durant les dernières quarante-huit heures, toutes mes certitudes ont volé en éclat. Je doute de tout, et je ne sais pas quoi faire. Voilà la vérité.

J'ai appuyé sur le bouton pour relâcher l'ascenseur, parce qu'il était dangereux de rester aussi longtemps ensemble dans un espace aussi petit. Lorsque nous sommes arrivés à notre étage, chacun est parti dans sa chambre.

Seul au lit, la culpabilité s'est emparée de moi. Je n'arrivais pas à dormir alors je me suis torturé en regardant des photos de Chelsea.

Elle ne méritait pas ça.

Je m'agitais dans mon lit, pensant à Randy, à ma trahison de Chelsea, puis à tout ce que je rêvais de faire à Greta. Si je m'étais fichu de faire du mal à Chelsea, j'aurais rejoint Greta dans sa chambre. Je savais qu'avec ma frustration, en plus de la sienne, ça aurait sans doute été la meilleure baise de toute ma vie. Cependant, je n'avais jamais trompé personne et je n'allais pas commencer maintenant – j'ai donc laissé libre cours à mon imagination.

Au bout d'un moment, vers deux heures du matin, mes fantasmes étaient allés si loin que j'ai voulu me faire pardonner mes péchés en écrivant à Chelsea.

Je t'aime.

Tout de suite après, j'ai envoyé un message à Greta.

Si je frappe à ta porte ce soir, ne m'ouvre pas.

* * *

Mon taxi allait bientôt arriver au club et j'ai pensé que c'était un bon moment pour m'arrêter, mais j'ai eu beaucoup de mal à éteindre mon Kindle. J'ai payé le chauffeur puis je me suis engouffrée dans la boîte de nuit. Déstabilisée par le contraste entre l'obscurité de la nuit et les lumières vives du club, j'ai ressenti un mélange de panique et de vertige après avoir passé la journée dans la tête d'Elec. J'avais du mal à atterrir dans le monde réel. Cependant, je me suis sentie mieux lorsque deux de mes collègues, Bobbie et Jennifer, m'ont sauté dans les bras et que j'ai eu une vodka dans la main.

– L'invitée d'honneur n'est pas encore arrivée ? ai-je demandé en buvant une gorgée.

– Non, je ne l'ai pas vue, a répondu Jennifer.

Puisque Hetty n'était pas encore là, je me suis excusée et je suis partie aux toilettes pour reprendre ma lecture. Par pitié, ne me jugez pas.

* * *

Si vous voulez mon avis, le fait que je n'aie pas merdé cette nuit-là tient du miracle. Greta m'a écrit au milieu de la nuit pour me dire qu'elle n'arrivait pas à dormir, alors je l'ai appelée et nous avons parlé jusqu'à ce qu'elle s'endorme, vers quatre heures du matin. Je suis resté au téléphone à l'écouter dormir.

Le lendemain matin, le retour s'est fait dans une ambiance atrocement tendue.

Greta allait me conduire à l'aéroport, mais nous avions le temps et nous nous sommes arrêtés chez sa mère. Je ne pensais pas que cela m'affecterait autant. Greta nous a servi un bol de glace maison que l'on a partagé et je me suis senti affreusement nostalgique. Je ne sais pour quelle raison, de tout mon séjour à Boston, c'est le moment qui a le plus compté pour moi – peut-être parce que j'allais lui dire adieu dans moins d'une heure.

* * *

J'ai dû poser mon Kindle parce qu'Hetty est entrée dans les toilettes. Elle a dû me trouver pathétique.

– Te voilà ! On te cherchait partout !

– Ah, j'ai perdu la notion du temps. Tu n'étais pas encore arrivée alors que je suis venue ici pour être au calme avant que la fête ne commence. Joyeux anniversaire, ma chérie, ai-je dit en la prenant dans mes bras.

– Merci ! Tu étais en train de lire ?

– Ouais, j'ai répondu en souriant. Tu sais comment c'est, quand tu commences un livre que tu n'arrives pas à reposer.

– Est-ce qu'il est... *hot* ?

J'ai dû réfléchir à ma réponse.

– Non, pas vraiment.

– Ok. Bon, allez – presque tout le monde est arrivé.

Je l'ai suivie dans le club et j'ai tout de suite commandé une autre vodka. Je m'étais promis de ne pas toucher au livre pendant au moins une heure et j'ai fait le tour de la salle pour parler aux invités. Cependant, je me suis rendu compte que je leur souriais sans écouter ce qu'ils disaient. Leurs lèvres bougeaient, mais mon cerveau ne recevait rien – il était encore dans la tête d'Elec.

Au bout de soixante minutes – et pas une seconde de plus – je me suis de nouveau cachée dans les toilettes. Mes amis pensaient peut-être que j'allais faire des rails de coke, mais peu importait, il fallait à tout prix que je finisse ce livre. Il ne me restait plus que quelques pages – au moins je pourrais profiter du reste de la soirée tranquillement.

J'ai pris une profonde inspiration avant de me replonger dans le texte.

* * *

Greta m'a ignoré pendant tout le trajet pour l'aéroport. Après tout ce que nous avions vécu ensemble, elle ne supportait pas de me regarder. Nous en étions arrivés là. Cela dit, je ne pouvais pas lui en vouloir.

De mon côté, je ne savais pas quoi dire. J'étais à bout et sur le point de m'effondrer – j'allais de nouveau avoir à lui dire au revoir.

Lorsque nous sommes sortis de la voiture, le soleil se couchait et le vent était déchaîné. Nous aurions pu être dans un film – la scène avec la musique dramatique qui fait pleurer le spectateur.

Le bruit des moteurs d'avion ne m'aidait pas à trouver mes mots. Que dit-on à quelqu'un que l'on abandonne pour la deuxième fois ?

Elle croisait les bras et regardait tout sauf mon visage.

– Regarde-moi, ai-je fini par dire.

Greta a secoué la tête et une larme a coulé sur sa joue.

C'était officiel, j'étais la pire ordure sur Terre.

Les larmes me sont montées aux yeux – je ne pouvais rien faire pour soulager sa souffrance car le seul moyen aurait été de rester avec elle – et que je ne le pouvais pas.

– Tu peux y aller, Elec. Ne t'en fais pas, ça va aller. D'ailleurs il vaut mieux que tu partes tout de suite.

Écris-moi si tu veux. Je ne peux pas supporter des adieux qui durent des plombes… pas avec toi.

Elle avait raison. Pourquoi faire durer ce moment si douloureux ?

– D'accord.

Elle m'a pris par surprise en m'embrassant sur la joue, puis elle a couru dans sa voiture et a claqué la porte.

Je suis parti vers le terminal alors que je sentais encore ses lèvres sur ma joue. Je me suis retourné pour la voir une dernière fois – je n'aurais pas dû. Elle avait appuyé sa tête sur le volant et je pouvais voir ses épaules secouées par les sanglots.

J'ai tout de suite couru à sa voiture et j'ai frappé contre la vitre. Elle a refusé de lever la tête et elle a démarré le moteur, alors j'ai cogné plus fort. Elle a fini par me voir et elle est sortie de la voiture en essuyant ses larmes.

– Tu as oublié quelque chose ?

Sans prévenir, ma bouche s'est écrasée sur la sienne. Apparemment, mon cœur avait pris la direction de mon corps et donnait les ordres. J'ai refusé d'ouvrir la bouche, cependant, persuadé que ce baiser était tout à fait innocent tant que ma langue n'avait pas goûté la sienne.

Je me sentais vide, perdu, désespéré.

– Va-t'en. Tu vas rater ton vol, a dit Greta en rompant le baiser.

Son visage était toujours entre mes mains.

– Je ne me suis jamais pardonné de t'avoir blessée la première fois. Et maintenant… j'espère que tu me crois quand je te dis que c'est la dernière chose que je voulais faire.

– Pourquoi tu es revenu ?

– Je me suis retourné et je t'ai vue pleurer. Quel enfoiré te laisserait dans cet état ?

– Tu n'étais pas censé le voir. Tu n'aurais vraiment pas dû te retourner, parce que tu viens d'aggraver la situation.

– Je ne voulais pas que ce soit ma dernière image de toi.

– Si tu l'aimes vraiment, tu n'aurais pas dû m'embrasser ! a-t-elle hurlé.

– Je l'aime vraiment, ai-je répondu sur la défensive.

J'ai levé les yeux vers le ciel parce que j'avais besoin d'une seconde pour réfléchir. Comment lui expliquer la révélation que j'avais eue sur la piste de danse, hier soir ?

– Tu veux la vérité ? Je t'aime aussi. Et je ne savais pas à quel point jusqu'à ce que je te revoie.

– Tu nous aimes toutes les deux ? C'est n'importe quoi, Elec !

– Tu m'as toujours dit que tu voulais la vérité. Je viens de te la donner. Je suis désolé, cette situation est horrible.

– Sauf que Chelsea a l'avantage puisque vous vivez ensemble. Tu m'oublieras très vite, j'en suis certaine.

Elle remontait déjà dans sa voiture.

– Greta... ne pars pas comme ça.

– Ce n'est pas moi, qui m'en vais !

Aïe.

Elle a démarré en trombe, me laissant penaud sur le trottoir.

J'ai été tenté de sauter dans un taxi pour la suivre. Cependant, je suis monté dans mon avion pour rentrer en Californie. Pour la première fois de ma vie, je devais faire ce qui était juste.

* * *

Mon index a tapoté une dizaine de fois l'écran de mon Kindle pour tourner la page, priant pour que l'histoire ne s'arrête pas là. Il ne pouvait pas m'avoir fait endurer tout ça sans me donner la suite, si ? Elec m'avait dit dans son message que le livre n'était pas fini. Sans doute pensait-il que je n'avais pas besoin d'en savoir davantage, car la suite ne me regardait pas.

La suite regardait Chelsea – inutile de me torturer en me la décrivant en détail. Je comprenais, et je lui en étais reconnaissante. Il voulait que je sache ce qu'il avait ressenti, pendant tout ce temps, afin qu'il puisse tourner la page une bonne fois pour toutes.

Eh bien, tant mieux pour lui.

J'ai pris mon téléphone et je lui ai répondu aussi cordialement que possible malgré ma colère.

J'ai fini. Merci. C'est une sacrée histoire. Je suis flattée que tu aies voulu que je la lise. La partie sur ta famille m'a coupé le souffle, ça explique beaucoup de choses. Je suis désolé que tu aies vécu tout ça. Et je comprends pourquoi tu as donné cette fin à ton livre.

Merde.

Je chialais et il fallait que je rejoigne mes amis. J'étais anéantie, mais j'étais déterminée à consacrer le reste de la nuit à l'oublier Elec – pour de vrai, cette fois-ci.

« *Fais-moi oublier mes problèmes* », m'avait-il dit quand nous étions arrivés au casino. Eh bien, c'était ce que j'avais l'intention de faire.

Mes amis étaient sur la piste de danse et ils m'ont acclamée quand je les ai rejoints. Nous avons dansé pendant plus d'une heure. Plus je pensais à Elec, plus je me laissais aller. Je me déhanchais, je secouais la tête, je laissais la musique m'envahir, ne voulant pas m'arrêter suffisamment longtemps pour ressentir la douleur qu'avaient causée ses mots, pour accepter que le personnage de Greta Hansen ait été effacé de sa vie.

Une demi-heure plus tard, mon téléphone a vibré.

Pourquoi tu penses que le bouquin s'arrête là ?

Je n'en revenais pas qu'il me réponde ça. J'ai continué à danser pour éviter de m'effondrer. Je ne voulais pas que mes amis voient que quelque chose n'allait pas.

J'ai continué à me déhancher en écrivant ma réponse.

Greta : Parce que tu ne voulais pas me blesser. La suite ne me regarde pas.

Elec : Tu en es sûre ?

Greta : Qu'est-ce que tu veux dire ?

Elec : Si tu arrêtes de remuer tes fesses une seconde, peut-être que je te le dirai.

Quoi ?

Je n'ai même pas eu le temps de lever la tête. Deux mains puissantes m'ont attrapée par la taille et j'ai arrêté de bouger pour les laisser descendre sur mes fesses. Cette poigne. Ce parfum. La réaction de mon corps ne mentait pas.

Non. C'était impossible.

CHAPITRE 21

Je me suis retournée et ses yeux gris ont tout de suite plongé dans les miens. Mon cœur battait plus fort que les basses de la musique. Tout ce qui m'entourait a disparu – je ne voyais plus que lui. Elec était devant moi, m'empêchant de m'effondrer.

J'étais tellement surprise et nerveuse que mes premiers mots ont été stupides.

– Où sont tes lunettes ?

– J'ai mis des lentilles.

– Ah.

Mon état de choc commençait à s'estomper et j'ai pu lui poser une question qui avait plus de sens.

– J'ai mille questions. Comment tu es arrivé ici ? Comment tu m'as trouvée ? Comment...

– Tais-toi, Greta.

Il a interrompu mon interrogatoire en m'embrassant, en me dévorant, en s'abandonnant complètement à moi. Tout son langage corporel exprimait sa possessivité, je ne doutais plus de ses sentiments ni de ses intentions. Pas besoin de paroles. Ses grognements me disaient tout. Pour la première fois depuis que nous nous étions rencontrés, je le sentais vraiment : il était à moi.

Tous les doutes, toutes les précautions qui nous séparaient avaient disparu. Je ne connaissais pas encore toute l'histoire, je ne savais pas comment il était arrivé ici, mais ça n'avait pas d'importance.

J'ai empoigné ses cheveux et je l'ai tiré contre moi.

Ne m'abandonne plus jamais, Elec.

Nous étions dans notre bulle, entourés de gens qui nous bousculaient en dansant.

– J'attendais que tu finisses mon livre pour pouvoir te retrouver, a-t-il chuchoté en collant son front sur le mien.

– Tu étais à New York tout ce temps ?

– J'étais déjà là quand je te l'ai envoyé.

– Mon Dieu !

J'ai plaqué mon visage sur son torse et j'ai respiré son odeur – dénuée de fumée de cigarette – puis j'ai levé la tête pour interroger son regard. La réponse à ma question était sans doute évidente, mais je devais la poser néanmoins.

– Tu as rompu avec elle ?

Il a hoché la tête sans répondre.

– Mais... la fin de ton livre... tu as dit que tu devais faire ce qui était juste. Je pensais que...

Il m'a embrassée.

– Je savais que tu supposerais ça. Ce qui était juste, c'était d'admettre que je ne pouvais pas aimer Chelsea de tout mon cœur s'il battait plus fort pour toi, a-t-il dit en prenant mon visage dans ses mains. Mon cœur n'a pas cessé de me le dire depuis que je t'ai vue dans le jardin, et je l'ai enfin écouté.

Sa rupture avec Chelsea n'avait pas dû être facile. Je savais qu'il l'avait aimé sincèrement. Il m'en parlerait le moment venu, mais ce n'était pas le moment, justement.

– Je te promets que je te raconterai tout, mais pas maintenant, d'accord ? J'ai juste envie d'être avec toi.

– Ok.

J'ai passé mes mains autour de son cou et j'ai expiré. Soudain, je me sentais plus légère, comme si cela faisait sept ans que je retenais mon souffle. Peut-être était-ce le cas. Nous nous sommes embrassés avec une telle intensité que c'était comme si notre vie en dépendait. Mes amis devaient être éberlués, mais je n'arrivais pas à quitter Elec des yeux suffisamment longtemps pour observer leurs réactions. Ils pensaient sans doute que je venais de rencontrer Elec, et j'allais avoir beaucoup de choses à expliquer au bureau.

Il m'a serrée plus fort contre lui et j'ai senti son érection. Nous avions si faim l'un de l'autre que nous étions pratiquement en train de baiser sur la piste de danse.

J'avais l'impression de rêver. Pourvu que ce ne soit pas un rêve.

– Est-ce que tu veux de moi, Greta ? a-t-il chuchoté dans mon oreille.

– Oui.

– Tu as confiance en moi ?

– Oui.

– Il faut que je te prenne – maintenant. Tout de suite.

– Ici, dans le club ?

Il a souri.

– J'attendais que tu aies fini mon livre. Je voulais que tu sois au courant de tout avant de te retrouver. Mais ça fait trois jours que je me promène dans la ville avec une érection monumentale, rien qu'à l'idée d'être avec toi. Ton appartement est trop loin. Je ne peux plus attendre.

– Alors, on va où?

– Je m'en fiche, mais il faut vite trouver sinon je vais te prendre ici même, devant tes collègues. Viens, a-t-il dit en me prenant la main.

Je l'ai suivi à travers la foule et tous mes poils se sont hérissés. J'avais l'impression que ce que l'on faisait était dangereux. Elec était un homme, maintenant. Lorsque j'avais couché avec lui, il n'était encore qu'un garçon. Il avait dû s'améliorer depuis le temps, et je ne savais pas à quoi m'attendre – d'autant plus que cela faisait très longtemps que je n'avais pas été avec quelqu'un. Il allait sans doute le sentir.

Nous avons trouvé une porte à l'arrière du club, mais elle était fermée à clé. Elec m'a regardée avec un sourire en coin qui m'a fait frissonner de la tête aux pieds.

– Tu me fais confiance, n'est-ce pas ?

– Ouais...

– Alors attends-moi ici.

Il a ouvert une issue de secours et a regardé dehors avant de revenir vers moi.

– On a deux options – c'est toi qui choisis en fonction de ton humeur.

– D'accord.

– On peut aller à l'hôtel le plus proche et je te ferai l'amour dans un lit, ou bien...

– Ou bien ?

– On peut aller dans la ruelle et baiser contre le mur.

Les pulsations entre mes jambes n'avaient jamais été aussi intenses. Mon corps semblait avoir choisi pour moi. Il voulait se donnait tout entier à Elec. Comme lui, je voulais que ce soit brutal, et je voulais que ce soit tout de suite.

– Option B.

– Très bon choix.

Il a ouvert la porte et m'a emmenée dehors. La ruelle était déserte et il y avait une fine couche de brume. Nous nous sommes reculés dans le fond de l'allée jusqu'à trouver une petite alcôve un peu cachée du reste de la rue.

– Personne ne nous verra, ici, a-t-il dit en me plaquant délicatement contre le mur de briques. Je meurs d'envie de te faire sortir de ta zone de confort.

Ma poitrine se soulevait violemment et je tremblais légèrement, excitée de ne pas savoir ce qu'il avait prévu. Je savais seulement que je n'allais pas l'arrêter. Je fonçais tête baissée, aveuglément.

– Tu es nerveuse ?

– Un petit peu, ça fait un moment.

– N'aie pas peur, ton corps se souviendra de moi.

Elec a baissé le haut de ma robe, exposant mes seins à l'air frais. Il a dégagé mes cheveux de mes épaules avant d'empoigner mon cou sans la moindre délicatesse, puis il a mordillé ma peau.

– Putain, ce cou... rien ne m'a jamais autant excité, a-il dit en le suçant. Je sens à quel point tu as envie de moi, Greta.

Il a laissé une main sur mon cou tandis que l'autre a pincé mon téton.

– Regarde comme il est dur. Tes seins ont toujours pointé pour moi. Si seulement tu voyais ton visage. Même dans la nuit, je vois tes joues roses. Ça m'excite de savoir que j'ai cet effet sur toi. Greta, j'ai besoin de te refaire mienne, et c'est ce que je vais faire maintenant, d'accord ?

J'ai hoché la tête, tellement emballée que j'arrivais à peine à respirer. J'ai plongé mes doigts dans les vagues épaisses de ses cheveux bruns tandis que sa bouche prenait possession de la mienne. J'ai savouré le goût de sa langue et la sensation de sa barbe rugueuse sur ma peau. Elec n'était jamais délicat, même quand il prenait des précautions.

Je mouillais déjà abondamment lorsqu'il s'est agenouillé sur le béton. Il a soulevé ma robe et baissé mon string, puis il a levé la tête vers moi en souriant.

– Tu n'en auras plus besoin, dit-il en mettant mon string dans sa poche. Pendant au moins une semaine.

Mes jambes se sont mises à trembler quand il s'est relevé. La suite des événements était digne d'un film érotique. Chaque son, chaque mouvement était plus excitant que le précédent : il a défait sa ceinture, baissé sa braguette, ouvert l'emballage du préservatif avec les dents avant de le dérouler sur son sexe déjà mouillé. Il m'a soulevée pour me plaquer contre le mur tandis que je passais mes jambes autour de sa taille.

– Dis-le moi, si c'est trop pour toi, a-t-il grogné.

– Ne t'en fais p...

Ah !

Il m'a pénétré dans un mouvement brusque. Il a mis une main derrière ma tête pour me protéger, mais il n'a pas pu m'empêcher de me cogner.

Sa bouche n'a pas quitté mon cou, me mordillant tendrement en me baisant. Ses va-et-vient étaient rapides et chacun était plus puissant que le précédent.

Il grognait bruyamment à chaque coup de bassin. Quelqu'un aurait pu nous voir. Jamais je n'avais baisé comme ça, depuis la fois sur le sol de ma chambre. Ça faisait presque deux ans que je n'avais pas eu de rapports, mais mon corps a accueilli son énorme sexe avec une facilité surprenante. Je crois que je mouillais pour lui depuis que je l'avais vu dans le jardin de Greg et Clara.

Il a continué à me prendre, sans retenue, sans délicatesse.

– Aucun autre homme n'aurait jamais dû avoir ça, à part moi, a-t-il chuchoté dans mon cou. Je t'ai laissée partir, a-t-il ajouté en me pénétrant plus fort.

– Alors, reprends-moi. Baise-moi plus fort, ai-je dit en me déhanchant pour rencontrer son bassin.

Apparemment, il suffisait de lui demander. Il s'est adossé au mur puis, une main sous mes fesses et l'autre sur mon cou, il a continué à plonger en moi. Il me regardait droit dans les yeux, en m'étranglant juste assez fort pour que ce soit excitant.

Heureusement, personne n'est sorti – nous étions seuls dans le brouillard de la nuit. Le seul bruit provenait de nos peaux qui claquaient l'une contre l'autre, du tintement de sa ceinture et de nos respirations saccadées. J'ai soulevé sa chemise pour voir ses abdos, encore plus durs et dessinés que dans mon souvenir. J'aurais voulu que l'on soit peau contre peau, mais c'était trop risqué.

– Ne t'en fais pas, on l'enlèvera, plus tard. Ce soir, on va tout faire, a-t-il dit.

Soudain, un orgasme m'a prise, mais Elec connaissait mon corps par cœur et je n'ai rien eu à dire.

– Tu jouis, a-t-il grogné. Je me souviens de la sensation. Regarde-moi.

Il m'a tenu le cou en fixant sur moi son regard de braise, en me baisant le plus fort possible jusqu'à ce qu'il jouisse à son tour.

Ma respiration a mis plusieurs minutes à se calmer. J'étais toujours dans les bras d'Elec qui embrassait tendrement mon cou.

– Je t'aime, Greta.

Je l'aimais tellement que je n'arrivais pas à trouver les mots pour le lui dire.

Des dizaines d'émotions avaient fait surface, mais la plus forte était la peur.

– Ne me quitte plus jamais, Elec. Ne retourne pas avec elle, ai-je dit.

Il m'a serré plus fort contre lui.

– Je ne t'abandonnerai pas, a-t-il dit en soulevant mon menton pour me regarder dans les yeux. Regarde-moi. Ne t'inquiète pas, je ne vais nulle part. Je sais qu'il va falloir que je regagne toute ta confiance, mais j'y arriverai.

Il m'a posée pour reboutonner son jean, puis il m'a reprise dans ses bras et il m'a portée jusqu'au bout de la ruelle où nous avons pris un taxi. J'avais l'impression de vivre un rêve. J'ai posé ma tête sur son torse et j'ai écouté son cœur battre la chamade tandis qu'il caressait mes cheveux tendrement jusqu'à ce que la voiture arrive devant chez moi.

J'ai eu du mal à trouver la bonne clé, car Elec dévorait ma nuque et lorsque nous avons passé la porte de mon appartement, j'ai eu l'envie soudaine de faire quelque chose que je n'avais encore jamais fait.

Je l'ai plaqué contre la porte et j'ai soulevé sa chemise. Ma langue a titillé son téton percé avant de lécher tous les muscles gainés de son torse et de ses abdos tandis qu'il me regardait faire d'un air à la fois affamé, choqué et amusé de me voir prendre les rênes. Je me suis agenouillée devant lui, et lorsqu'il a compris ce que j'allais faire, son souffle s'est accéléré.

– Putain, a-t-il dit d'une voix rauque. Je rêve ou c'est vraiment en train d'arriver ?

Il n'a pas perdu de temps pour défaire sa ceinture et la jeter par terre. J'ai baissé son boxer sur ses cuisses et j'ai libéré son sexe, prenant quelques secondes pour admirer son épaisseur, sa longueur, sa chaleur et l'anneau qui scintillait à son bout. Plus que tous mes autres fantasmes, j'avais rêvé de le sucer parce que c'était la seule chose que l'on n'avait pas faite.

– Tu n'imagines pas combien de fois j'ai rêvé que tu me prennes dans ta bouche, a dit Elec en empoignant mes cheveux. Tu es sûre de toi ?

Plutôt que de lui répondre, j'ai lapé l'anneau en métal qui culminait à son gland en savourant le goût salé de son liquide préséminal et en le caressant lentement. Chaque aller-retour de ma main le faisait mouiller davantage.

Ses abdos se sont contractés et son souffle est devenu rauque.

– Putain, c'est tellement bon.

J'ai marqué une pause et je me suis léché les lèvres en levant la tête vers lui. Il a fermé les yeux. Il était à ma merci et cela m'excitait au plus haut point.

Ses yeux étaient toujours fermés quand je l'ai pris dans ma gorge pour la première fois. Ses gémissements étaient tellement sexy que ça m'a encouragée à le prendre plus profond et plus vite. J'adorais la sensation lisse de sa peau dans ma bouche. Cependant, cela ne me suffisait pas et je l'ai sucé plus fort.

– Arrête. Tu vas me faire jouir et je veux que ce soit en toi, a-t-il dit en me tirant les cheveux.

– Non, ai-je répondu, parce que j'avais envie de l'avaler.

– Tu prends la pilule ?

– Oui, depuis des années.

Il s'est retiré de ma bouche.

– Lève-toi et tourne-toi.

Il a soulevé ma robe, puis il m'a saisie par les hanches et il a plongé en moi. Sans préservatif, la sensation chaude et mouillée de sa queue et de son piercing était décuplée. J'allais jouir d'une seconde à l'autre.

– Je ne veux plus jamais utiliser de préservatif avec toi, a-t-il grogné. C'est vraiment trop bon.

Mon orgasme avait déjà commencé.

– Jouis, maintenant ! ai-je ordonné.

Il m'a obéi et il m'a pénétrée si brutalement que j'étais certaine d'avoir des bleus le lendemain.

– Putain... Greta... oh...

Il a continué ses allers-retours en ralentissant progressivement mais en continuant à me baiser longtemps après qu'il avait fini d'éjaculer, puis il m'a retournée et m'a embrassée en riant.

– Tu te rends compte qu'on a à peine réussi à passer le seuil de la porte ?

– Tu sais quoi ? Je crois que je suis prête à recommencer.

–Tant mieux, parce que je suis loin d'en avoir fini avec toi ce soir, a-t-il dit en m'emmenant dans la chambre.

* * *

Les bougies scintillaient autour de nous. Il était quatre heures du matin et nous étions assis dans le lit avec un pot de glace Ben & Jerry's.

–Alors dis-moi, comment tu as su où me trouver, ce soir ?

–Eh bien, quand tu m'as écrit pour me dire que tu avais fini mon livre, j'étais au Starbucks en bas de chez toi. Je suis tout de suite venu ici pour te faire la surprise. J'étais assis sur tes marches quand une... femme... qui a dit qu'elle était ta fée marraine, est venu me voir en me disant : « Tu es Alec, n'est-ce pas ? Je t'aurais reconnu n'importe où, avec la description que m'a donnée Greta de toi. Je savais que tu reviendrais pour elle, espèce d'abruti. »

–Tu es sérieux ? ai-je demandé en éclatant de rire. C'est Sully. Elle n'a pas tort, elle est un peu ma fée marraine.

–Greta, est-ce que tu sais que ta petite fée est mieux gaulée que moi ?

–Oui, je sais, mais on n'en parle jamais.

–Tu as dû lui raconter de sacrées choses sur moi. Bref, je lui ai demandé si elle savait où tu étais.

–Et elle t'a donné le nom du club ?

–Pas tout de suite, non. Elle a d'abord voulu me faire souffrir.

–Qu'est-ce qu'elle a fait ?

–Elle m'a fait enlever ma chemise.

– Tu plaisantes ?

– Pas du tout.

– Et c'est tout ?

– Si seulement !

– Quoi ?

– Elle m'a fait tenir une pancarte qui disait « gros naze » et elle a pris une photo.

– Non ?! ai-je crié.

– Oui. Elle m'a dit que c'était une garantie.

– Sully est folle.

– Un peu, ouais. Mais elle tient à toi, c'est évident, alors je ne lui en veux pas. Bref, ce n'est qu'une fois qu'elle a eu pris la photo qu'elle m'a donné l'adresse du club en me disant que c'était ma dernière chance.

– Waouh.

– Ouais… Greta, j'ai besoin que tu saches quelque chose, a dit Elec sur un ton très sérieux.

– Okay…

– Tout à l'heure, quand on a fini, dans la ruelle, tu m'as dit de ne pas retourner avec Chelsea. C'était super-dur à entendre. Il y a une partie de toi qui a du mal à croire que je suis vraiment revenu pour toi et qui souffre encore que je t'ai abandonnée. Je sais que je t'ai fait beaucoup de mal et je comprends que je vais devoir travailler pour regagner ta confiance.

– J'étais très émue, Elec, surtout après avoir passé la journée à lire ton livre. Tout ce que je ressentais pour toi, y compris ma plus grande peur, a rejailli.

Elec a posé le pot de glace sur la table de nuit puis il a pris mon visage dans ses mains.

– Il n'y a jamais eu de compétition entre Chelsea et toi. Je l'aimais, mais c'était par défaut. Je t'aime tellement plus, Greta. Après que je t'ai revue à l'enterrement de Randy, j'ai passé chaque seconde à essayer de me convaincre que j'aimais Chelsea, mais ce n'était pas normal. Mes sentiments pour toi étaient tellement forts que ça m'a foutu la trouille. Dès que je suis monté dans l'avion pour rentrer en Californie, j'ai su que j'y allais pour rompre avec Chelsea. C'était ça, la chose juste.

– Tu lui as fait beaucoup de mal, je suppose.

– Oui. Elle ne le méritait pas, la pauvre.

– Je suis désolée.

– Ç'aurait été pire de continuer et de la demander en mariage, parce que ça n'aurait rien changé. Ç'aurait été injuste de rester avec elle et de t'aimer autant en secret.

– Tu sais, je peux comprendre ce qu'elle ressent, en ce moment.

– Probablement, oui. Une partie de moi s'en voudra toujours de lui avoir fait du mal, mais je ne pouvais pas y couper. Il m'a fallu plusieurs jours pour décider du meilleur moyen de tout lui expliquer, parce que je voulais être honnête à ton sujet. Je ne l'ai pas fait tout de suite, mais je n'ai plus recouché avec elle – j'ai besoin que tu le saches. Je n'ai pas voulu venir à New York tant que tout n'était pas réglé en Californie. Je voulais que mon passé soit vraiment derrière moi. J'ai quitté Chelsea et j'ai beaucoup travaillé sur mon livre, jusqu'à ce que j'en sois assez fier pour te demander de le lire.

– Merci de m'avoir fait confiance.

– Je t'aime tellement, Greta, a-t-il dit en m'embrassant sur la joue.

– Je t'aime aussi.

– Je ne vais pas retourner en Californie, tu sais.

– Ah bon ? Même pas pour prendre tes affaires ?

– J'ai tout mis dans un garage. Maman va bien pour l'instant. Il faudra qu'on aille la voir bientôt, par contre.

– *On?*

J'avais autant envie de rencontrer Pilar que la méchante sorcière de l'Ouest.

– Oui. Je lui ai déjà parlé de toi. Au début, elle ne l'a pas bien pris, mais je lui ai dit à quel point je t'aimais et je lui ai expliqué qu'elle allait devoir l'accepter. Elle y arrivera, Greta. Et puis si elle n'y arrive pas, tant pis pour elle.

– J'espère que tu as raison.

– J'ai démissionné de mon poste après avoir quitté Chelsea, et j'ai profité du temps que j'avais pour trouver un boulot ici. D'ailleurs, j'ai passé un entretien dans une école près d'ici, vendredi dernier, et ils m'ont proposé un poste de conseiller d'orientation.

– Tu es sérieux ?

– Oui.

– Elec, c'est génial !

Il a repris le pot de glace et s'est remis à en manger.

– Il va me falloir un endroit où dormir, en revanche. Tu connaîtrais pas une nana qui chercherait un coloc'?

– Eh ben, ça fait un moment que Sully en cherche un, en fait.

Il m'a donné une cuillerée de glace.

– Je pensais à une autre nana. J'espérais emménager avec la superbe gonzesse qui aime qu'on lui lèche le minou.

– Ah… elle pourrait être intéressée, oui.

– Tant mieux, parce que je ne lui laissais pas vraiment le choix, a-t-il dit avant de m'embrasser, la bouche pleine de glace à la cerise. Au fait, tu ne m'as jamais expliqué ce que tu faisais, comme boulot. Tu m'as dit que c'était un job administratif, mais elle fait quoi, ta boîte ? Attends, peut-être que tu es un agent du FBI et que tu n'as pas le droit d'en parler ?

Eh bien, j'étais étonnée qu'il ait mis autant de temps à me faire avouer ce que je faisais dans la vie. Ce n'était pas pour rien si je n'étais jamais rentrée dans les détails.

– Ce n'est pas un job administratif, en fait, mais je suis un agent, oui. Il y a une raison, si j'ai hésité à t'en parler. Je me sentais super-coupable, en fait, parce que j'aurais voulu t'aider.

– Je ne comprends pas.

– Je suis agent littéraire.

Il a reposé le pot de glace sur la table.

– Quoi ?

– Je représente des écrivains, et je pense que je pourrais faire publier tes livres. En particulier *Lucky et le gamin.* J'ai de bonnes relations avec une maison d'édition qui est spécialisée dans les romans pour jeunes adultes, et je pense qu'on pourrait leur soumettre.

– Tu te fous de ma gueule ?

– Non, je suis très sérieuse.

– Comment tu es rentrée dans ce milieu ?

– Je suis un peu tombée dedans, en fait. Je cherchais un boulot après la fac, et j'ai commencé comme stagiaire. J'ai gravi les échelons et je suis devenue agent. Je reste nouvelle, donc ma clientèle grandit encore.

– Dis-moi que je vais devoir coucher avec toi pour faire avancer ma carrière.

– Ça fait partie du deal, oui.

– Waouh. Sérieusement, je suis super-fier de toi, Greta.

– Tu n'as pas idée à quel point je me sentais coupable de voir des écrivains bien moins talentueux que toi décrocher des deals et avoir du succès. Je ne savais pas comment prendre contact avec toi ni si tu serais intéressé. Je savais à quel point tu étais pudique au sujet de tes livres.

– Je ne m'attends pas à un traitement de faveur, tu sais. Tu ne me dois rien du tout.

– Je suis tombée amoureuse de tes textes bien avant que je n'aie cette carrière. Je crois en toi. On travaillera ensemble, et si ça n'aboutit pas, au moins on aura essayé.

– Je resterai l'homme le plus chanceux sur Terre, même si ça n'aboutit pas, a-t-il chuchoté. C'est vraiment dingue !

Je me suis levée pour le chevaucher.

– En parlant de *Lucky*, j'ai remarqué que tu avais un nouveau tatouage.

– Ah ouais ? a-t-il demandé en me chatouillant.

C'était une petite boîte de céréales *Lucky Charms*[3], au-dessus de laquelle était écrit *Get Cereal*[4]. C'était bizarre, même si cela rentrait dans le thème irlandais des autres tatouages.

– Qu'est-ce qu'il signifie ?

– Honnêtement ? Je l'ai fait faire récemment – pour toi. Parce que tu es mon porte-bonheur. Plus d'une fois dans ma vie, tu as transformé quelque chose d'horrible en quelque chose de génial, a-t-il expliqué avant de m'embrasser. Et puis, si tu mélanges les lettres de *Get Cereal*, tu obtiens nos prénoms.

---

3. Marque de céréales très connue aux États-Unis. Cela signifie aussi « porte-bonheur ».
4. *Soyez céréales : soyez sérieux.*

Get Cereal = ElecGreta.
Mon Dieu, je l'aimais à mourir.
– C'est génial. J'adore.

* * *

Noël était ma période préférée de l'année. Les rues de New York étaient toutes illuminées et décorées, c'était féerique. Cependant, ce Noël-ci était encore meilleur parce qu'Elec et moi étions plus amoureux que jamais.

Nous allions passer les fêtes à San Francisco avec Pilar. Elec avait proposé que je lui parle au téléphone pour enlever un peu de pression, et elle s'est montrée étonnamment gentille avec moi. J'avais moins peur d'y aller. Nous aurions du mal à avoir une relation légère et je pense qu'elle aurait préféré qu'il reste avec Chelsea, mais maintenant que Randy n'était plus là, elle finirait par m'accepter.

Sully avait organisé une petite fête chez elle quelques jours avant notre départ. Son appartement était typiquement new-yorkais, avec des poutres en bois sombre et une énorme bibliothèque remplie de livres dont les genres allaient du porno à l'histoire militaire. Sully n'y avait pas été de main morte sur la déco de Noël – il y avait du gui et des guirlandes lumineuses jusque dans les moindres recoins – et elle avait préparé un buffet avec du vin chaud et des petits fours.

Elec et moi avions bu quelques verres et nous étions de très bonne humeur. Il avait mis un bonnet de Père Noël avec lequel il était super-sexy – qui l'aurait cru ? Lorsqu'il m'a emmenée dans un coin de l'appartement, je fourmillais déjà de plaisir. J'ai tiré sur le pompon blanc de son bonnet.

– Tu sais que tu es le Père Noël le plus sexy que j'aie jamais vu ?

– Eh bien, tu as de la chance, parce que j'ai l'intention de venir bien plus qu'une fois par an, a-t-il dit en me prenant par la taille. D'ailleurs, qu'est-ce que tu dirais d'aller fêter Noël en avance dans la salle de bains ?

Bien sûr, je n'ai pas refusé. Lorsque nous sommes sortis, il était l'heure d'ouvrir les cadeaux et Sully a d'abord offert le sien à Elec. Ils étaient devenus très proches et ils passaient leur temps à se taquiner.

– Oh, Sully. Il ne fallait pas, a dit Elec alors que tout le monde éclatait de rire en voyant son cadeau.

Elec tenait dans les mains un t-shirt sur lequel était imprimée la photo de lui, torse nu, tenant une pancarte « gros naze ». Il y avait aussi un mug et un tapis de souris assortis.

– Maintenant que tu es un auteur à succès, j'ai pensé qu'il était nécessaire de te rappeler d'où tu viens a dit Sully en riant.

Elec l'a bien pris et il a accepté le vrai cadeau de Sully, qui était un bon d'achat Starbucks, où il passait beaucoup de temps à écrire après le boulot. Nous avions signé un contrat avec une maison d'édition pour *Lucky et le gamin* ainsi que pour un deuxième volet qu'Elec était en train d'écrire.

Il ne restait bientôt plus qu'un cadeau pour moi, de la part d'Elec, ce à quoi je ne m'attendais pas puisque l'on s'était mis d'accord pour attendre d'être en Californie. Je l'ai ouvert, et j'ai compris. Ce n'était pas mon vrai cadeau. C'était le dernier string qu'il m'avait volé, il y a toutes ces années. Il était en dentelle turquoise, je m'en souvenais très bien.

– Je n'arrive pas à croire que tu l'aies encore.

– C'est le seul souvenir de toi que j'avais.

– Tu as de la chance que je rentre encore dedans, ai-je chuchoté dans son oreille.

– Je crois que c'est moi, le chanceux, parce que je rentre encore en toi.

– Espèce d'obsédé. Je t'aime, ai-je dit en lui frappant le bras.

– Tu n'as pas lu la carte.

C'était une photo d'un couple âgé qui s'embrassait devant un sapin de Noël.

Je l'ai ouverte.

Greta,
Ce Noël sera le plus beau de ma vie.
Grâce à toi...
je suis heureux, comblé, en paix avec moi-même,
excité pour notre futur, amoureux.
Merry Christmas.
Merry me.

Je ne comprenais pas. J'ai levé la tête et je l'ai vu se mettre à genoux.

Non... !

Merry me. Marry me.

– Je ne savais pas ce qu'était l'amour avant de te rencontrer, Greta. Je t'aime tellement. Dis-moi que tu veux bien m'épouser.

Je me suis couvert le visage, sous le choc.

– Bien sûr ! Oui ! Oui !

Tout le monde nous a applaudis. Sully devait être au courant car elle a tout de suite débouché une bouteille de champagne.

Elec s'est relevé pour me passer au doigt une bague en or blanc.

– Mon Dieu Elec ! C'est la plus belle bague que j'aie jamais vue ! Elle a dû coûter une fortune !

Le diamant faisait au moins deux carats et il était entouré de petites pierres précieuses.

– C'est celle que Patrick a donnée à maman. Elle ne la porte plus depuis sa mort, mais elle n'a jamais voulu s'en séparer. Je ne l'avais jamais vue, mais elle me l'a montrée avant que je vienne ici. Je lui ai tout de suite demandé si elle pouvait me la donner pour te l'offrir un jour. J'ai l'intention de la lui acheter, d'une façon ou d'une autre. Cette bague a longtemps symbolisé la souffrance de ma famille, mais je ne vois plus les choses ainsi car sans ça, je ne t'aurais jamais connue. Cette bague est un rayon de soleil dans la nuit noire qu'était mon passé. Elle représente l'amour que tu as pour moi. C'est la bague parfaite.

* * *

Elec et moi nous sommes mariés un an plus tard, le soir de la Saint-Sylvestre. Nous ne voulions pas d'une grande cérémonie alors nous nous sommes dit oui à la mairie. La seule exigence d'Elec était que je m'attache les cheveux. Nous avons choisi le soir du nouvel an afin de montrer au destin qu'il n'avait pas réussi à nous séparer. Nous avons dîné en tête à tête chez Charlie, puis nous avons rejoint la foule sur Times Square.

Lorsque le décompte a commencé, Elec m'a soulevée dans ses bras et m'a embrassée, comme nous aurions dû le faire cinq ans plus tôt.

J'ai attendu qu'il me repose pour lui chuchoter à l'oreille la plus grande nouvelle de sa vie.

Plus tard, dans la nuit, il a posé sa tête sur mon ventre. Il a plaisanté en disant qu'il allait écrire une émission de télé-réalité sur nous. Après tout, il était désormais le fils bâtard de son frère qui avait mis en cloque sa demi-sœur.

ÉPILOGUE

CHAPITRE DERNIER
LE GRAND AMOUR

– Vous êtes le papa du petit O'Rourke?

Mon cœur a battu plus fort en entendant la question de l'infirmière.

– Oui. C'est moi. Je suis le père.

Le père.

Toute ma vie avait reposé sur le fait que Randy était l'antithèse d'un père. Quant à moi, j'étais le fils: le fils bâtard, le mauvais fils, le fils oublié. À présent, j'étais le père.

– Est-ce que vous avez le bracelet?

J'ai levé le bras et je lui ai montré le bandeau en plastique que l'on m'avait donné. J'envisageais de le porter jusqu'à la fin de mes jours. Même la gangrène ne serait pas une excuse valable pour me le faire enlever.

– Suivez-moi.

J'avais raté l'accouchement. Je rendais visite à ma mère en Californie lorsque Greta m'a appelé pour me dire qu'elle avait perdu les eaux. Elle n'était qu'à la trente-quatrième semaine et nous avions pensé que je pouvais partir sans risque. J'avais tout de suite fait mes bagages et j'avais filé à l'aéroport.

Et puis, Sully m'avait écrit pour me dire qu'ils faisaient une césarienne d'urgence à Greta. J'ai paniqué – je n'étais même pas monté dans l'avion. Je savais que je n'y serais pas à temps. Je me suis senti impuissant et j'ai prié pour la première fois de ma vie. C'est fou ; vous pouvez passer votre vie à vous demander si Dieu existe, et puis un jour, vous êtes en situation de crise et vous le suppliez de vous aider, comme si vous n'aviez jamais douté de son existence.

J'étais sur le point d'embarquer lorsque Sully m'a envoyé un nouveau message. C'était une photo de mon fils.

Mon fils.

Je sortais des toilettes et je me suis figé, émerveillé, les yeux rivés sur mon téléphone. J'ai regardé autour de moi, comme si tout le monde aurait dû savoir que c'était le moment le plus important de l'histoire de tout l'Univers. Sully me disait que le bébé avait été placé en couveuse mais qu'il allait très bien. Greta aussi – tous les deux étaient en bonne santé.

Merci mon Dieu. Je ne douterai plus jamais.

J'avais les larmes aux yeux, toujours fasciné par la photo lorsque je suis monté dans l'avion. Je crois que je ne l'ai pas quittée des yeux une seule fois pendant les six heures de vol.

Lorsque je suis enfin arrivé à l'hôpital, Greta dormait et je ne voulais pas la réveiller. Cependant, je ne pouvais pas attendre pour voir mon fils.

La sage-femme m'a emmené à la couveuse où dormait mon fils.

Je pensais que la photo m'avait bouleversé, mais ce n'était rien comparé à ce que j'ai ressenti en le voyant en personne, en voyant son petit ventre se soulever avec chaque respiration.

– Il respire tout seul et tous ses organes sont en bonne santé. Vous devriez pouvoir le ramener à la maison d'ici cinq ou six jours, a dit l'infirmière.

– Est-ce que je peux le prendre dans mes bras ?

– Oui, mais vous devez vous laver les mains avec du gel antibactérien et mettre un masque.

J'ai couru au lavabo pour ne pas perdre de temps.

La jeune femme l'a sorti et me l'a donné. Son petit corps chaud était enveloppé dans une couverture et il me semblait aussi léger qu'une plume. Soudain, j'étais terrifié : à l'idée de devoir le protéger pendant le reste de sa vie, mais aussi de devoir traverser la ville pour le ramener à la maison. Il était si fragile, si petit, et pourtant il était la chose la plus précieuse dans ma vie. J'aurais voulu le ramener dans une bulle indestructible fermée par un cadenas.

Lorsque j'ai regardé son minuscule visage, j'ai vraiment pris conscience qu'il y avait une raison si j'avais vécu tout ce qui m'était arrivé depuis ma naissance. Sans tout cela, la petite personne que je tenais dans mes bras n'aurait pas vu le jour.

Il avait le nez de Randy, qui était aussi celui de Patrick. C'était étrange. Avec ses cheveux clairs, il leur ressemblait encore plus que moi. Après toute la haine qu'ils avaient transmise, cette petite boule d'amour leur ressemblait.

Soudain, j'ai réalisé quel jour on était, mais je ne m'y suis pas attardé. Nous étions le vingt-deux.

– Coucou, petit homme. C'est papa. Je suis ton papa. (Il a ouvert les yeux et a gigoté dans mes bras.) Tu n'es pas obligé de te réveiller. Je serai encore là quand tu rouvriras les yeux. Tu ne te débarrasseras pas de moi facilement.

Il a ouvert sa petite main et je l'ai regardé envelopper ses doigts minuscules autour de mon index. Je me suis demandé d'où était venue l'inspiration pour mes livres, sans lui. Dorénavant, elle ne proviendrait plus que de mon fils.

Il était essentiel que je me débarrasse de ce qui me restait de colère à propos de mon passé, car il n'allait plus y avoir assez de place dans mon cœur. C'est en tenant mon fils que j'ai réalisé qu'il fallait que je pardonne à Patrick et Randy. Ils m'avaient appris ce que je ne devais pas faire en tant que père. Je réparerais leurs erreurs en offrant à mon fils tellement d'amour qu'il ne saurait pas quoi en faire.

C'était peut-être étrange, mais dans ma tête, j'ai remercié Randy pour ce qu'il m'avait donné. De son vivant, il m'avait fait rencontrer la femme de ma vie. Dans la mort, il avait rendu possible que je la retrouve.

La mort menait à la vie. La haine menait à l'amour.

– Au final, je t'ai eu, toi. Tout le reste n'a pas d'importance, ai-je dit en regardant mon fils.

On peut toujours mélanger les lettres d'un mot pour lui donner un nouveau sens, et il en va de même dans la vie.

On peut définir sa vie en parlant de ses épreuves, ou bien de ses bénédictions – tout dépend du point de vue. Ainsi, alors que la fin de ce livre s'annonçait tragique, il raconte en fait une grande histoire d'amour – imparfaite, loin d'être conventionnelle, mais une romance merveilleuse.

Mélangez les lettres de romance, vous obtiendrez Cameron. C'est Greta qui y a pensé.

Je t'aime, Cameron.